어느 바람이 그를 흔들랴

백시종 장편소설 어느 바람이 그를 흔들랴

초판 1쇄 발행 | 2025년 4월 7일

지은이 | 백시종
발행인 | 백시종
발행처 | 한국사이버문학관
        등록번호 | 428-94-01768
        주소 | 서울 종로구 삼일대로 30길 21 (종로오피스텔) 611호
        전화 | 02-744-2208
        메일 | qmyes@naver.com

ⓒ 백시종, 2025. Printed in Seoul, Korea
ISBN 979-11-94101-11-6 (03810)

* 이 책의 저작권은 지은이와 출판사에 있습니다.
* 양측의 서면 동의 없는 무단복제를 금합니다.

백시종 장편소설

어느 바람이 그를 흔들랴

사이버문학판

| 작가의 말 |

역사에 남겨야 할 패자 부활 기록

내가 『어느 바람이 그를 흔들랴』를 쓰기 시작한 것은 2024년 흰 붓꽃이 만개한 5월이었고, 집필을 완료한 시점은 그해 마지막 달인 12월 중순이다.

내가 쓴 장편소설 모두가 최초의 구상에서 집필까지 최소한 10년 이상 소모되지 않는 경우가 없었는데, 『어느 바람이 그를 흔들랴』만 유일하게 7개월 만에 마침표를 찍었다.

물론 특정 작품 하나만 붙들고 10년 씨름을 하는 것은 아니다. 다른 작품에 몰두하면서도 그 소재를 머릿속에 입력하고 숙성시키는 동안 여행을 통해, 자료조사를 통해, 관련 인터뷰를 통해, 혼자 하는 명상을 통해, 관련 없는 사람과의 담소를 통해 그 이야기를 되새김으로 꺼내 질겅질겅 다시 씹고 밟고 흔들고 털어내다가 마침내 책상 앞으로 가져가곤 하는 것이다.

『어느 바람이 그를 흔들랴』는 지난한 배앓이 없이 순식간에 태어난 작품이다. 내가 직접 수행했어야 할 여행이며 자료조사며 관련 인터뷰를 내 친구 백종일이 대신해 주었기 때문이다.
　나와 동갑내기인 백종일은 이 시대의 역풍을 정면으로 맞닥뜨리며 때로 주저앉기도 했지만, 굴복이나 타협 없이 굳건히 자존을 지킨, 어쩌면 돈키호테에 가까운 인물인지도 모른다.
　다시 말해 이 소설은 두 사람이 하나 되어 집필에 임했다고 해도 과언이 아니다. 하루에도 몇 번씩 백종일이 내가 되고 내가 백종일이 되는 변신의 과정을 수없이 겪으며 뚜벅뚜벅 걸음을 옮긴 것이다.

　『어느 바람이 그를 흔들랴』는 우리가 사는 이 땅의 슬픈 흔적을 재생한, 흡사 눈물자국 같은 기록이다. 이제 닳아져서 음색만 간신히 남아 있는 오래된 테이프를 몇 번씩 반복해서 듣다가 어쩌는 수 없이 문자로 풀었다고나 할까.
　참혹한 빈곤과 궁핍을 딛고 세계 10위권으로 올라선 기적을 일궈 낸 대한민국 80년 역사는 땀 흘려 일한 끈기와 근면과 잘살아 보겠다는 집념만 있는 것이 아니었다. 그 속에는 음속보다 빠른 질풍의 욕망도 있었고, 원칙과 질서를 무시하고 내달린 몰염치한 질주도 있었으며, 힘없고 가난한 대중을 밟고 올라서서 착취를 일삼은 탐욕의 화신도 버젓이 존재해 마지않았다.

어느 시대 어느 지역이건 승자의 역사와 패자의 역사가 동시에 존립하기 마련이지만, 실제로 남는 것은 승자의 역사뿐이다. 승자만이 살아 역사를 쓸 수 있었던 탓이다.

나와 백종일이 한 몸이 되어 시도한 『어느 바람이 그를 흔들랴』는 승자의 위력에 짓눌려 압사한 패자의 역사를 가까스로 부활 재생시킨 슬픈 기록이다.

이 대목에서 나는 질문을 던진다.

작가는 왜 존재하는가.

작가의 사명이 무엇인가.

작가는 어떤 위험한 지역, 험난한 극지라도 피하지 않고 뚜벅뚜벅 걸음을 계속할 수 있어야 한다고 나는 믿는다.

대한민국은 이제 민주 정신에 입각한 국민 의식이 수준 높은 국가로 우뚝 서게 되었다. 더 이상 승자의 역사만 입력되어 국가 권력으로 읽혀서는 안 된다. 지워진 패자의 역사도 함께 존립하는, 그리하여 균형 잡힌 공정과 평화가 살아 있는 자유로운 사회, 여유있는 나라로 우뚝 서야 하는 것이다.

| 차례 | 어느 바람이 그를 흔들랴 | 백시종 장편소설 |

작가의 말 · 역사에 남겨야 할 패자 부활 기록 _ 4

제1부   망각 _ 9
제2부   어둠의 자식들 _ 69
제3부   완전 범죄 _ 135
제4부   정녕 그를 흔들 자 없는가 _ 219

에필로그 _ 330

제 1 부

망각

1

 내가 백종일이 회장으로 있는 고등학교 동창회와 처음부터 거리를 두게 된 것은 두 가지 이유에서다. 그 첫 번째가 나의 아버지 직업 탓이고, 두 번째가 내가 택한 엉뚱한 진로 때문이다.
 작은 골목 세탁소를 운영하던 아버지가 박봉의 직장인으로 자리 잡은 것은 내가 국민학교 4학년 무렵이다. 은행 청소부였다. 흔히 소사小使로 불리며 온갖 잡다한 업무를 감당하던 노무자였다. 소사를 국어사전에서 찾으면 '관청이나 회사, 학교, 가게 따위에서 잔심부름을 시키기 위하여 고용한 사람'으로 표기하고 있다.
 어휘 그대로 아버지는 심부름꾼이었다. 나이 지긋한 심부름꾼. 은행지점장은 말할 것도 없고, 이제 막 은행원이 된 아들뻘 되는 청년들의 담배 심부름까지 아버지가 도맡아 동동걸음을 쳐 가며 수행했다.
 물론 아침 은행 업무가 시작되면 제복으로 갈아입고 손님을 안내하는 수위 역할도 감당했지만, 그래도 아버지의 주업무는 청소가 아닌가 싶다. 그도 그럴 것이 은행 셔터를 내리자마자 점포 바닥의 물걸레질은 말할 것도 없고, 정문 앞 큰 도로며 뒤쪽 마당과 넓은 주차장까지 물을 뿌려 하루 두 차례씩 빗자루질하는 일이 그러했고, 물걸레로 사무원들 책상을 번쩍거리게 닦는 일이 그러했으며, 쓰레기통 비우기, 세면대 타월 세탁하기 등등 말 그대로 청소와 관련된 업무들을 전천후로 시행하는 것이었다.

내가 봐도 아버지는 그런 일을 대충대충 하는 법이 없었다. 꼼꼼하게 구석구석 먼지까지 꼬챙이로 파내 깔끔하게 처리했는데, 그러다 보니 아버지의 이마에는 늘 땀방울이 이슬처럼 맺히곤 했다.

처음에는 아버지의 그 모습에 대해 나는 어떤 부정적인 느낌도 갖지 않았다. 아니, 갖지 못했다고 해야 옳다. 다만 올망졸망한 당신의 아들들 앞에서 그토록 최선을 다해 일하는 모습을 보여야 하는가, 조금은 민망하고 안타까웠을 뿐이다.

한데 그게 아니었다. 아마도 고등학교 신입생이 되면서부터였을 터다. 아버지가 대빗자루를 들고 한길을 쓸어내는 청소부라는 사실이 왜 그렇게 부끄럽고 창피했는지 모른다. 그리고 꼭 그 일을 감당해야만 되는가에 대해 오랫동안 고민하지 않으면 안 되었다.

중절모에 넥타이 매고 번쩍번쩍 윤이 나게 구두 닦아 신고 거리를 활보할라치면 지나는 사람들이 '어이쿠, 어르신 나오셨습니까!' 꾸벅꾸벅 절하는 그런 양반 위세는 아니더라도, 이쑤시개 입에 물고 부채질하며 어흠어흠 팔자걸음 걷는 복덕방 남자들 속에 아버지도 섞여 있었으면 하는 바람도 없지 않았던 것이다.

솔직히 아무리 궁리에 궁리를 보태도 내 힘으로는 아버지의 직업을 바꾸게 할 수 없으므로 이마에 땀방울 송송 맺히며 비질하는 아버지의 우직한 모습만이라도 내 눈에 띄지 않았으면 싶었다.

비겁한 소치였지만, 그것은 내가 현장을 찾아가지 않으면 해결되는 일이었다. 하지만 그것은 내 의지대로 되는 것이 아니었다. 아버지의 숙직 탓이었다.

그 무렵 아버지는 하루거리로 은행 숙직을 밥 먹듯 했는데, 그것은 순전히 수당 때문이었다. 간곡하게 부탁해 오는 다른 직원들의 숙직을 대신해 주어서 좋고, 그 대가로 수당을 챙겨서 좋고, 더러 담배 선물까지 받아서 좋고……. 아버지는 단 한 번도 그 일을 버거워하거나 싫다고 도리질한 적이 없었다.

아버지가 귀가하지 못하고 은행에서 숙직하는 날 저녁이면 어머니는 정성껏 아버지 저녁을 챙겨 올망졸망한 당신의 아들들 손에 은행까지 배달시키곤 했다.

아버지가 저물녘 인파가 많아진 도로에 물을 뿌릴 때, 바지에 물이 튀었다고 '이 양반, 거 눈 좀 제대로 뜨고 허슈!' 툴툴거리는 행인들의 지적질에도 나는 별반 민망함을 갖지 않았다.

아버지는 은행 앞 한길을 대빗자루로 쓸 때 바지 밑단을 둘둘 몇 겹 걷어 올리곤 했는데, 양말 속에 구겨 넣어진 내복이 그럴 수 없이 눈에 거슬려 보였다. 어머니가 잘못 삶아 잉크색, 인주색으로 떡칠이 된 아버지 내복이었다. 내 눈에만 그랬을까.

그래도 나는 부끄러워하지 않았다. 그 넓은 도로를 행인들을 피해

가며 재주 부리듯 비질을 하는 아버지의 모습이 당연해 보였고, 지점장 전용 자동차를 마른걸레로 광을 낼 때도 쪽팔린다기보다 오히려 재미있어 할 정도였다.

한데 그게 아니었다. 하필 그날, 내가 평소 우려했던 그 일이 기어코 터져 버리고 말았기 때문이다.

아버지가 빗자루질을 끝냈을 때였다. 시내 중심가에 집이 있는 우리 반 종일이가 공교롭게 그 현장을 지나게 되었고, 녀석이 나를 발견한 것이었다.

종일이는 키가 컸다. 나보다 머리가 하나 더 얹혀 있는 것 같았다.

"야, 니 여그서 머 허냐?"

종일이가 나의 어깨를 툭 쳤다. 나는 행여 친구가 빗자루 든 아버지를 발견할까 봐 등지고 서서 대꾸했다.

"그냥 있는디, 왜?"

"그냥 있다고?"

"그래, 그냥 있어."

"여그가 느그 동네 아니잖어?"

"꼭 우리 동네라야 서 있냐?"

하필 그때 아버지가 지난번 빈 도시락과 노끈으로 칭칭 동여맨 신문 잡지 묶음을 나에게 건넸다.

"요것이 변소가미다. 어디다 노코 가지 말고 잘 들고 들어가그라. 느그 어무니한테 밥 잘 묵겄다고 전허고!"

아버지가 말하는 '변소가미'는 요즘 말하는 화장실 두루마리 휴지다. 그즈음만 해도 두루마리가 생산되기 전이어서 신문이나 잡지 따위를 일정 크기로 절단하여 화장실용으로 대신했던 시절이다.

아버지는 단 한 번도 화장실용 '변소가미'를 떨어뜨린 적이 없었다. 지극정성으로 은행에서 폐기되는 신문 잡지를 확보, 노끈으로 묶어 집으로 날랐다. 덕분에 적어도 화장실에서 쓰는 '변소가미'만은 우리 집만큼 풍요를 누린 경우가 없었을 정도였다.

우리 반 아이 종일이가 아버지와 내가 나누는 대화며, 빈 도시락이며, '변소가미' 따위를 받아 든 나의 위아래를 훑어본 다음 말하는 것이었다.

"야, 저분이 느그 아버님이시구나?"

내가 홍당무처럼 얼굴이 붉어진 것은 바로 그 순간이었다. 정말 쥐구멍이라도 찾고 싶었다. 만약 아버지가 지척에 서 있지 않았다면 나는 우리 아버지가 아니라고 능청맞게 고개를 절레절레 흔들 뻔했다. 그러나 나는 아니라는 말도, 우리 아버지가 맞다는 말도 하지 못했다.

한데도 우리 반 종일이가 뒤돌아서서,

"안녕허십니까? 두섭이랑 한 반입니다."

넙죽 절하는 것이 아닌가.

"오, 그러냐?"

아버지가 종일이를 지그시 바라보며 말을 이었다.

"우리 두섭이 친구구나?"

"네, 아버님."

종일이는 대빗자루를 들고 서 있는 아버지를 '아버님'이라고 호칭했다.

나는 땅만 보고 있었다. 나는 눈을 감은 채 혼자 중얼거렸다. 아부지, 걷어 올린 바지라도 끌어 내리세요. 얼룩진 내복이 보기 싫다구요.

종일이와 아버지가 나누는 대화가 더 이어질수록 나의 몸이 시나브로 줄어드는 느낌이었다.

"이름이 종일이라고?"

"네, 아버님."

"같은 학년이란 말이제?"

"맞아요."

"근디 우리 두섭이보다 훨 크고 몸집도 좋구나."

아버지는 백종일에게 우리 두섭이랑 친하게 지냈으면 좋겠다고 말했고, 종일이는 그렇게 하겠다고 쾌히 화답했다.

나는 입술을 깨물며 아버지와 종일이의 말소리를 듣고 있었다.

그날 밤 나는 잠을 자지 못했다. 학교에 가는 것이 무서웠다. 우리 반 아이들의 손가락이 모두 나를 겨냥하고 소리칠 것 같았다.

"느그 아부지가 은행 소사람성?"

"느그 아부지가 충장로길 청소를 다 헌다고?"

왜 그랬을까. 그것이 뭐라고 학교 들어서기가 그토록 싫었을까. 아니, 운동장까지는 그렇다 쳐도 최종 종착지인 교실 문 열기가 죽기보다 더 괴로웠을까.

나는 유리문을 통해 종일이부터 살폈다. 키가 큰 종일이는 어디서든 눈에 빨리 띄었다. 종일이 주변에 아이들이 몰려 있었다. 틀림없이 내 얘기를 퍼뜨리는 중일 것이라고 나는 판단했다.

그만 집으로 되돌아가고 싶었다. 실제로 막 몸을 돌리는 순간,

"왜 길을 막고 섰니?"

담임선생이었다.

나는 어쩌지 못하고 선생의 뒤를 따라 교실에 들어섰고, 주춤주춤 내 자리를 찾아 앉았다.

하나 쉬는 시간이 되어도 종일이 주변에 모여 있던 아이들 중 어느 누구도, 느그 아부지가 은행 소사람서? 라는 조롱 섞인 말을 화살처럼 쏘아 대지 않았다.

종일이를 보았다. 너무나 태연했다. 한마디로 나에게 관심이 없었다. 그래도 나는 안도의 숨을 쉬지 않았다. 오늘은 그렇게 넘어간다 쳐도 내일, 아니 모레 글피까지 편안한 상황이 계속될 것 같지 않았기 때문이다.

여차하면 터져 나올 것 같았다. 성냥불만 그어 대면 금방이라도 터질 것 같은 폭약이었다. 늘 조마조마했다.

결과적으로 종일이는 끝까지 발설하지 않았다. 내가 걱정하고 우려했던 종일이가 아니었다. 그럼에도 불구하고 나는 종일이 곁을 가능

하면 피해 다녔다. 나의 약점을 알고 있다는 사실이 그처럼 종일이를 경원하게 만들었다.

좀 부끄러운 고백이지만, 종일이가 병이라도 나서 학교를 쉬었으면 하는 바람도 있었고, 집안에 변동이 생겨 타지방으로 옮겨 가 버렸으면 싶기도 했다.

한데도 그는 멀쩡했고, 고등학교를 졸업할 때까지 끄떡없이 나와 한 반에서 공부했으며, 졸업과 함께 은행시험에 합격, 하필이면 나의 아버지가 그때까지 소사로 근무하던 충장로 지점에 배치되는 바람에 또 한 번 혼비백산하지 않으면 안 되었다.

나는 그 사실을 아버지를 통해 알았다.

"니 친구 종일이가 우리 지점에 근무허는 거 니도 아냐?"

"뭐, 뭐라구요? 그놈이……."

"그놈이라니? 인사성도 밝고, 뭣보다 그만큼 속 깊은 청년도 드물 것인디!"

나는 뭐라고 대꾸할 말을 찾지 못하고 있었다. 아버지가 계속했다.

"다른 놈들은 박쎈 박쎈 허는디, 마주칠 때마다 아버님이라고 깍듯이 불러 주는 청년은 종일이 말고는 없당게."

나는 귀를 막고 싶었다. 아버지를 통해 종일이의 칭찬을 듣는 것이 따분하고 부끄럽고 면구스러웠다.

내가 겨울방학을 맞아 서울에서 집에 돌아왔을 때 아버지가 또 그 녀석의 얘기를 꺼냈다.

"종일이가 니 한번 만나 보고 싶다 허드라."
"그 자식, 아직까지 아부지랑 같이 있어요?"
"이참에 대리로 승진 안 혔냐. 실력이 좋은께 시험에도 금방 패스해 불더라."
 나는 언제나처럼 대꾸할 말을 찾지 못하고 있었다.
"연락해 보그라. 그렇게 니를 찾아 쌌는디……."
"알겠습니다."
 그러나 나는 연락하지 않았다. 연락만 하지 않았던 것이 아니었다. 나는 혹여 종일이와 마주칠까 두려워 충장로 주변은 얼씬도 하지 않았고, 그곳을 피하느라 일부러 먼 길을 돌아서 다녔을 정도였다.
 그해부터 우리 11회 동창회가 결성되었는데, 초대 회장직을 종일이가 맡았다는 소식이 전해졌다. 솔직히 말하면 내가 고등학교 동창회와 거리를 두게 된 것이 바로 그때부터라고 해야 옳다.
 그리고 40대쯤 그것도 '재경 11회 서울 동창회'에 한두 해 나가다가 그만 흐지부지 발길을 끊었던 터다. 그때도 종일이는 서울 동창회 명단에 이름을 올리지 않았다. 그때까지 광주에 생활 근거를 두고 있었기 때문이었다.
 세월은 어영부영 흘러 어언 50년이 후딱 가 버렸다. 그동안 이러저러한 이유로 한 해 두 해 빠지다 보니 나도 모르게 소홀해지고, 소홀해지다 보니 아예 동창회 자체를 잊어버리게 된 것이다. 게다가 내가 소속되어 돌아가는 일상의 흐름 속에 으레 한두 명 끼어 있기 마련인 동창생 모습을 일체 찾을 수가 없어서 더욱 그러했다.

다시 말해 나와 같은 직업을 가진 동업자가 없는 것이다. 비단 동창생뿐 아니라 선배도 후배도 없다. 나와 가까이 지내는 소설가들은 선배도 많고 동창도 많고 후배도 많아 동문끼리 서로 끌어당겨 주고 밀어주고 손을 내밀어 일으켜 주기도 한다는데, 나는 정반대였다. 나를 끌어주기는커녕 내가 손을 내밀어 붙잡을 상대조차 없는 막막궁산 같은 상황이었다. 깊은 밤 계곡 너머에 뜬 밝은 달을 향해 구슬프게 짖어 대는 한 마리 처량한 늑대라고나 할까.

그도 그럴 것이, 나는 지금까지 소설을 쓰고 책을 만드는 일에 열중해 왔고, 앞으로도 그런 길을 끊임없이 걸어야 하는 데 반해, 내가 나온 고등학교는 문학이나 예술과는 거리가 먼 전문 직업학교였기 때문이다. 이름하여 광주상업고등학교다. 주산, 부기, 암산 등을 집중 연마, 고교 출신 은행원을 배출시키는 특수학교이다. 내 동기들만 해도 졸업과 함께 은행원이 된 숫자가 70여 명에 이른다.

물론 나 역시 은행원을 지원했고, 날이면 날마다 주판 연습에 열과 성을 다했다. 하나 그것은 너무나 막연한 도전이었다. 내가 갖고 있는 적성에 맞지 않는 생경한 분야였다.

한데도 나는 밤낮으로 주판을 튕겨야 했고, 좌변 우변 구분해 가며 정리하는 부기 과목에 귀 기울여야 했으며, 그에 수반되는 상업영어 같은 너무나 어려운 공부를 반 억지로 소화해야 했다.

더 설명하고 말고 할 것도 없이 그것은 영락없는 수박 겉핥기였다.

하나 마나였다. 그것을 무려 3년씩이나, 해도 해도 안 되는 효과 전무한 공부를 억지로 하는 체하고 있었으니, 내게는 그야말로 생지옥이나 진배없었다.

아버지 때문이었다. 반백의 나이에도 젊은 은행원들의 담배 심부름을 해야 하는 아버지는, 그때마다 이를 앙다물며 자신이 꾸고 있는 꿈을 더 가속화시키곤 했다. 그 꿈이 바로 당신의 아들인 나를 은행원으로 만드는 프로젝트였다. 그래서 나를 광주상업고등학교에 입학시킨 것이었다. 어쩌면 소박한 꿈이었지만, 아버지는 그 일에 진력을 다했다. 아버지의 삶에서 가장 유익하고 자랑스러운 투자라도 된다는 듯이 아버지는 최선을 다해 내 뒷바라지를 했고, 내가 원하는 모든 것을 척척 다 해결해 주곤 하는 것이었다.

물론 나는 아버지의 그 소박한 꿈을 이루어 드리지 못했다. 은행원의 자리를 차고앉지 못한 것이다. 은행원뿐 아니었다. 그즈음만 해도 어지간히만 공부하면 통과되는 동사무소 임시직 시험에서조차 낙방했을 정도였다. 나와 반대로 하나같이 은행원이 되거나 공무원이 되거나 회사원이 된, 그 방면으로 특출한 성과를 올린 내 동기들 속의 나는 낙오자였고 패배자였다.

나는 한때 밖으로 나다니지도 못할 만큼 열등의식에 시달렸다. 일종의 발달장애 같은 증세였다. 남들은 다 해내는데 나는 왜 기본도 하지 못할뿐더러 아라비아 숫자 나열만 보면 머릿속이 갑자기 어지러워지는가. 아라비아 숫자가 숫자 같지 않고 마치 함부로 쏟아진 바둑

알처럼 사방팔방 흩어져 난장판이 되기 일쑤인가.

그 무렵 나는 늘 혼자였다. 동기들과 어울릴 수 없었다. 나처럼 한가하게 시간을 죽이는 동기들이 없었다. 하나같이 새로운 일자리를 차고앉아 바쁘게 돌아가고 있는 판세였다. 세상은 그렇게 거대한 톱니바퀴인 양 한 치의 오차도 없이 잘도 회전하고 있었.

아무리 보고 또 봐도 나는 어디에도 요긴하게 쓸 만한 도구가 아니었다. 나 혼자 제자리걸음이었다. 허구한 날 밥만 축내고 집 안에 처박혀 있었다.

사지가 멀쩡한데도 오갈 데 없이 굼벵이처럼 숨어 지내는 청년이 한심해 보였던지, 어머니 친구분이 동사무소 청소 일거리를 주었고, 나는 그 휴게실에서 표지도 없이 흩어져 나뒹구는 소설책을 발견할 수 있었다. 방인근의 『벌레 먹은 장미』, 정비석의 『산유화』, 박계주의 『순애보』, 김래성의 『검은 별』 등등이었다.

내가 종일이를 더 멀리하지 않으면 안 되는 결정적인 사건은 또 있었다. 말로 다 설명이 안 되는 눈물겨운 과정을 겪은 다음 어찌어찌 내가 서울에 있는 대학에 진학하게 되었고, 여름방학을 맞아 집에 왔을 때 내 셋째 동생이 명함 한 장을 불쑥 내밀었다.

"성, 이 사람 알어?"

"누군데?"

"성 친구여."

"내 친구?"

"그래, 우리 집에 왔었는디, 해태 종합선물 세트로 사각고 왔당게."

"그래?"

나는 명함을 받아 들다 말고 아차 했다. 그 명함의 주인이 백종일이기 때문이었다. 내가 동생에게 다시 물었다.

"이 사람이 어떻게 우리 집까지 왔지?"

"아부지가 술병이 나서 은행을 못 나간께, 병문안 왔다고 허든디?"

"뭐라구?"

"근디 아부지가 목욕 가고 없응게, 엄니한테 냉수 한 그럭 떠 달라고 혀서 다 묵고 갔어."

"방에도 들어왔냐?"

"방은 한번 들여다보기만 혔어."

"그때 방에 누구누구 있었어?"

"우리 집 식구덜 다 있었지. 복남이성, 영남이성, 광남이, 창남이, 덕자, 성자 다 있었지."

"워매! 그 작은 방에 성자까지 있었다고?"

다리에 힘이 쫙 빠졌다. 탈기 상태였다. 그럴 수밖에 없었다. 당시 우리가 살았던 곳은 말 그대로 얼기설기 '오막살이 집 한 채'였다. 대문도 마당도 없었다. 동네 골목과 맞닿은 방 두 칸, 그나마 두 사람이 누우면 어깨의 끝과 끝이 부딪치는 미니 부엌방이었다. 안방이라고 해서 구색을 갖춘 것도 아니었다. 어른들 서너 명만 앉아도 정원 초과가 들먹여질 정도였다.

　우리 집은 돈이 없었다. 돈 들어올 기미는 전혀 보이지 않았고, 돈 들어갈 구멍만 뻥뻥 뚫려 있었다. 나 말고도 아버지 슬하에는 여섯 명이 더 있었다. 총 5남2녀 중 내가 장남이었다.

　당시만 해도 '보릿고개'가 있었고, '민둥산'이 있었으며, 널어놓은 빨래를 걷어 가는 '좀도둑'이 있었고, 신발을 벗으면 반드시 안방으로 들고 들어가지 않으면 안 되는 '도둑예방법'이 따로 있었다. 오죽 배불리 먹지 못했으면 '입에 풀칠'이란 말이 예사로 통용되었을까.

　그래도 아버지는 당당했다. 죽이 되든 밥이 되든 깡통 들고 밥 얻으러 다니지 않아도 되고, 눈비 맞지 않고 잠잘 수 있는 지붕까지 갖췄으니 뭘 더 바란단 말인가. 아버지는 당신의 아들들인 5형제와 아직 기저귀를 떼지 못한 두 딸을 내려다보며,

　"내 말이 틀렸는가?"

라고 어머니에게 동의를 구했고, 어머니 역시 별 대안이 없었으므로,

　"옳은 말이요. 허지만은 이 모든 것은 우리 힘이 아니고 하나님 아부지 은혜인 것을 알기나 허는지……. 두말헐 것도 없이 우리는 그분한테 죽기 살기로 매달려야 헌당게요."

　"죽기 살기로 멀 으뜨게 매달려?"

　"당신 술 끊어 불고, 낼부터 당장 새벽기도에 참석해 불면 된당게요."

　"누굴 죽일 일 있남! 안 그래도 식은땀이 나서 잠도 옳게 못 잘 지경

인디, 뭐 새벽기도? 차라리 감은 눈 영원히 뜨지 말라고 허소!"

두 사람이 티격태격했지만 그것은 우리들 기분은 1도 배려하지 않고 오로지 두 사람 입장과 변명만 늘어놓은 일종의 압박이고 협박이었다.

그야 그렇다 치고, 그처럼 협소하고 열악하고 험하다 못해 비위생적으로까지 보이는 우리 집 환경이 창피하고 부끄러워, 나는 일찍부터 학교 친구들을 집에 데려오려고 하지 않았다. 아니, 단 한 번도 우리 집을 구경시킨 적이 없었다. 구경은커녕 할 수만 있다면 영원한 비밀로 남길 뿐 아니라 내 기억 자체도 감쪽같이 지워 버리고 싶었는데…….

그것도 하필이면 나의 약점을 너무 많이 아는, 그래서 내가 필사적으로 피해 다니는 종일이에게 또다시 결정적인 현장을 고스란히 들키게 되었다니……. 이런 변고가 어디 또 있을 수 있단 말인가.

나는 더욱더 종일이와는 엮이지 않도록 조심해야겠다는 새로운 각오를 다질 따름이었다.

#2

내가 종일이를 만난 것은 고등학교를 졸업하고 15년이 훌쩍 넘은 어느 가을이었다. 내 생애 처음으로 집주인이 되기 위해 동분서주하던 때였다.

내가 세 들어 사는 전셋집 주인이 무리하게 사업을 확장했다가 쫄딱 망해 빚쟁이들에게 집이 넘어가는 상황이었다. 그래도 착한 성품의 집주인이 한밤중에 나를 찾아와 집이 넘어가는 상태라 전세보증금을 빼줄 형편이 안 된다고 솔직하게 털어놓았다.

"그럼 저희는 어떻게 하면 됩니까?"

"방법은 한 가지뿐입니다."

"한 가지라뇨?"

"시가보다 헐값에 드릴 테니, 아예 인수해서 등기를 해 버리면 빚쟁이들도 별수가 없을 겁니다."

"이 집을 우리보고 사라구요?"

"젊은 내외가 성실하게 사는 모습이 좋아 보여서……. 제가 해드릴 수 있는 최선의 방법입니다."

"하지만 그만한 목돈이 준비되어 있지 않는데요."

"어찌 보면 집 장만할 수 있는 절호의 기회일 수도 있습니다. 어디서든 융통을 해 보시지요."

나는 도리질을 했다. 그만한 돈을 구할 방도가 없었다. 아무리 시가보다 많이 헐하게 쳐 준다 해도 그 집을 내 소유로 등기할 만큼 나는 모든 면에서 역부족인 사람이었다.

그도 그럴 것이 남들보다 두서너 해 일찍 장가를 든데다 벌써 아이를 둘씩이나 거느리고 있는 터라 매사가 빠듯하다 못해 그즈음 유행하던 '가불인생'으로 아슬아슬 위기를 모면하곤 하는 처지였다.

그래도 그냥 포기하기에는 너무나 아쉬웠다. 뭔가 있을 것 같은 묘수나 묘안을 들춰 보지도 않고 뒤돌아서는 것은 아이를 둘씩이나 둔 가장으로서 소임을 다했다고 할 수 없었다. 소임은커녕, 그것은 책임 회피이며 직무 유기일 수도 있었다.

입술을 으깨어 물며 쓸쓸히 뒤돌아서는 나를 아내가 돌려세웠다.

"당신 고등학교 동창들이 은행에 쫙 깔렸다면서…… 은행에 가서 돈을 구해 봐요."

"은행?"

"그래요. 맨날 친구 자랑을 하면서……. 이럴 때 가서 부딪쳐 보라구요. 밑져야 본전인데요?"

아, 그렇구나. 아내 말대로 내 동기들이 시중은행에 좌악 깔려 있지 않은가. 왜 그 생각을 못 했을까. 나는 무릎을 쳤다. 그리고 전화

번호 수첩을 들치고, 버려두었던 명함을 뒤져 간신히 이름 하나를 찾아냈다.

"대성이냐? 나 박두섭이야."

"응, 너 오랜만이다."

"명함 보니까 장위동지점에 근무하던데, 지금도 거기 있어?"

"야, 옛날옛적 명함을 들고 있구나. 나 거기서 몇 번 돌고 돌아 지금은 광주지점에 와 있다."

"광주라구?"

"그래, 고향으로 돌아왔다니까!"

"그랬구나. 내가 한 발 늦었구나. 쯔쯧."

"왜, 돈 쓸 일 있냐?"

"그래, 꼭 써야 할 목돈이 필요한데……."

내가 자초지종을 대충 이야기하자 대성이가 말했다.

"너 서울 어디 사냐?"

"녹번동 살아."

"녹번동이라구?"

"응, 은평구 녹번동."

"야, 잘됐다. 백종일이 찾아가라. 종일이가 녹번지점에 있거든."

"백종일이가 녹번지점에 있다구?"

"그래, 지난주에도 통화했는데, 대부 책임을 맡았다고 하더라. 아 참, 너 종일이하고 별로 안 친하지?"

"뭐, 꼭 그렇다기보다……."
"서먹서먹하면 내가 사전에 다리 놔 줄까?"
"아니야, 아니야. 내가 할게. 내 일인데……."
"그래, 그래라."

나는 약국에서 박카스 세트를 사 들고 녹번지점 문을 밀었다. 백종일의 자리는 창구가 아닌 뒤쪽 간부석에 위치해 있었다.
"지금 지점장님과 면담 중이라서……. 여기 잠깐 기다리시지요."
여직원이 종일이 책상 옆에 잇대어져 있는 고객용 응접세트를 가리켰다. 이미 자리를 차지한 손님은 나 말고 두 명이나 더 있었다. 서류봉투를 들고 초조한 얼굴로 구석자리를 차지한 중년사내와 핸드백에서 거울을 꺼내 열심히 화장을 고치는 오십대 여인이었다. 여인은 궁상스러울 정도로 얼굴에 주름살이 많았다. 키도 작았고, 빈약한 머리숱을 커버하느라 미장원 신세를 졌지만 깔끔하게 해결된 것 같지 않았다. 긴급대출을 원하는 고객이 틀림없었다.
연신 손목시계를 들여다보던 중년사내가 아무래도 안 되겠다 싶은지 서류를 챙겨 들고 후다닥 일어나 은행을 나갔다. 바로 그때 지점장실 문이 열리고 종일이가 무거운 서류철을 들고 나왔다.
"어, 이게 누구야? 박두섭!"
종일이가 그렇게 입을 열었는데도 화장을 고치고 있던 50대 여인이 벌떡 일어나서,

"배 대리님!"

까랑한 소리를 냈다.

"아…… 오셨군요."

"나, 너무 급해서…… 한 시간도 더 기다렸다구요."

"한 시간이요?"

종일이가 이쪽으로 다가와 내 손을 움켜잡았다가 놓으며,

"야, 미안허다. 급한 손님이라서……. 니가 이해해 줘야것다."

소곤소곤 말했다. 그러는 종일이 입에서 들큰한 감 냄새가 훅 풍겼다. 내가 인상을 찌푸리지 않았는데도 더 소곤소곤 입을 열었다.

"야, 냄새 많이 나불지? 어젯밤, 아니, 오늘 새벽까지 과음을 해 불어각고 말이어. 아직 술이 다 안 깼네……. 니 나 이해헐 수 있지?"

"그래, 그래. 나는 바쁘지 않거든."

내가 양보했다.

"고맙다, 조금만 기다려라."

종일이가 한 시간이나 기다린 여인 앞에 앉았다.

"이야기한 그대로 다 갖춰 왔어요."

여인이 서류봉투를 내밀었다. 종일이가 서류를 검토하는 동안, 여인이 따로 들고 온 보온병의 뚜껑을 열고, 이미 준비된 유리컵에 묽은 액체를 따랐다.

"내가 어젯밤 내내 달인 옥천 대추탕이에요. 드세요. 숙취에는 대추탕만 한 것이 없어요."

"웬 대추탕을……. 이러시지 않아도 되는데. 암튼 감사합니다."

종일이는 목이 말랐다는 듯이 대추탕을 두 컵씩이나 마셔 가며 손님을 응대했는데, 거드름을 피우기도 하고 핫핫 웃기도 하고, 능청스럽게 눈을 흘기기도 하며 상담을 벌였다.

그 여인이 흡족한 표정으로 자리에서 일어서기까지 거진 한 시간을 잡아먹은 것 같았다.

드디어 내 차례였다.

"미안허다. 오래 기다렸지?"

"괜찮아."

"기다려 준 김에 5분만……. 나 화장실 좀 다녀올게."

"그래, 그래."

종일이가 내 앞에 자리 잡으며 또 한 번 내 손을 움켜쥐었다. 생각보다 아귀의 힘이 억셌다. 그가 말했다.

"은행 대부 업무라는 것이 그래. 매일 지점장 따라댕김서 술 접대받아야 허고, 마시다 보면 꼭지 돌기 십상이고……. 인간성 망가지기 딱 좋은 일이 바로 우덜 업무가 아닌가 시프다. 두섭이 니는 이해허기 어려울 것이다만……."

"나도 대충은 알어."

"안다구? 그래, 알면 더 좋고……. 그나저나 니랑 나랑 이렇게 만나는 것이 몇 년 만이냐?"

"글쎄……."

"어쨌든 너무너무 반갑다, 야! 니도 그렇지? 나만 그런 거 아니지?"

"당연허지."

"정말로 감회가 무량해 분다."

"그동안 같은 녹번동에 살았는데도 깜깜소식이었어. 처음부터 알았으면……."

나도 한마디 거들었다.

"그래 말이야. 일찍 알아 부렀으면 니랑 나랑 회포를 풀어도 여러 번 풀었을 것인디 말이어. 나도 대성이 전화 받고 알았당게."

"아, 대성이가 전화혔구나. 허지 말라고 부탁했구만."

"니 소설가 됐다는 소리 들었어."

"응…… 고맙다."

"근디, 소설 써 각고 밥이나 제대로 묵냐?"

"뭐……. 그럭저럭 굶지는 않아."

"그래도 적금은 몇 개 들었겠지?"

"적금이라니?"

"주택적금이나 미래행복적금 같은 거 말이어."

"그런 거…… 안 들었는데……."

"너 돈 필요하다면서? 왜 그런 것도 안 들고 왔냐?"

"돈 빌리는 데 그런 것이 필요헌 거야?"

"당연지사지. 적금부터 부어야 자격이 생기거덩. 일종의 의무상황인께……. 그건 그렇고, 서류는 갖고 왔냐? 담보용 집문서 말이어."

"가져왔지. 내가 구입해야 할 단독주택 등기부등본도 갖고 왔고, 건축대장도……."

백종일은 내가 건네준 서류를 펼치다 말고,

"야, 이거는 안 되겠다."

"안 되다니?"

"이미 근저당 설정된 금융기관이 여러 곳이잖어? 무진회사도 있고, 보험회사도 있고……."

"집값 계산할 때 모두 해지하게 될 거라고 했는데……."

"야, 소설가 양반! 이것 봐라. 전체 액수가 얼마냐? 무진회사 것만 해도 집값을 찰랑 말랑 오버허려고 허는디……. 이렇게 문제 많은 물건에서는 발을 빼는 것이 장땡이여!"

멍때리는 표정이 되어 있는 나를 종일이가 휘 훑었다. 그가 말했다.

"그럴 줄 알아 부렀다. 니는 소설 쓸 줄은 아는가 모르겠다만, 세상 물정은 잼뱅이구나?"

종일이가 손바닥으로 입을 막으며 하품을 하고는 말을 이었다.

"이거는 안 되겠다. 이거는 포기허고 차라리 아파트를 잡아 봐라. 단독주택보다 아파트가 담보로는 훨씬 유리해 분게."

바로 그때 지점장실 문이 열리고 포마드 기름으로 억지로 넘긴 올백머리 사내가 나왔다. 그런 모습을 보고 백종일이 벌떡 일어섰다.

"두섭아 미안허다. 나 지금 지점장님이랑 사우나에 가야 되거등. 지점장님도 과음을 허셔 각고 견디기가 거북허싱 거 같은디……. 어쩌끄나, 어쩌끄나!"

"알았다!"

나도 일어섰다. 종일이가 내 손을 억지로 잡았다가 놓았다. 저만큼 몇 걸음 떼다가 돌아서서 종일이가 말했다.

"참, 느그 아버님 잘 계시제? 한번 찾아뵈야 허는디……. 안부 좀 전해 주라! 꼭!"

나는 다시 종일이를 찾지 않았고, 보지도 않았다. 옛날처럼 그가 있는 곳이면 멀더라도 다른 방향으로 빙빙 돌아다녔다.

#3

　내가 50년 만에 고등학교 동창회 모임을 스스로 찾아 나선 것은 순전히 나이 탓이다. 여든 살을 넘어서자 그동안 잘 감추고 살아온 애매한 정체성에 대한 스스로의 일탈이라고나 할까. 내 인생 중 가장 예민한, 흡사 잘 닦아 놓은 수정처럼 맑고 깨끗했던 그 감수성 세계로의 귀의 같은 것이었다.
　지나간 시절 특유의 향기도 맡고 싶고, 그 변성기의 목소리도 향유하고 싶었다. 얼핏 떠오르는 이름들. 재운이, 광식이, 송현이, 병탁이, 석운이, 형남이, 일랑이······.
　그러나 나는 누구보다 내가 피해 다녔던 종일이가 궁금했다. 얼핏 들었던 바로는 은행지점장이 거액의 커미션을 챙겼다가 고발당했는데, 단지 심부름꾼에 불과했던 종일이가 파면을 당하고 지점장은 감봉 처분에 그쳤다는 억울한 소문이었다. 종일이는 그길로 영광굴비를 취급하는 개인사업을 차렸다가 파산하고 절에 들어가 다시 공부를 시작했다는 것이다. 한때 종일이가 고등고시에 합격했다는 낭보가 날아들었지만, 그것은 어디까지나 와전된 소식이었다. 그가 합격한 시험은 고등고시가 아니라 공무원 채용시험이었고, 첫 부임지가 성북구 석관동 등기소 창구에 앉아 등기부등본 따위 발급 업무를 담당하고 있다는 것이었다.

광주상고 11회 서울 모임의 명칭은 '계림회'였다. 당시 학교 주소가 계림동인 까닭이었다. 사립학교였다. 유은학원이란 명칭으로 광주상고와 광주여자상고, 동성중학교, 동성여자중학교가 한 울타리 안에 자리 잡고 있었는데, 그래서 재학생 수가 많은 편이었다.

우리 11회는 진학반 두 반과 취업반 한 반을 통틀어 200여 명에 불과했지만, 내 아래 12회, 13회는 달랐다. 12회부터 6반, 7반까지 늘어나 그 수효가 학년당 500여 명에 가까웠다. 그 넓은 학교 운동장이 늘 학생들로 꽉 차서 넉넉해 보일 때가 없었다.

그때만 해도 광주상고는 웬만하면 다 입학할 수 있는 학교였다. 입학시험 자체가 형식적이었다. 지원만 해도 거의 백 프로 합격이었다. 그러다 보니 나같이 공부가 뒷전인 열등생들이 즐비했다. 공부만 아니라 문제가 많은, 소위 말하는 주먹부터 나가는 불량클럽 소속의 아이도 많았고, 벌써 소년원을 들락거리는 아이까지 있었다.

하나 우리 대까지가 그러하고, 그 이후는 전혀 다른 분위기였다. 5·16 군사혁명 이후 갑자기 달라진 사회변혁 탓이었다. 크고 작은 공장이 늘어나고, 없었던 회사가 세워지고, 금융권의 규모가 커지고, 그와 비례해 공무원 숫자까지 늘어나는 추세였다. 미처 대학 졸업장을 가진 정식직원 후보를 기다릴 겨를이 없었다. 급한 김에 고교 졸업생 자격의 일꾼을 뽑아 바쁘게 돌아가는 일선 현장에 배치하지 않으면 안 되었다.

기실 우리 11회가 시중은행 합격자 70명이지 12, 13회는 무려 400여 명에 이르러 명문으로 알려진 서울 선린상고를 저만큼 따돌리는 기염을 토하기도 했다. 하나같이 자랑스러운 역전의 용사들이었다. 갑자기 깡패학교 광주상고가 전국 취업 1위의 명문고로 자리매김되었다.

우리 동기 중 유일무이하게 소설가가 되어 50년을 나 혼자 헤매고 다니는 동안, 다른 동기들은 시중은행 지점장으로, 관세청·병무청 국장으로, 서울시청·한국전력 부장으로, 대기업 이사로 은퇴한 후 동창회를 통해 어릴 적 추억을 공유하고 있었다.

그러나 우리 11회 동문 계림회에는 어느 고교 동창회에나 한 명씩 끼어 있기 마련인 판·검사 출신 변호사도, 의사 출신도 없었다. 기껏해야 육군사관학교를 졸업하고 준장으로 예편한 예비역 장군이 한 명 있을 따름이었다.

어쨌거나 11회 동창 중 지금까지 모임에 나오는 사람은 서울에서 20여 명, 광주에서 30여 명이라고 했다. 졸업생 총 200여 명 중 50여 명만 남아 있는 셈인데, 내 경우처럼 연락을 끊고 살았던 동기들까지 모두 합산한다 쳐도 100여 명은 벌써 운명을 달리했다는 계산이 나온다. 나이 여든 살이면 생존 확률이 30퍼센트에 불과하다는 통계청의 발표를 떠올릴 만도 하다.

계림회 서울 모임의 회장은 윤영조였다. 광주상고 11회 졸업생 중 유일하게 서울대학교에 합격, 주변을 놀라게 만든 친구였다. 졸업 후 국민은행에 입사, 하늘의 별 따기인 이사 자리에 올라 호남지역 총본부장까지 역임한 가장 성공한 사례였다.

우리 시대의 출세는 윤영조 경우처럼 경제적인 보장과 일반 사람들이 다 알아주는 공적인 자리 확보였다. 그런 의미에서 나처럼 평생 글만 써 온 소설가는 출세의 범주에 들지 못했다. 스물두 살 때 동아일보와 대한일보 신춘문예 소설 부문에 동시 당선한 이력도, 거액의 상금이 걸렸던 전남일보 장편소설 공모 당선도 우리 동창들 세계에서는 출세가 아닌, 바둑이나 태권도 같은 종목에서 따낸 급수나 검은 띠 정도로밖에 취급하지 않았다.

오죽하면 내가 30대 중반 광주의 번화가 충장로에서 우연히 만났던 강차랑 동창이 내 손을 덥석 잡으며 이렇게 외쳤을까.

"야, 니 문단에 나왔담성!"

"문단?"

나는 뭐라고 답하기가 궁색해서 적당히 얼버무렸다.

"응, 그래. 문단에 나온 셈이지."

그러자 그 친구 기다렸다는 듯이 다음 질문을 던지는 것이었다.

"몇 단까지 따 부럿냐?"

진지한 표정으로 보아 알면서 건네는 조소가 아니었다. 정말 그것이 궁금했는데 그 장본인을 정면으로 마주쳤으니 얼마나 다행스러냐는 눈빛이 진지했다. 친구가 말을 이었다.

"맞아, 기왕지사 딸 거, 높은 단수로 따 부러야제 잉!"

당시 강차랑은 순사 계급장을 단 경찰공무원이었다. 경찰공무원 수준이면 세상물정을 훤히 꿰고 있어야 하는데도, 아니 실제로 미주알고주알 모르는 것이 없는데도 유독 문화예술 분야는 예외여서 글 쓰는 작업 자체를 바둑처럼 급수가 정해지는 것으로 잘못 이해하고 있었던 터였다.

바둑을 제법 둔다고 해서 돈 되는 것도 아니지만, 기왕지사 높은 급수에 오를수록 그 분야의 고수가 되는 것마냥 문학세계에서도 취득한 단수에 의해 그것이 정해진다고 지레 판단한 것이다.

동창회 모임 장소는 지하철 관악역 13번 출구에서 200미터 거리에 있는 '사랑채' 식당이었다. 20여 명이 한자리에 앉을 수 있는 방 구조며 식대며 메뉴를 적절히 디자인한 그야말로 동창회 모임 전문음식점이었다.

정시에 맞춰 찾아갔는데도 20명 정원의 방이 빈자리 한두 개 남기고 거의 차 있었다. 얼핏 봐서는 초면에 가까운 생소한 얼굴들이었다. 한결같이 비슷비슷하게 노화된 모습이었다. 자글자글한 주름은 말할 것도 없고, 절반은커녕 몇 올 남지 않은 머리칼을 신주단지 다루듯 조심조심 한쪽으로 얹어 놓은 초라한 헤어스타일도 그러했다.

그러나 몇 분 지나지 않아서 타임머신을 타고 과거를 여행하는 영

상처럼 그날 그때 윤곽이 갑자기 되살아났다.

아, 용발이구나, 문술이구나, 태봉이구나, 지각을 면하려고 책가방을 담 너머로 운동장에 던져놓고 담을 넘다 코가 깨졌던 봉현이구나.

주판 연습 중에 책상에 엎어져 잠자다 일어나 느닷없이,

"우리는 민족중흥의 역사적 사명을 띠고 이 땅에 태어났다!"

바락바락 국민교육헌장을 외쳤던 곱슬머리 달룡이의 앳된 모습도 요술처럼 되살아나기 시작한 것이었다.

비록 80대로 밀려 올라와 꼭 그만큼씩 늙어 비틀어졌지만, 그래도 숨은그림찾기인 양 그 속에 남아 있던 원형의 모습이 마치 껍질 벗긴 양파 속처럼 싱그럽게 도사리고 있는 것이었다.

나는 계림회 동창들을 휘 훑으며 일일이 악수를 했다.

"햐, 너 왔구나!"

"반갑다!"

"짜식, 아직 멀쩡허네!"

"참말로 오랜만이다."

"넌 정말 그대로구나."

"니가 그렇구먼."

우리는 입술에 침도 바르지 않고 뻔히 아는 거짓말을 덕담처럼 나누며 손을 잡고 흔들었다.

내가 친구들과의 악수를 대충 끝냈을 때 윤영조 회장이 천천히 일어섰다. 그리고 좌중을 정리한 뒤,

"우리 친구 박두섭이 오늘 처음 나왔는데, 소감 한마디 들어야 하지 않겠어?"
했다.
"암, 그래야제. 소설가의 인사말을 들어야제!"
"야, 박두섭! 니가 쓴 소설, 내 돈으로 사서 본 책이 세 권이다. 그때마다 내가 전화한 거 기억나지?"
"나고말고."
내가 고개를 끄덕였다.
"근사하게 한마디 해라!"
나는 아무 준비도 없이 갑자기 당하는 일이라, 게다가 원래부터 말주변이 없어 얼굴부터 붉어지는 터라 우물쭈물 대충대충 그동안 동창회와 거리감을 두고 참여하지 못해 미안했고, 대신 혼자 무척이나 외로웠다는 짧은 소감과 함께, 30대 초반 광주 충장로에서 마주쳤던 강차랑의 '문단 등단급수'에 대한 에피소드를 꺼내어 소설가란 직업이 얼마나 황당한지를 설명하는 것으로 인사말을 대신했다.
"아, 강차랑이 그랬구나!"
"강차랑 자식, 죽었잖어."
"뭐라구?"
"간암으로 죽은 지 십 년도 넘는다."
"그랬구나, 그랬구나!"
나는 다시 한번 동창들의 면면을 천천히 훑었다.

내가 기대했던 종일이는 보이지 않았다. 고백하자면, 내가 50년 만에 동창회를 스스로 찾아 나섰던 것도 내심 종일이 때문이라고 해도 과언이 아니었다.

그동안 동창회에 발길을 끊었던 이유 중 하나도 종일이와의 그 '쪽팔리는 사건'과 무관하다고 할 수 없으므로 이제 그것을 풀어야 할 시점이었고, 그것을 풀기 위해서는 불가불 종일이를 만나지 않으면 안 되는 일이었다.

실제로 나는 지난 세월 동안 종일이를 피하며 살아온 셈이다. 그것도 저 혼자 지레 옹졸해져서 나 스스로 그를 멀리했으며, 그가 나를 지목해서 만남을 요청했는데도 나는 그럴듯한 변명도 없이 일방적으로 그를 묵살하고 기피했던 터다. 그야말로 옹졸한 치기였고 객기였다.

어언 80 고개를 어찌어찌 넘어서고 나니 이제 무엇보다 그 같은 객기는 거둘 때가 되었다는 생각이 들었고, 갑자기 가벼운 마음으로 종일이 손을 잡겠다고 용기를 내어 찾아왔는데 막상 종일이가 자리하지 않아 매우 당황스러웠다.

"백종일이는 왜 안 보여?"

내가 물었다.

"아, 종일이 오늘 못 나온다고 했어."

옆자리에 앉은 문술이가 말했다.

"왜 어디 아픈가?"

"아니야! 일이 바쁜가 봐. 웬만허먼 빠지는 법이 없는데…….."

문술이와 나란히 앉은 광식이가 손까지 흔들며 말을 이었다.

"종일이가 아프냐고? 어림없다. 종일이처럼 건강관리 잘하는 사람이 어디 있다구."

"그으럼! 종일이는 주치의나 다름없어. 저 혼자만 건강관리허는 것이 아니고, 우리 모두의 건강을 지가 다 책임지고 있는 정도라니까."

"그게 무슨 소리야?"

"너 우리 단체 카톡 방에 아직 안 들어왔구나. 지금 당장 열어 봐라. 종일이가 올린 건강 상식 내용이 얼마나 많은지……. 온통 떡칠허고 있다, 떡칠!"

"종일이는 뭐 하고 소일하고 있어?"

내가 물었다.

"맨날 그대로지 머."

"맨날?"

"변호사 사무실 말이어. 교대 앞 그 사무실."

"종일이가…….."

"그려. 종일이가 변호사는 아니고. 허지만 변호사덜보다 법을 너무 많이 알아서 사람덜이 종일이한테 묻고 배운다잖어."

"우리 종일이 말이어."

종일이와 자주 어울리는 학채가 말을 이었다.

"우리 종일이 원래 법무사였다는 거 니도 알지야?"

"알지."

"우리 종일이 법무사일 뿐인디도 입을 열면 육법전서가 거미줄처럼 줄줄 나온다는 거 아니어? 고등고시에 합격했던 판검사들이 우리 종일이 앞에서 왜 쪽도 못 쓰겄어? 그만큼 머리가 뛰어났다는 뜻이지."

"그렇게 머리가 좋았는데 왜 고시 패스를 못했을까?"

내가 지적했다.

"그게 운발 아니겄냐? 운발이 약했던 거지. 고스톱판에도 운칠기삼이라 허는디……. 우리도 오래 살아 봐서 알지만, 세상만사 운발이 을매나 중요허더냐? 실력은 뛰어난디 다만…… 운이 쬐까 모자라 각고…… 어쩌는 수 없이."

처음부터 토건업체 경리로 시작, 모진 풍파 속에서 간신히 자수성가했다는 진필이가 목소리를 높였다.

"씨팔, 내 좆만도 못한 변호사 놈덜 시다바리허고 있지만…… 그래도 우리 종일이가 그 변호사 사무실 수입을 거진 혼자 다 책임지고 있다 허드라."

동창회 좌중이 온통 종일이 이야기로 꽃을 피웠다. 모두가 귀를 기울일 뿐만 아니라 너도나도 한마디씩 하려고 기회를 엿보는 진지한 표정으로 보아 동창회에서의 종일의 평판은 꽤나 우호적인 편이었다.

"종일이가 변호사 사무실 수익을 혼자 좌지우지한다면…… 그만큼

일 처리가 뛰어나다는 얘기네?"

"말해 뭐 허냐? 우리도 신문에 나서 알았지만, 사기로 넘어간 천억짜리 부동산을 찾아 원주인에게 돌려준 사건만 해도 그 수임료만 70억에 이르렀다는 거 아냐?"

"그럼 70억이 종일이 몫이었겠네?"

"재주는 곰이 넘고 돈은 되놈이 묵는 식으로 이름만 빌려 준 변호사들이 독차지하고 종일이에게는 3천만 원 떼줬다 하더라."

"70억에 3천만 원이면 과자값 아니냐?"

"그렇네, 증말 과자값이네."

"우리 종일이 다른 것은 다 좋은디, 뒷심 물러빠진 거, 그거는 지적받아야 헐 부분이어! 왜 그렇게 자신이 읎는지……. 깡다구 있게 버티고 서서 눈 한번 부릅뗘 불먼 다 해결될 것인디…… 맨날 지가 먼저 손 들고 항복 항복 해 부니 어느 누군들 종일이를 두려운 상대로 보겄냐고! 나라도 옳다구나 허고 얼릉 뺏아 안 묵겠냐!"

4

내가 종일이를 만난 것은 동창회 모임이 있었던 그다음 주 수요일이었다. 종일이 핸드폰 번호를 입수한 내가 먼저 전화를 했다.

"종일이냐? 나, 두섭이."

"어, 박두섭! 야, 정말 반갑다야!"

"나도 반가워."

"이게 을마 만이냐?"

종일이가 호들갑 떨듯 목소리를 높였다.

"두섭이 너, 이번 동창회부터 나오기로 했다는 얘기 들었어."

"나…… 실은 종일이 너 만나고 싶어서…… 동창회 문 두들겼거든."

"그랬구나, 그랬구나."

"우리 언제 만날까?"

"지금 너 어디냐?"

"종로3가."

"그래? 그럼 3호선 타고 이리로 올래?"

"어디, 교대?"

"그래. 교대역 3번 출구 앞에서 기다릴게."

"너 바쁘지 않아?"

"괜찮아, 괜찮아. 지금 나한테 두섭이 너 만나는 것보다 더 중요한 일이 어딨냐?"

교대 앞 커피집 이층이었다. 점심시간이 많이 기울어서였는지 별반 번잡스럽지 않았다.

종일이도 예외는 없었다. 그때의 얼굴이 아니었다. 폭삭 늙어 있었다. 동창들이 다투어 강조했던 건장한 젊은 체격이 아니었다. 어깨도 구부정했고, 다리도 안짱형에 가까웠다.

종일이가 자리에 앉자마자,

"널 만나면 먼저 사과할 일이 있는데……."

라고 운을 뗐다.

"사과라니?"

"너 녹번동 살 때 나 찾아왔었잖냐? 너 같은 샌님 성격에 얼마나 벼르고 벼르다가 날 찾아왔겠냐만, 내가 아무것도 해결해 주지 못한 거 나 많이 후회했어."

"후회했다구?"

"그래, 친구라고 큰맘 먹고 왔는데……. 정말 미안했다."

"뭐, 다 지난 일인걸. 솔직히 그때는 눈물 나게 서운했지만…… 이제 다 잊어버렸고……. 그리고 좀 손해를 보긴 했지만, 결과적으로 그 집 인수하지 않았던 게 오히려 잘된 일이었어. 그 집 주인이 아주 불량한 사람이더라구. 어차피 넘어가는 거 나를 등쳐서 한몫 더 챙기려는 속셈이었거든."

"그랬다면 다행이고……."

"세상 돌아가는 거 참으로 알 수 없더라. 한 치 앞이 안 보이는 판이니……."

"그렇지? 오래 살다 보니 그런 게 보이기 시작하지?"

"그런 게 보이기 시작했다는 것 자체가 이미 늙었다는 뜻이니까. 젊었을 때 그것이 보였더라면 우리 좀 덜 허덕이지 않았을까?"

"맞아. 참, 늙어 보니까 우리 어른들 생각난다. 인사가 늦었다만, 아버님은…… 돌아가셨겠지?"

종일이가 말했다.

"우리 아버지?"

내가 새삼 반문했다. 내가 철없을 때 가장 뼈아프게 생각하는 약점이 바로 아버지기 때문이었다.

"그럼, 돌아가셨지."

시큰둥하게 대답했다.

"미안허다. 돌아가신 거 알았으면 문상을 갔을 텐데! 언제 가셨냐?"

"이천이년에 가셨으니까…… 이십 년이 훨씬 넘었네."

"그랬구나……. 그러니까 춘추가……."

"팔십둘에 가셨어."

"그래도 생각보다 오래 사셨구나."

"안 그래도 아버지가 종일이 너 얘기 많이 하셨어. 나를 나무랄 일이 생기면, 네 친구 종일이는 이리이리 잘하는데 너는 지금까지 뭐 하고 있는 거냐고 날 꾸짖곤 했었어."
 "아버님이 그런 말씀을 하셨다구?"
 "그럼, 종일이 너 때문에 나 피해 많이 본 사람이다."
 "피해?"
 "그럼, 피해지. 꺼떡하면 종일이 너하고 비교해서 나를 몰아치셨거든."
 "정말 그러셨다면…… 미안한 일이다만, 사실은 너의 아버님을 지표로 삼고 지금도 존경하며 살고 있다, 나?"
 "우리 아버지를 지표로 삼다니, 그게 무슨 말이야?"
 "자세히 설명허기 뭐하다마는, 암튼 우리 계층보다 더 불우한 약자의 입장을 먼저 생각허고 그들 편에 선다는 사실이 을마나 어려운 일이라는 거…… 나 지금까지 살아오면서 절감허는 바인데, 아버님은 그것을 몸소 실천허신 분이거덩."
 종일이가 옛날 그 시절을 떠올리는 듯, 허공중으로 시선을 돌렸다.
 종일이가 대리로 승진한 그해 겨울쯤이라고 했다. 60년대 후반이었으니까 은행 근무도 지금처럼 도난방지용 시시티브이 시설이 없었으므로 일요일이나 공휴일마다 당직 근무를 섰는데, 정식 행원 한 명과 소사 직책을 가진 노무자 한 명, 그렇게 두 명이 은행을 지키곤 했다.

그때 종일이가 근무했던 충장로지점에는 아버지와 같은 직책인 소사가 한 명 더 있었는데, 아버지보다 훨씬 연하인 담양 출신 김씨 성을 가진 중년이었다. 그러니까 공휴일이나 일요일 당직은 두 사람이 번갈아 가며 섰고, 정식 행원의 경우는 두 달에 한 번 돌아올까 말까였다.

그날 종일이는 아버지와 한 조가 되어 당직 근무를 했다. 혹여 무슨 문제가 없나, 잠겨진 이 문 저 문을 점검하고 이상 유무를 확인하는 업무는 나이 많은 아버지 몫이고, 종일이 같은 젊은 행원은 숙직실에서 그동안 다 못 채운 잠을 늘어지게 자든가 바둑잡지와 씨름하며 바둑판에 바둑알 놓는 일에 열중하기 일쑤였다.

종일이는 잠을 자는 형이었다. 점심을 중국집에서 배갈과 함께 군만두 자장면을 시켜 나눠 먹었는데, 그 비용은 종일이가 부담했고, 그 대가인 듯 숙직실을 혼자 독차지하고 깊은 잠에 빠지곤 하는 것이었다.

그날따라 눈이 많이 내렸다. 그것도 함박눈이었다. 일요일 오후부터 시작한 눈이 어느새 발목이 빠질 만큼 펑펑 쏟아졌.

얼마큼 잤을까, 종일이는 아버지가 흔들어 깨우는 바람에 벌떡 일어나 앉았다.

"도둑이 들었어!"

"네, 도둑이요?"

"그 배갈 한 잔 때문에 나도 잠시 졸아 부렀는디, 그 틈에 유리창을 깨고 들어온 게야. 그래도 금고 있는 사무실까지는 침입허지 못허고 …… 대신 식당 창고를 털어 갔어!"

"식당 창고를 털었다고요?"

"자세헌 것은 조사해 봐야 알겠지만, 반이나 남은 쌀자루가 보이지 않고, 그보다 벗어 놓은 지점장님 구두허고 테니스 라켓이 없어져 부렀네."

"어떡허죠? 일단 경찰에 신고부터 해야 되지 않겠어요?"

"신고는 이미 했고…… 근디……."

"근디, 왜요?"

"도둑놈 발자국이 쭈욱 찍혀 있는디, 발이 무작시럽게 크네."

"그래서요?"

"다행히 눈이 끄쳐 각고…… 글고 인적이 없어서인지 발자국이 지워지지 않았당게."

"왜요? 발자국을 따라가서 도둑놈을 잡기라도 헐 겁니까?"

"당연히 잡아야제."

"그거는 경찰들이 허는 업무고요, 우리는……."

"나도 알어. 허지만 언제 또 눈이 펑펑 내릴지 모른디, 경찰들한테 맡기고 기다렸다가는…… 금방 눈이 시작해 불면 다 허사 아니겠어? 지금 눈이 멎어 있을 때, 글고 사람 통행이 뜨문뜨문헐 때…… 뒤를 밟아 불면 다 해결되는 거 아니겠어?"

겨울 오후는 금세 어둑어둑해졌다. 삽시에 어둠이 진하게 깔리기 시작했다.

"정말 도둑을 잡겠다고요?"

"시도는 해 봐야제 잉. 가다가 눈이 내려 불고 발자국이 끊겨 불면 어쩌는 수 없는 것이고……."

때마침 밤 숙직조가 도착했으므로 아버지는 대충대충 설명을 끝내고 은행에서 쓰는 플래시를 챙겨 들었다. 아버지는 바빴다.

덩달아 종일이도 아버지를 뒤따라 나왔다. 공교롭게 지나치게 큰 발자국이 종일이가 가야 할 방향으로 찍혀 있어서 그대로 발걸음을 옮겼다. 발자국은 태평극장을 지나고 궁동 다리를 건너 양림동 쪽으로 방향을 잡고 있었다.

눈은 더 이상 내리지 않았지만, 날은 이미 칠흑이었고, 플래시가 아니고서는 그 흔적을 찾기 힘들 지경이었다. 그 우악스러운 발자국이 언덕을 오르고 있었다.

건너편 언덕 아래는 무허가 판자촌이었다. 다닥다닥 붙어 있었다. 그 발자국이 얼기설기한 판자문 앞에서 멎었다. 아버지는 어험어험 기침을 했다. 그리고 벌컥, 문을 열고 들어섰다.

종일이는 미처 따라 들어가지 못하고 주춤주춤 서 있었다. 아버지가 호통치며 도둑놈의 멱살을 움켜잡고 나올 줄 알았는데 웬걸, 혼자 몸으로 뭔가에 쫓기는 사람처럼 언덕을 구르듯 내려가는 것이었다.

"아니, 왜 그냥 나오시는 거냐구요?"

아버지는 대꾸하지 않았다.

"무슨 일인데 그래요!"

종일이가 뒤따라가며 계속 채근했다.

"무슨 일이 있었제. 암, 있고말고!"

아버지가 궁동 다리를 다 건너고 나서야 걸음을 멈추고 종일이를 돌아보았다.

"배 대리, 우리 약속 하나 허자."

"약속이라뇨?"

"당신허고 나허고 둘만 아는 약속!"

"그게 뭔데요?"

"오늘 일은 일체 없었던 것으로 허자고."

"오늘 일이요? 아니, 도둑을 다 잡게 되었는디도 그냥 나오셔 각고…… 없었던 일로 허자고요?"

"아먼, 나는 그러고 잡그만. 왜 그러냐 허먼……."

아버지가 목이 막히는지 큼큼 기침을 한 뒤 말을 이었다.

"큰 발 주인공이 사십대 남정네고, 산발한 그 집 여편네는 끙끙 앓아누웠고, 제비새끼덜맨키로…… 얼마를 굶었는지 볼이 홀쭉허게 들어간 다섯 명도 넘는 아그들이 고개를 내밀고 곤로 불에 냄비밥을 짓는 즈그 아부지를 내려다보며 참으로 오랜만에 히죽히죽 낄낄낄 웃어 쌌는디…… 사람 탈을 쓰고 어찌 그 아비 멱살을 줄 수가 있겄어!"

"그래서 그냥 나와 버렸구만요?"

"쌀값이랑 구두값을 내가 무는 한이 있더라도 나는 그 도둑을 절대로 잡을 수가 읎네그랴!"

　시간을 맞추기라도 한 듯 아까 내리던 함박눈이 솜을 뜯어 뿌리는 것처럼 펑펑 쏟아지기 시작했다.

#5

종식이와의 만남이 뜸했던 것은 내가 한 달 가까운 일정으로 취재 여행을 다녀온데다 예정했던 집필에 그만큼 차질을 빚어 그것을 보충하느라 눈코 뜰 새가 없었기 때문이다.

거의 3개월을 그렇게 보내고 드디어 한숨을 내쉬었을 때 종일이에게서 전화가 걸려 왔다.

"야, 누가 널 만나고 싶어 하는데…… 같이 밥 한번 먹을래?"

"누군데? 누가 날 만나고 싶어 해?"

"나와 보면 알아."

"알았어."

우리보다 일곱 살이나 아래 세대 남자였다. 건장한 체격이긴 했지만 세태에 찌들려 겉늙어 버린 모습이었다.

"나 장석흡니다."

그가 명함을 나에게 건네주고 손을 내밀었다. 큰 손이었다.

"저는 명함이 없습니다. 아니, 미처 챙겨 오지 못했습니다."

"아, 작가님이야 명함이 무슨 필요 있습니까? 모두가 다 알고 있는 분인데……. 저는 지금도 정치 지망생인데, 단 한 번도 성공해 보지 못한 따라집니다."

"원, 그런 겸양의 말씀을……."

"겸양이 아니고요…… 지금까지 여섯 번 도전했다가 여섯 번 다아…… 그것도 두 자릿수도 아닌 한 자릿수로 낙선한 장본인입니다."

그가 헐거워진 누런 봉투 속에서 얼마나 오래 간수했는지 봉투처럼 흐늘흐늘해진 서류며 원색 인쇄물들을 끄집어냈다. 세 겹 네 겹 접혀진 국회의원 선거 팸플릿이었다.

지금보다 훨씬 젊어 보이는 남자의 사진이 무소속이라는 표기와 함께 커다랗게 인쇄되어 있고, 그 아래 잡다한 선거공약이 적혀 있었다. 스위스 은행에 예치된 박정희의 비밀 정치자금 3조 원이 그대로 썩고 있다는 문구에 뒤이어 당선만 되면 그 비밀자금을 찾아 나라에 귀속시키겠다는 공약이 붉은 글씨로 강조되어 있었다.

"정말 스위스 은행에 박정희 비자금이 예치되어 있습니까?"

내가 물었다.

"있구말구요."

장석호 정치 지망생이 말을 이었다.

"그것도 3조 원은 수면 위에 떠 있는 액수고요, 실제 깊이 숨어 있는 돈은 그보다 많은 5조 원에 가깝습니다."

"5조 원이라구요?"

"네, 5조 원이요."

"그 5조 원에 대한 근거가 있습니까?"

"근거요?"

"네, 근거 없이…… 아니면 말고 식의 가짜뉴스가 너무 많은 세상이라서요."

"사실은 그래서 작가님을 뵙고 싶었습니다."

"그게 무슨 말씀입니까?"

"제 주장이 허무맹랑하지 않다는 사실을 책으로 쓸 수 있다면, 여러모로 유익해질 테니까요."

"저더러 그 내용을 책으로 써서 증명하라구요?"

"그렇습니다. 아주 시의적절한, 누구나 좋아할 이슈 아닙니까? 작가님에게도 큰 도움이 되리라 믿습니다만……."

장석호가 말을 이었다.

"제가 지금 무일푼이라 집필 비용을 당장 부담할 수는 없지만, 집필하시겠다는 결론이 나오면 한 3백만 원 지불할 수 있습니다."

"3백만 원이라구요?"

"네, 저한테는 다소 부담이 되는 큰 액수지만…… 요즘 작가들 수입이 없어 굶어 죽기까지 한다는데…… 3백만 원이면 어려운 대로……. 대신 책이 나와 불티나듯 팔리면, 제 몫도 챙겨 주셔야 합니다. 기왕 빼 든 칼, 한번 후려쳐 보기라도 해야 되지 않겠습니까? 이번이 마지막 도전이 되겠지만요."

"그러니까 책에서 나올 돈을 선거자금으로 쓰시겠다?"

"맞습니다. 만약 그렇게 된다면 작가님도 좋고 저도 좋고……."
나는 어이가 없다는 뜻을 고개를 절레절레 흔드는 것으로 표현했다. 그리고 그를 빤히 쳐다보았다.
그가 먼저 눈을 떨구며 입을 열었다.
"만약 뜻이 있다면 오늘부터라도 작가님에게 그림자처럼 붙어 다니며 그동안 제가 젊음을 바쳐 발굴한 온갖 비밀자료를 빠짐없이 내놓겠습니다."
"온갖 비밀자료라고 말씀하셨습니까?"
"그렇습니다. 그것이 책으로 묶어져 발간되면 세상이 뒤집힐 것이 확실합니다."
장석호는 스스로 흥분, 떨리는 목소리로 말을 이었다.
"저는 감히 장담합니다. 암, 장담하고말고요."
"잠깐만요."
내가 물었다.
"그 비밀자료 찾느라 스위스에는 몇 번이나 방문하셨습니까?"
"스위스요?"
"네, 비자금이 은닉되어 있는 스위스 은행 말입니다."
"스위스에는 뭐 하러 갑니까? 국내에서도 얼마든지 찾아낼 수 있는 걸요. 제가 그 일로 인터뷰한 사람이 백 명이 넘습니다. 제 사촌이 박정희 시절 청와대 주방 담당 요원이었거든요. 동생을 통해 경호실, 비서실, 부속실 관련자를 면담하고 안기부, 국방부 등등 수많은 관련 증인들을 면담하고 얻은……."

나는 더 이상 장성호의 황당한 주장을 듣고 있을 수 없었다. 벌떡 일어섰다.

"미안하지만, 나는 그 일을 함께할 뜻이 없습니다."

분명하게 내 입장을 밝혔다. 나와 장석호를 번갈아 바라보며, 어떻게 진척이 되나 흥미진진하게 지켜보고 있던 종일이에게 나는 단호하게 말했다.

"야, 넌 장본인에게 물어 보지도 않고 이런 자리를 만드냐?"

"왜, 뭐가 잘못됐냐?"

"뭐? 뭐가 잘못됐냐구?"

영문을 모르겠다는 듯이 되려 멀뚱멀뚱 쳐다보는 종일이에게 울컥 북받치는 울분을 토해 냈다.

"넌 나를 잘못 봤어! 내가 아무리 이렇게 살아도 나 그렇게 우습게 볼 사람 아니야! 작가가 돈을 못 번다고 해서 줏대도 없는 야바위로 아는가 본데, 그건 아니거든! 나 종일이 네가 생각하는 것처럼 구질구질하지 않아! 솔직히 말하면, 나 기분이 별로 안 좋다. 아니, 지저분하다!"

나는 필요 이상으로 흥분해 있었다. 다 잊었다고 큰소리쳤지만 녹번동에서 당했던 거절과 무시, 아버지와 관련되어 나 혼자 애간장을 녹였던 자존심, 그리고 또 한 가지, 마루도 없는 한 칸짜리 오두막집과 초롱초롱 눈만 살아 빛을 발했던 내 동생들의 존재 때문에 들고일어난 자격지심이 한꺼번에 폭발하듯 발동한 것이었다.

종일이를 다시 만나게 된 곳은 내가 신간으로 출간한 장편소설 『쑥떡』 북토크가 열렸던 강남구 신사클럽 4층 홀이었다. 이제 막 자리 잡는 신생 단체 사단법인 서울문학광장이 주최하는 새해 첫 행사였다.
아침부터 진눈깨비가 추적추적 흩뿌리고 있었다. 날씨는 유난스레 차가웠다. 아마도 올해 들어 가장 추운 날인지도 몰랐다. 날씨도 그러하고 행사가 열리는 장소도 대중에게 많이 알려지지 않은 생경한 곳이라 과연 제대로 찾아올 사람이 몇이나 될까 싶었다. 더구나 내가 소속되어 있는 한국소설가협회의 임원 선거가 코앞이라 공식적인 모임 자체를 금기하는 상황이어서 더욱 그러했다.
진눈깨비였다가 싸락눈이었다가, 펑펑 함박눈이었다가를 반복하는 겨울 오후는 스스로 재촉하듯 빨리 어두워졌다.
신사클럽이 위치한 빌딩은 골목 어귀에 자리 잡고 있었는데, 쌓이는 눈이 행인들의 발길에 다져져 길바닥이 온통 반들반들 얼음판이었다. 하루 내내 사람들로 북적이던 골목이 갑자기 한가해졌고, 그것도 엉금엉금 발걸음을 떼는 행인들이 띄엄띄엄 눈에 뜨일 따름이었다.
그러나 길이 미끄러워서 신사클럽 행사에 참여하는 사람의 수가 적은 것은 아니었다. 간혹 찾아오는 사람도 헷갈리기 쉬운 골목이라 초행의 경우는 주변을 몇 바퀴 돌다가 포기하고 돌아가기 일쑤였다.

어쨌든 행사장에 발을 들여놓은 사람은 많지 않았다. 모두 합해 스물대여섯 명이나 될까. 소설가보다 시인들 얼굴이 더 많이 눈에 들어왔다.

초라했지만, 그래도 화기애애한 북토크가 그럭저럭 끝났는데도 시간이 남아 참석한 사람들이 마이크를 잡고 자기소개하는 시간을 가지게 되었다.

"저 백종일입니다. 북토크하는 주인공의 고등학교 동창입니다!"

어라! 나는 깜짝 놀라 고개를 번쩍 들었다. 종일이가 어떻게 이런 자리에…….

누가 뭐래도 종일이는 이곳에 올 만한 사람이 아니었다. 문학판에서 매일매일 노닥이는 사람도 감히 찾아올 생각을 못 하는 판에 문학과 전혀 관련이 없는 사람이 어떻게 이 작은 행사의 정보를 입수했으며, 설사 알았다 해도 골목 안에 위치해서 매우 애매한 장소를 물어물어 찾아올 수 있단 말인가.

마이크를 들고 종일이가 계속하고 있었다.

"나는 원래 작가정신을 존중합니다. 내 동창이지만 『쑥떡』을 쓴 친구가 자랑스럽습니다. 돈 많이 생기는 일이 아닌데도 끈질기게 글을 쓰고 또 쓰는 열정의 내 동창을 나는 좋아하고 사랑합니다. 혹여 오해가 있었다면, 이 자리에서 말끔히 씻어지기를 기원합니다."

종일이는 그날 현장에서 판매한 『쑥떡』을 여러 권 구매했을 뿐 아니라, 행사 격려금이라고 표기한 봉투를 남겼는데, 그 안에는 깔깔한

5만원권 지폐가 4장이나 들어 있었다.

벌써 칠흑처럼 컴컴해진 창밖에는 싸락눈이 흩날리고 있었다.

나는 북토크가 있었던 다음 날 바로 전화를 걸어 종일이를 만났고, 그가 좋아하는 뜨거운 우거지갈비탕을 후후 불며 함께 먹었다. 그리고 식당 바로 옆에 자리한 크라운 커피숍에 마주 보고 앉았다.

"어제 고맙다. 생각할수록 고맙다."

"고맙긴, 뭐가……. 아니 두섭이 너, 진짜로 자랑스럽더라."

"자랑스럽기는……."

"넌 그래도 뭔가를 많이 남겼고, 또 앞으로도 남기게 될 텐데, 나 같은 사람은 뭘 하고 살았는지 몰라."

"무슨 소리야? 얘기 들으니까 변호사 사무실에서 좋은 일, 보람 있는 일 많이 한다는 소문이 자자하던데!"

"그거 다 헛껍데기야. 부질없는 헛발길질이었다구. 너한테니까 얘기지만, 나처럼 어리석게 살았던 사람도 또 없을 거다. 나 정말 비현실적으로다가, 신기루만 좇다가 세월 다 보내 버렸어. 너 신기루 알지?"

"알다마다. 갈증에 시달린 사막의 나그네를 유혹하는 오아시스 신기루를 왜 몰라?"

"맞아. 존재하지도 않는 가짜 허상을 좇아 헤매고 또 헤맨 바람 빠진 풍선 같은 사람이 바로 나라니까."

"바람 빠진 풍선이라니? 내가 보기에는 바람이 너무 많이 들어가 빵빵하기만 한걸."

"농담이 아니고…… 내 허울만 좋은 진짜 속 모습을 보면…… 그래, 지금은 아닌 거 같고, 우리 언제 술 한잔하자."

"나 술 끊은 지 오래됐는데, 너하고라면 한두 잔은 할 용의가 있다만……."

"고맙다. 쇠뿔도 단김에 빼랬다고, 이번 주 금요일은 어떠냐?"

"금요일 좋아."

"여기 근방에 잘하는 복집 있거든."

종일이가 자주 가는 집이어서 홀이 아닌 아늑한 방으로 예약이 되어 있었다. 오후부터 시작한 함박눈 탓인지, 종일이는 혼자서 소주 한 병을 후딱 비웠다.

"야, 너도 한두 잔은 한다매?"

"그래, 천천히 할게."

"그러지 말고 쭈욱 하고, 나한테도 한 잔 주고 그래라."

"알았어."

내가 술잔을 건네자마자 종일이는 게 눈 감추듯 없애고 나서,

"크으, 이제야 기별이 오는구나."

"기별?"

"소주가 날 깨우는 거 같다고."

"왜, 그동안 잠자고 있었던 모양이지?"

"맞아. 그것도 그냥 잠이 아니고 지저분한 잠!"

"지저분한 잠은 또 뭔데?"

"너 앞에서 문자 쓰는 것 같다만…… 실제 세상에 존재하는데도 손에는 잡히지 않는 고약한 진실이라고나 할까."

"점점 더 어려운 말만 하는구나."

"그렇지? 내 말이 어렵지? 아니, 산만할 거야. 그래서 어느 대목부터 시작해야 엉키지 않고 술술 풀릴 수 있을까 궁리하는 중이야."

종일이가 연극배우의 독백처럼 또록또록 말을 이었다.

"…두섭이 너, 녹번동지점에 날 찾아왔을 때 널 기다리게 했던 여사님 기억나냐?"

"여사님? 아니, 왜 여기서 갑자기 여사님이 나와?"

"내가 말했잖니? 엉키지 않고 풀기 위해서라고."

"뭔지 모르겠다만, 녹번동 여사님…… 아, 기억나고말고. 그 키 작은 여자분도 나처럼 대출받으려고 널 찾아온 것 같더라. 참, 대추탕까지 손수 끓여 온 걸로 기억되는데, 맞지?"

"그래, 용케 기억하는구나. 나 사실 그 순간에 선택을 잘했어야 했는데……. 그때 그 순간의 실수로 너무나 명확한 진실이면서도 끝내 풀리지 않는 신기루 같은 허상을 찾아 끝없이 표류하고 있는 중이거든."

"야, 좀 구체적으로 이야기해 봐. 순간의 선택은 뭐고, 고약한 진실은 또 뭔지."

"그래, 그래. 이제 와서 후회하면 뭐 하겠느냐만…… 그때 곽 여사가 아니고 두섭이 너를 선택해야 했었어. 한데 귀신에 홀린 것처럼 널 배제하고 곽 여사의 손을 번쩍 들어 준 거야. 똑같이 대출 조건에 맞지 않는 미비한 서류임에도 불구하고……. 나는 내 친구 두섭이 너를 젖혀 버리고 아닌 것처럼 입을 싹 씻었어. 두섭이 너나 곽 여사나 피장파장 대출하기 힘든 조건임에도 불구하고 나는 내 직권으로, 그리고 지점장을 구워삶아 소위 말하는 불법 대출을 겁도 없이 두 차례, 세 차례씩이나 반복해서 큰돈을 꺼내 주었어."

"그래서? 대출금을 회수하지 못했구나?"

종일이가 선의 경계에 들어선 승려처럼 지그시 눈을 감은 채 고개를 끄덕이며 천천히 입을 열었다.

"결과적으로 내가 대신 갚느라 우리 집을 처분했었어."

"집을 처분했다구?"

"나도 간신히 간신히 장만한 압구정동 서른다섯 평 아파트를 팔아 넘긴 셈이지."

"압구정 아파트씩이나?"

"이래 봬도, 나 한때는 압구정동 부자들과 함께 살았다 너!"

"지금 그 아파트를 그대로 갖고 있었다면 그거 하나만도 거액의 재산인데, 그걸 그렇게 날려 버리다니……. 그래, 그 여자분은 뭐 하는 사람이었는데? 물론 사업을 했겠지만."

"사업? 사업이라도 했으면 오죽이나 좋았겠냐."

"그럼 뭘 하는데 그리 큰 목돈이 필요했던 거지?"

"곽 여사 수양아버지 병원비가 첫째고……."

"친아버지도 아니고 수양아버지 병원비라니?"

"뭐 어쩌다 그렇게 됐어. 하긴 보통 수양아버지가 아니고…… 일만 잘 풀리면 수천억 원을 손에 쥘 수 있는 그런, 능력 있는 아버지였지."

종일이가 말을 이었다.

"그런 능력의 가능성 탓에 변호사비, 활동비 등등이 계속 투자되지 않으면 안 되었지."

"나는 뭐가 뭔지 통 이해가 되지 않는다."

내가 머리를 가로저었다.

"직접 대면하고 일을 추진했던 나도 그랬는데, 말만 듣고 판단하는 넌 오죽하겠냐?"

종일이의 설명은 계속되었다.

"곽 여사의 수양아버지는 당시 돈으로 2천억보다 더 많은 액수를 찾아야 할 자격을 갖추고 있었고, 권리도 있었어. 그리고 그 돈을 회수할 수 있는 물증도 있었고, 그것을 증언해 줄 증인들도 수두룩했거든."

"지금 뭐라고 그랬어? 2천억이라고 했어?"

"그래, 2천억 원."

"종일이 너, 2천억 원이 얼마나 큰돈인 줄 알고나 하는 소리야?"

"알다마다! 절대로 허황된 액수가 아니라니까. 어쩌면 2천억 원의 열 배도 넘을 수 있는 금액인데, 백번 양보하고 최하 금액으로 환산한 거라구."

"그래도 나한테는 전혀 현실감으로 다가오지 않는데……."

사실이었다. 20억 원만 해도 큰돈인데 2천억 원이라니? 실제로 상상이 안 되는 액수였다. 입을 열어 말로는 들먹일 수 있다 해도, 액수 자체는 먼 나라가 아니라 다른 세상에서나 통용되는 꿈과도 같은 금액이었다.

황당해하는 나를 지그시 바라보던 종일이가 말했다.

"자세한 내막을 모르니까 그렇지. 그걸 알고 나면……."

"그래, 그렇다 치고, 그 2천억 원을 찾게 되면 종일이 너한테도 보상금이 돌아오게 되어 있었구나?"

"그렇지. 변호사가 공식적으로 작성한 계약서에 적힌 액수가 2백억 원이었으니까."

"2백억 원!"

내가 목소리를 높여 반문했다.

"왜 그렇게 놀라? 2백억 원이 많아 보여서?"

"당연하지."

"당연할 거 없어. 2천억 원의 10분의 1일뿐이야."

"이번에도 그렇다 치고, 상대가 누구였어? 누구랑 계약한 거야?"

"곽미순 여사지. 그녀의 수양아버지가 병석에 누워 있어서 제 역할을 못 한 탓에 수양딸인 곽 여사가 그 어른의 대리인으로 활동하고 있었으니까."

"수양아버지라는 사람이 누군데?"

"넌 설명해 줘도 몰라. 나도 몰랐으니까. 하지만 분명한 것은 한때 엄청난 재산을 소유하고 있었던 부자 중의 부자 노인이라는 사실이야."

"그 노인한테는 가족이 없어? 왜 친딸도 아닌 수양딸이 대리인 역할을 하는 거지?"

"그래, 그분한테는 직계손이 없었어. 삼대에 걸쳐 외동으로 내려오다 보니 사촌도 오촌도……. 공교롭게 노인보다 일 년 전에 떠난 부인 맹기순 또한 이북 출신이라 대리인으로 나설 만한 인물이 없었던 거지."

제 2 부

어둠의 자식들

#6

　종일이가 곽미순의 수양아버지를 만난 것은 그가 두 번째 대출금 신청서를 접수한 다음다음 날이었다.
　녹번동 근린공원 입구의 허름한 단독주택이 곽미순이 사는 주거지였다. 그때만 해도 곽미순의 외동아들이 중학생이었는데, 작은 몸매의 어머니와는 다르게 훌쩍 큰 체구를 자랑했다. 아마도 일찍 세상을 등진 남편의 거구를 그대로 물려받은 모양새였다.
　그러나 곽미순의 아들은 매사에 의욕이 없어 보였다. 실제로 학교 공부와는 아예 담을 쌓았고, 그렇다고 특별히 좋아하는 취미가 있어 그쪽으로 관심을 보이는 것도 아니었다.
　아니, 녀석이 신줏단지 모시듯 하는 노리개가 따로 있었다. 축구공이었다. 얼마나 오래 갖고 놀았는지 손때가 덕지덕지 묻어, 잿빛도 아니고 누런빛도 아니고 꼭 말하라면 똥색이라고 해야 옳은, 그 냄새 나는 축구공을 녀석은 온종일 손에서 놓지 않는 것이었다.
　녀석은 실제 학교의 축구부 요원이었다. 말은 후보선수였지만, 그래서 다른 애들이랑 똑같이 학교에서 합숙 훈련도 받았지만, 시합에

뽑혀 공식 경기를 소화한 적은 아직 없었다. 그래도 합숙훈련생 중에서 탈락되지 않는 것은 녀석의 축구 실력보다 합숙소 청소며 유니폼 세탁 등 온갖 잡일을 자발적으로 혼자 맡아 처리하는 우직함 때문이 아닌가 싶었다.

 이름이 김석동이었다. 녀석은 정말 청소를 깨끗이 한다. 어떻게 그런 천성을 타고났는지, 녀석은 주변에 먼지 쌓여 있는 꼴을 보지 못하고 견디지도 못한다. 누가 시키지도 않았는데 그처럼 열성을 다할 수 없다. 안 그래도 예산을 들여 합숙소 청소며 세탁이며 온갖 잡일을 담당할 사람을 써야 하는 판에 석동이가 그 일을 군소리 없이 잘도 처리하고 있으니 굳이 녀석을 탈락시킬 이유가 없는 것이다.

 일주일에 한 번, 그것도 띄엄띄엄 왔다가 고작 하룻밤 자고 가는 석동이 놈은 집에서도 청소를 빡세게 한다. 안방, 마루, 건넌방, 화장실, 부엌 할 것 없이 대청소를 하는데,

 "어머니, 일어나세요. 그 밑도 닦아야죠!"

걸레를 들고 채근하기 일쑤였다.

 "여긴 괜찮아. 나중에 내가 닦을게."

 "안 돼요. 거기 먼지가 또 흩어진단 말예요."

 기어코 제 어미의 곤한 잠을 깨워 버리곤 하는 것이었다.

 조심스러워 녀석의 엄마까지도 함부로 말을 꺼내지 않지만, 석동이는 정상적인 중학생이 아니다. 정박아 수준의 병세를 앓고 있는 아이였다. 그런 녀석이 연습게임을 치르다 다리 근육에 손상을 입어 집에

서 일주일째 요양 중이었다.

　그나마 부상당했으니 망정이지, 안 그랬으면 제 어미도 녀석 보기가 여간 어려운 것이 아니다. 학교가 멀어 네 번 갈아타고, 두 시간 가까이 버스 속에 앉아 있어야 도착할 수 있는데다 까딱 잘못하면 버스가 끊기기 십상이어서 녀석은 불도 없는 얼음장 숙소에서 새우잠으로 밤을 새운 적도 다반사였다. 집과 가까운 학교에는 축구부가 없기 때문이기도 했지만, 녀석을 운동특기생으로 받아 주는 유일한 학교 탓이기도 했다.

　축구 외에는 그 어떤 것에도 관심이 없는 녀석은 얼마나 할 일이 없었으면 방 안을 뒹굴며 노리개인 축구공을 손가락 끝으로 돌리기도 하고 방바닥에 튀기는 동작을 동시에 진행하며 이미 읽었던 만화책을 읽고 또 읽는 일을 수차례 반복하는 것이었다. 한 달 남짓 전까지는 자취도 없었던 웬 노인네가 자기 집 안방을 차지하고 누워 있다는 사실에도 별반 신경 쓰는 눈치가 아니었다.

　노인의 이름은 김영구였다. 서울대 병원에 두 달 가까이 입원해 있다가 퇴원, 안방에 없던 병원용 침대를 들여놓고 그 위에서 하루 종일 소일하는 중이었다.

　침대 위에서 눈을 뜨면 곧바로 보이는 것이 부처님 좌상이었다. 개인 집에 모셔 놓기 좋은 크기의 목상에 금물을 도금한 황금불상이었다.

　그 금불상과 대각선을 이루는 노인의 침대 머리맡에는 수양딸 곽미순이 꽂아 놓은 흰색 미니라스와 마가렛이 조화롭게 벙긋거렸다.

　노인의 얼굴도 백지장처럼 희었는데, 그것은 유난히 길고 가느다란 손가락들도 마찬가지였다. 오랫동안 햇빛을 보지 못한 음지식물인 양 멋없이 유약하기만 한 모습 그대로였다. 노인의 몸에서 그래도 제 수준을 유지하는 부분은 머리숱이었다. 늙은이치고 제법 풍성해 보였지만, 역시 징그러울 정도로 새하얀 백발이었다.

　석동이 녀석은 다리를 제대로 쓰지 못하면서도 일단 청소병이 도지면 앞뒤 가리지 않고 털고 쓸고 닦기 시작했다. 김영구 병상 주변도 예외가 아니다.

　"할아버지, 일어나서 저쪽에 좀 앉아 계세요. 침대가 더러워서 안 되겠어요."

　"아니다, 나는 환자라서⋯⋯ 내가 알아서 할 거다. 그리고 지금 나는 병들고 쇠약해서 몸을 맘대로 움직일 수가 없구나."

　"제가 부축해 드릴게요."

　"괜찮대두."

　"할아버지!"

　녀석은 김영구를 번쩍 들어 방 귀퉁이에 내려놓고 침대 위와 주변을 물걸레로 깔끔하게 닦아 냈다. 제 어미도 못 이기는데 하물며 김영구가 어찌 녀석의 극성을 막을 수 있겠는가.

　석동이는 그런 녀석이다. 지금 석동이 놈은 어떤 소리도 내지 않는다. 축구공 다루는 소리 역시 마찬가지다. 아마도 낮잠을 자는지 읽었던 만화책을 다시 읽다가 슬픈 대목에서 눈물을 흘리는지 찍 소리도 내지 않고 있다.

김영구 노인은 석간신문이 배달되는 소리를 듣고 있었다. 배달 청년이 신문을 접어 휙 소리 나게 던졌는데, 언제나처럼 현관 철제문을 텅 때리고 땅바닥에 철퍼덕 내려앉았다. 마치 눈먼 새가 날아와 쾅, 유리창에 부딪히며 추락하는 상황을 방불케 하는 소리였다.

노인은 배달된 신문을 빨리 보고 싶어 안달을 냈다. 그 내용을 읽기에는 시력이 미치지 못함을 잘 알면서도 그러했다. 돋보기를 껴도 별반 효력이 없다. 오늘 서울고등법원 1차 판결이 날지 모른다고 했는데, 모르긴 해도 신문에 크게 보도되었으리라……. 노인이 유추하는 내용이었다.

어서 빨리 확인하고 싶었다. 수양딸 곽미순이 외출에서 돌아올 시간까지 잠자코 기다리기에는 너무나 궁금했다.

노인은 이리저리 머리를 굴리다가 건넌방에서 뒹굴고 있는 곽미순의 외동아들을 언뜻 떠올리고,

"석동이 거기 있냐?"

목소리를 높였다.

"네, 여기 있는데요!"

"너 현관문 열고 석간신문 좀 집어다 줄래?"

"신문 집어 오라구요?"

"그래, 방금 도착하는 소리 너도 들었지?"

"아니요."

"어서 가져오너라."

녀석은 금방 일어나지 않았다. 뒹굴뒹굴 몇 바퀴나 구르는지 한참 뜸을 들이다가 마지못해 일어나 텅텅 축구공을 튕기며 걸어가 현관문을 열고 신문을 치켜들었으며, 또 텅텅 가까워지더니 안방 문이 획 열렸다.

"여깄어요!"

"야, 이놈 석동아!"

"왜요?"

"이리 와서 앉아라."

노인은 수양딸 곽미순이 앉곤 하는 머리맡의 의자를 가리켰다.

"뭐 하게 앉아요?"

"너한테 줄 게 있다."

"뭘 주실 건데요?"

"그냥 주는 게 아니고, 니가 신문을 읽어 줘야 뭔가를 상으로 주지."

"신문을 읽으라구요?"

"그래, 사회면에 난 기사를 다 읽어 보아라."

"사회면이 뭐예요?"

"사회면도 몰라?"

"몰라요."

"정치면, 경제면, 그다음이 사회면 아니냐? 중학생인데 학교에서 그것도 안 배웠느냐?"

"안 배웠어요."

"알았다. 내가 펼쳐 줄 테니까 읽기나 해라."

노인은 안 보이는 눈에 돋보기를 걸치고 끙끙거리며 신문을 펼쳐 주었다. 녀석이 신문을 받아 들고 오만상을 찌푸리며 앉았다가 갑자기 신문을 덮으며 내뱉었다.

"저 안 읽을래요."

"왜? 왜 안 읽어?"

"한자투성인데 어떻게 읽어요?"

"한자가 어려워서 못 읽는다구?"

"네, 한자는 모른다니까요."

노인이 어처구니없다는 듯이 입을 닫았다가 다시 열었다.

"한자 빼고 한글만 천천히 읽어 봐라."

녀석이 씩씩거리다 말고 다시 물었다.

"정말 읽으면 상 주실 거죠?"

"그럼, 주고말고."

"뭘 주실 건데요?"

"뭘 갖고 싶으냐?"

"모르겠어요."

"모르다니?"

"그냥 몰라요. …그냥 읽을게요."

녀석이 정말 상에 지대한 관심이 있다는 듯이 띄엄띄엄 읽기 시작했다.

"어제 오전 인혁당 관련 8명, 서울구치소에서 교수형을 집행했다."

녀석이 입을 닫았다.

"왜 읽다 마느냐?"

"그다음은 한자가 많아서 못 읽겠어요."

"그 밑으로 다른 기사는 없느냐? 토지 사기사건 기사가 분명 나왔을 텐데……. 찬찬히 찾아봐라."

"없는데요."

"찬찬히 찾아보라니까."

"대통령 긴급조치 7호 발동이랑 고려대 휴교…… 근데 교수형이 뭐예요?"

석동이가 물었다.

"교수형이라니?"

"서울구치소에서 8명을 교수형 했다잖아요?"

"아, 그건…… 사형시켰다는 뜻이다."

"죽였다고요?"

"그래, 죽였다는…… 뜻이다."

"왜 죽여요?"

"쓸데없는 질문 그만하고, 토지 사기사건 기사나 찾아보라니까!"

"더 다른 기사는 없어요. 이제 다 읽었으니까 상 주세요."

"상?"

"네, 주신다고 했잖아요!"

"…석동이 네 어미가 내 수양딸이라는 사실은 알고 있느냐?"

"몰라요."

"모른다구?"

"네."

"넌 도대체 아는 게 뭐냐?"

"아는 거 없어요."

"너 축구선수라면서?"

"네."

"선수니까 잘하겠구나?"

"모르겠어요."

"뭘 몰라?"

"아무튼 몰라요."

"너 포지션이 뭐냐?"

"풀백이에요."

"수비로구나."

"네."

"그건 그렇고, 너 학교가 멀어서 힘들다면서?"

"괜찮아요."

"그래서 집에도 자주 못 오잖아?"

"학교도 좋아요."

"책상 위에서 자는 게 좋다구?"

"네."

"축구가 그리 좋아?"

"네."

"나도 소싯적에 축구선수 한번 해 본 경험이 있거든."

"할아버지도 시합에 나갔어요?"

"학교 대표로 몇 번 뛰었었지. 결승전에서 일본 중학교와 맞붙었는데, 갑자기 윙백이 부상당하는 바람에 후보선수였던 내가 발탁되었지. 한데 상대편 골대 근처에 서 있는 나에게 공이 저절로 굴러오는 거야. 그래서 냅다 내질렀지. 그게 결승 골이 될지 누가 알았겠니?"

"할아버지."

"왜?"

"상도 주시지 않는데, 나 갈래요."

"석동아!"

"네."

"내가 왜 너한테 이렇게 관심을 보이는지 그 이유를 알고 싶지 않니?"

"그 이유가 뭔데요?"

김영구가 험험 헛기침을 한 다음, 그것도 모자란 듯이 침을 꼴깍 삼키고 나서 조심스럽게 말을 이었다.

"사실은 나에게도 너 같은 사랑스러운 아들이 있었단다."

"나 같은 아들이요?"

"그래, 다섯 살이 될 때까지 엄마 아빠도 부르지 못하고 걸음도 비틀비틀, 성장이 느렸던 아들이……."

"그 아들이 어쨌는데요?"

진달래가 만발한 어느 봄날, 그만 집 마당 연못에 빠져 혼자 허우적거리다가 죽고 말았단다.

하나 김영구는 그 말을 석동이 녀석이 들을 수 있도록 소리로 표현하지 않았다. 아니, 않았다기보다 못 했다고 해야 옳았다.

그래, 내가 고향 재산을 모조리 정리하고 서울로 터전을 옮겼던 것도, 내 오랜 꿈을 이루기 위해서이기도 했지만 어쩌면 그 아들을 잊으려는 발버둥이었는지도 몰라.

"석동아!"

김영구가 다시 녀석을 불렀다.

"네."

"어쨌든 석동이 네놈이 곽미순이 아들이면 내 손자인데…… 내가 언제 갈지 모르는 판에 그 많은 돈을 다 지고 갈 것도 아니고…… 석동이 네놈이 머리를 조금이라도 쓸 줄 안다면, 이 할애비한테 이렇게 툴툴거릴 수 없을 텐데 말이다."

종일이가 곽미순과 함께 녹번동 근린공원 입구에 위치한 작은 단독

주택에 도착한 것은 바로 그 시간대쯤이었다. 시멘트 블록 담에 걸쳐 놓은 막대기를 타고 올라간 덩굴장미가 활짝 핀 꽃들을 달고 있었다. 새빨간 장미꽃을 찾아온 벌들의 날갯짓 소리가 담벼락 쪽에서 유난스레 윙윙거렸다.

곽미순의 아들 석동이는 만화책을 끼고 뒹굴다가 잠이 들어 있었고, 김영구 노인이 멀뚱멀뚱한 눈으로 곽미순을 맞았다.

"아버지 저 왔어요."

그녀의 아버지라는 억양이 그토록 부드러울 수가 없었다. 간드러짐이 뚝뚝 흘렀다.

"그래, 잘 왔다. 오늘 어떻게 됐냐?"

"변호사 만나는 일이요?"

"아니, 오늘 1차 판결이 날지도 모른다고 했잖니?"

"몇 주 더 지연될 거 같아요."

"몇 주씩이나?"

"워낙 중차대한 사건이라······."

"그래도 우리 쪽이 유리하겠지?"

"변호사가 기다려 보자고 했어요."

"변호사만 믿고 있으면 안 된다고 내가 말했잖니?"

"그래도······ 이번에는 다른 거 같아요. 그분이 잘하시더라구요."

"그런데 왜 신문에 한 줄도 안 나왔는지 몰라."

"아직, 그 단계가 아닌가 보죠 뭐. 낼 변호사 만나면 자세히 물어 볼게요."

곽미순이 종일에게 시선을 옮기고 말을 이었다.

"그보다 아버지, 오늘 손님 한 분 모시고 왔어요. 제가 말했던 은행 직원이에요."

"은행?"

"네, 병원비랑 변호사비랑…… 대출해 준 은행……."

"아, 그래? 고마운 사람이 오셨구먼."

김영구가 병상에 누운 채 손을 내밀었다.

"백종일입니다."

종일이가 희고 가느다란, 마치 고무장갑 같은 손을 잡았다. 섬찟할 정도로 차가웠고, 어떤 힘도 느껴지지 않는 손이었다. 얼핏 종일이를 쳐다보는 것 같았는데 어느새 눈이 감겨 있었다.

"요건을 다 못 갖췄는데도 대출을 해 줬고…… 이번에도 그만큼 더 추가해 주기로 약속했어요, 아버지."

그래도 반응이 시원찮았으므로 곽미순이 김영구의 귓바퀴에 바짝 입술을 가져가 물었다.

"아버지, 제 얘기 듣고 있어요?"

"듣고 있고말고…… 저 커튼 좀 닫아 줄래? 눈이 부셔서…… 그래, 참 고마운 사람이구나. 그런데, 이름이 백종일이라구?"

"네, 그렇습니다."

"어디 배씨요?"

"고령입니다."

"고령배씨?"

"네."

"고령배씨가 양반 손이라더구먼."

"감사합니다."

"그래서인가? 멀리 내다볼 줄 아는 안목을 가진 젊은이구려. 나를, 아니 우리 미순이를 돕는 것은 미래를 보장받는 것이나 다름없으니까."

"어르신께서 참으로 억울한 상황에 처하셨다는 얘기는 대충 들어 알고 있습니다."

"맞아. 사람을 잘못 세우고 믿었다가……. 이런 곤욕을 당하리라고 누가 상상이나 했겠소. 하지만 하늘이 저리도 시퍼렇고, 햇빛도 저리 청명한데, 그런 범죄가 우물우물 덮어질 리 만무하지. 암, 만무하고말고……."

김영구의 눈두덩이 파르르 떨렸다.

"참, 아버지. 약은 드셨어요?"

곽미순이 나섰다.

"먹었다."

"전립선약도요?"

"전립선약?"

"어제 새로 지어 준 약 말예요."

"그것도 꼭 먹어야 되는 거냐? 하도 먹는 게 많아서……."
"아버지 소변 잘 못 보시잖아요?"
"늙은 사람 오줌 잘 안 나오는 거야 다반사지……."
"그래도 의사가 시키는 대로 하셔야죠. 아버지가 강건하셔야 우리 싸움에서 이길 수 있는 거라구요!"

곽미순이 김영구의 바싹 마른 장작개비 같은 다리를 두 손으로 주무르며 말을 이었다.

"이제 휠체어에 앉지 마시고 벌떡 일어나 뚜벅뚜벅 걸어서 그 사람 찾아가자구요!"
"아먼, 그래야지."
"어쩌면 그렇게 야비하고 뻔뻔한 사람이 있을까요?"
"그러게 말이야……."
"아무리 생각을 고쳐먹고 이해하려고 해도 안 돼요. 경우가 없어도 그렇지, 남의 재산을 벌건 대낮에, 그것도 통째로 냉큼 집어먹고 아닌 척하며 언죽번죽하다니? 그러고도 교육한국 백년대계를 외쳐요?"
"원래 그 사람 철면피 아니냐?"
"이번에 본보기로…… 꼭 두 배 세 배 갚아 줘야 된다구요……. 아버지, 나 옷 좀 갈아입을게요."
"그래라."

곽미순이 안방을 나가자 김영구가 말했다.

"우리 미순이 참 똑똑하지요?"

"네, 어디서나 당당하고 침착해서 여자분 같지 않습니다."

"체구는 작아도 남자 서너 몫 하는 아이거든. 어렸을 때부터 그랬어."

"어렸을 때 보셨으면…….."

"그래, 내 친한 친구 딸이라서 크는 모습을 다 볼 수 있었지."

"그럼, 곽 여사 친아버님은…….."

"너무 일찍 죽었어. 생지옥 같았던 사변 중에도 멀쩡했고, 사일구 때도 스크럼 짜고 학생들하고 거리에 나섰던 고등학교 선생님이었는데, 어느 날 아침에 뇌출혈로 쓰러져 결국 못 일어나고 말았어."

"어르신하고 일본에서 같이 공부하셨다는 얘기 들었습니다."

"미순이가 그런 얘기도 했구나?"

"그런데…….."

종일이도 곽미순이가 그랬던 것처럼, 김영구의 장작개비 다리를 가볍게 주무르기 시작하며 말을 이었다.

"국회의원에 출마하셨었다면서요?"

"국회의원?"

김영구가 잠시 뜸을 들이다가 계속했다.

"그 얘기는 입에 올리고 싶지 않구먼. 왜냐하면 세 번이나 낙선했거든. 그것도 이등도 아니고 맨 꼴찌로 말이야. 그러느라 쪽박까지 차게 되었지만…….."

"쪽박이라뇨? 아주 부유한 재산가였다고 하셨는데."

"맞아. 나 만석꾼 할아버지의 삼대독자 손자였어. 진짜 돈이 많았어. 한데도 국회의원 세 번 낙선하고 났더니 살던 집까지 날아가 버리고, 거리로 쫓겨나는 따라지신세로 전락해 버리더라구."

"무소속이어서 그랬던 거 아닙니까? 이승만 쪽이든 신익희 쪽이든, 둘 중 하나를 선택하셨어야 했는데……. 무소속은 원래 인기가 없잖습니까?"

"나는 말이야, 두 정당이 다 싫었어. 새 정치를 하고 싶었지. 철학이 있는 정치, 오합지졸 집단이 아닌 따뜻한 인심이 강물처럼 흐르는 참정치……."

#7

김영구가 고향 김제에서 대대로 내려오던 재산을 정리한 것은 1945년 가을이었다. 시골에서 왕 노릇 하는 것보다 설사 꼬리 부분이 되더라도 서울 물을 먹는 것이 미래 사회의 가치에 더 빨리 융화될 수 있다고 믿었기 때문이었다.

넓디넓은 문전옥답이며 울창한 편백이 하늘을 찌르는 산판이며, 인근에서 가장 규모가 큰 정미소며, 술도가며, 고래 등 같았던 아흔아홉 칸짜리 기와집 등 전 재산을 총정리한 금액은 당시만 해도 거액의 돈이었다.

그 무렵 시골 부자들이 전 재산을 현금화해서 상경하자마자 1번 순위로 들르는 곳이 기생집이기 십상이었는데, 김영구는 달랐다. 그가 처음 찾아간 곳이 종로1가에 위치한 복덕방이었다.

그는 우선 서울에 살 집을 크지도 작지도 않은 골목 안 기와집을 구매한 뒤, 복덕방 주인과 마주 앉았다. 당시 풍수지리에 능한 전문가로 제법 소문난 사람이었다.

"어디 사 놓으면 큰돈 되는 서울 주변 땅 없겠소?"

"큰돈 될 땅이라……. 있고말고요. 왕십리 배추밭도 있고, 영등포 동작동 야산도 있고, 한남동 강 건너 오이밭도 있고……."

"그 땅들 다 보여 줄 수 있겠소?"

"보여드리고말고요. 한데 보기만 하고 그냥 돌아서는 사람이 하도 많아서요……. 선생께서야 그럴 리 없겠지만, 우리도 잇속 있어야 일하는 터라 기본 복비부터 내시고 시작하면 어떻겠습니까?"

"그야 어려운 일 아니니까 그렇게 합시다. 대신 좋은 물건만 골라서 보여 줘야 합니다."

"여부 있겠습니까? 어쨌든 전망 좋은 것 몇 개만 봐도 하루가 거진 소진될 터이니, 그리 아시고 출발해야 할 겁니다."

하지만 김영구는 하루 종일 좋은 땅을 찾아다니지 않았다. 첫 번째 도착한 영등포구 동작동 산줄기를 보자마자 침을 꼴깍 삼키고 못 박힌 듯 그 자리에서 꼼짝도 하지 않았다.

"이게 모두 몇 평이라고 했습니까?"

김영구가 물었다.

"5만 3,820평입니다. 어떻습니까? 기가 막히죠?"

"좋네요."

"웬만하면 잡으시지요. 팔겠다고 내놓은 지 한 달도 안 되어서 그렇지, 시간이 좀 지나면 너도나도…… 누구 수하에 들어갈지 모릅니다."

"좋기는 한데……."

"좋은데, 뭐가 문젭니까?"

"저는 명당을 원하는 게 아니고, 사 놓았다가 큰돈이 될 장삿속에 걸맞은 땅을······."

"그렇다면 눈 딱 감고 이걸 선택하시지요. 단언컨대, 절대 후회하지 않을 테니까요."

"정말 그럴까요?"

"저는 빈말 할 줄 모릅니다. 사람들이 명당 명당 하는데, 사실은 여기가 대한민국 제일 명당입니다."

"아닌 게 아니라, 명당의 조건을 두루 갖추고 있는 것 같습니다. 관악산을 타고 내려오는 산줄기에다 한강 물줄기에다······."

"그렇지요? 선생께서도 안목이 높으신 분이네요. 공부를 많이 하셨나 봅니다."

"뭐 조금······ 땅을 볼 줄 압니다."

"실은 5만 3천 평 안에 묘소가 하나 있습니다. 일제강점기 전까지만 해도 전국의 선비들이 매일매일 조선 제일의 명당을 직접 눈으로 확인하겠다고 밀려들었던 곳이 바로 여깁니다."

"그 묘소가 5만 평 안에 속해 있다구요?"

"맞습니다. 선생께서 이 땅을 구입하시면 그 묘소도 선생의 소유가 되는 겁니다."

복덕방 주인이 말하는 명당 묘소는 동작동 5만 평 야산 중턱쯤에 자리 잡고 있었다. 묘소를 안내하는 신도비神道碑가 그 아래 입구를 지키고 있었다.

비문에 의하면, 묘지의 주인공은 조선 중종의 후궁 창빈안씨昌嬪安氏다. 1550년에 묘지가 조성되었으니까 계산상 500년 가까운 세월의 역사를 가진 묘지인 셈이다.

창빈안씨가 누구인가. 조선 14대 임금인 연산군 5년에 안산에서 태어나 중종 2년 아홉 살 때 궁녀로 뽑혔고, 스무 살 때 중종의 총애를 입어 영양군, 덕흥군, 정신옹주 등 2남1녀를 낳았고, 1549년 50세에 세상과 하직한다.

그녀의 아들 덕흥군은 경기도 장흥에 모신 어머니의 묘소가 풍수지리상 좋지 않다는 평판에 이장을 결심하고 조선의 저명한 지관들을 모았는데, 그때 지관들이 추천한 장소가 바로 이 동작동이다. 그런 풍수지리 덕분인가, 이장한 지 3년 만인 1552년 하성군이 태어났고, 하성군은 1567년 조선 14대 선조로 즉위하게 된다. 손이 끊기기도 하고, 원인 모를 병을 앓다 일찍 죽기도 하는 통에 조선의 왕위는 갈팡질팡 혼돈의 시기를 거쳐 마침내 후궁의 손자가 왕위를 차지하게 된 것이다.

후궁의 손자가 임금이 되기는 조선 건국 이래 처음 있는 일이었다. 더불어 선조 이후의 임금은 모두 후궁 창빈안씨의 후손인 셈이고, 바꿔 말해 선조 이후부터는 통틀어 '창빈의 조선'이라고 해도 그리 틀린 말이 아니었다.

김영구는 오래 고민하지 않았다. 혼자 큼큼 기침을 했다. 그리고 손아귀에 힘을 주었다. 그래, 이런 명당을 어디 가서 또 찾을 수 있단 말인가.

맞아, 일단은 손에 쥐고 보는 거야. 내 것으로 만들어 놓고 나서 다음 일을 구상해도 늦지 않아.

갑자기 땅에 대한 욕심이 발동하는 것이었다. 다행스럽게 동작동 산33번지 일대 임야 5만 3,820평의 대금이 생각했던 것보다 크게 비싸지 않았다. 그쪽에서 부른 값이 구화 3천만 원이었다.

김영구는 창빈안씨 묘소가 문화재나 다름없으므로 함부로 훼손할 수 없는데다, 하필 땅 중앙에 위치해 있어 토지를 효율적으로 활용하는 데 불리하다는 점을 내세워 100만 원을 깎도록 했고, 그 조건을 지주가 받아들였으므로 총 2,900만 1천 원에 계약서를 쓰기로 합의했다. 김영구가 그 금액을 선뜻 정하게 된 것도 본인이 보유하고 있는 전 재산 중에 땅값을 지불하고도 일정 금액이 남기 때문이었다. 그 정도의 여유면 고향 산천을 내팽개치고 상경한 원래의 목적, 이른바 새로운 정치를 펼칠 자금으로 모자라지 않다고 계산한 터였다.

그는 중산층 서민들이 모여 사는 종로구 익선동 골목에 둥지를 틀고 인근 주민들과의 교류를 시작했다. 노인정은 물론이고 학교며 시장통이며 관공서를 찾아다니며 이름을 알리고 일일이 눈도장을 찍었다. 국회의원 출마를 위한 사전 포석이었다.

생각해 보면 김영구가 시름시름 건강을 잃게 된 것도, 그의 든든한 재산인 동작동 임야 5만 3천여 평의 명당 토지를 청천 대낮에 눈 버젓이 뜨고 빼앗기게 된 것도 국회의원 선거에 두 번이나 낙선의 고배를 마시면서 남긴 후유증 탓이었다.

그러나 뭐니 뭐니 해도 결정적인 것은 그의 두 다리였다. 두 다리가 멀쩡해서 마음먹은 대로 동서남북 활보할 수 있었더라면 그런 식으로 어이없게, 그리고 황망하게 동작동 명당 토지를 송두리째 날리지는 않았을 터였다. 그러니까 뇌출혈로 쓰러져 반신불수만 되지 않았어도 그같이 억울하고 참담한 사기행각에서 자유로웠을지도 모른다.

그러나 주어진 상황은 그게 아니었다. 김영구가 운신을 못하는데다 선거를 치르느라 짊어지게 된 사채를 갚지 못해 한때 숨어 지내지 않으면 안 되었던 상황 자체가 그를 극단적인 함정에 빠뜨려 넣은 계기가 된 것이었다.

그리고 그보다 더 원천적인 것은 한국전쟁이었다. 김영구가 서울 집을 버려두고 피난길에 오른 것은 한강 인도교가 끊기기 한두 시간 전이었다. 중요한 것들을 대충대충 챙겨 예약된 트럭에 간신히 끼어 앉았는데, 사람들이 차에 오르고 내리고 하는 통에 그만 품고 있던 가죽 손가방을 놓치고 만 것이었다. 그 손가방 속에 동작동 산33번지 소유등기며 각종 영수증이며 인감도장이 들어 있었는데, 그 모든 것을 한꺼번에 잃어버린 것이었다.

문제는 동작동 등기 관련 서류와 인감도장을 습득한 사람이 김영구를 잘 아는 이웃인데다 늘 복덕방을 기웃거리던 술꾼이었다는 사실이다.

그는 전쟁이 끝나고 수복된 서울로 돌아오자마자 평소에 친분 있는 김춘복을 찾아가 그 사실을 털어놓고, 이 서류로 큰돈을 만들 아이디어가 없을까 의뭉스런 사업 제안을 건넨 것이었다.

그러나 얼씨구나 하고 와락 덤벼들 줄 알았던 김춘복이 시큰둥하게,

"그런 걸로 무슨 큰돈을 만들어?"

하며 서류뭉치와 인감도장을 저만큼 밀치며 말했다.

"그런 엉큼한 생각 하지 말고 수표교 공사하는 데 가서 삽질이나 좀 하지 그래? 하루 일당 받으면 사흘은 먹는다잖아."

"그것도 일자리라고 우리한테는 차례가 오지 않더라구."

"그건 내가 소개해 줄게."

"소개해 준다구?"

"그래, 내일 당장 해 줄게. 현장 소장이 학교 후배거든. 대신 그 서류는 놔두고 가. 내가 임자 찾아서 전해 줄 테니까."

그렇게 해서 운 좋게 서류를 확보한 김춘복이 어느 날 서류의 주인인 김영구를 수소문했다.

김춘복은 외모도 그럴싸하고 성품도 다정다감한 터라 처음 만난 사람도 금세 친해지는 붙임성 좋은 남자였다.

"안녕하십니까? 김영구 선생이시죠?"

"누구신지?"

"저는 김춘복입니다."

"김춘복 씨요?"

아무리 봐도 처음 대하는 얼굴이었다. 김영구가 고개를 갸웃거리자 김춘복이 잽싸게 입을 열었다.

"선거포스터를 보고 찾아왔습니다. 하도 인상이 좋으셔서……."

"아, 그렇습니까? 이거…… 정말 고맙습니다."

김영구가 벌떡 일어나 고개 숙여 인사까지 했다.

김춘복이 김영구의 손을 다정하게 잡으며 말했다.

"익선동 46번지에 사시지요?"

"내가 거처하는 집도 아시는군요?"

"그럼요. 저도 근처에 이사 와서 살고 있으니까요."

김춘복은 특정 직업을 갖고 있는 것 같지 않은데도 씀씀이가 넉넉했고, 인심도 후했다. 사람들이 다 좋아하는 형이었다. 그는 김영구가 따로 부탁하지 않았는데도 캠프에 나와 선거를 도왔고, 무보수요원으로서 필요 이상의 소임을 다했다. 액면 그대로 해석하면 참으로 고마운 사람이었다.

한데 그 고마운 사람이 김영구 소유의 동작동 명당 5만 3천여 평을 청천 대낮에, 그것도 어떤 조리 방법도 없이 날것 그대로 꿀꺽 삼킨 장본인인 줄 누가 상상이나 할 수 있었겠는가. 김춘복은 그 땅을 감쪽같이 편취하기 위한 사전 포석으로 김영구에게 의도적으로 접근한 범죄조직의 일원이었던 것이다.

나중에 알았지만 김춘복은 토지 전문 사기 60범의 경력을 가진, 그쪽 분야의 베테랑 범법자였다. 그의 활동무대는 어느 지역, 어느 시점을 가리지 않았다. 눈에 보이는 것이면 모두가 먹이 대상이었고, 일단 손을 댔다 하면 백 프로 가까운 성공률을 보였다.

김춘복이 왕성하게 활동했던 일제강점기 때 그 피해자로 일본인들도 더러 있었는데, 그럼에도 불구하고 그가 단 한 번도 범법자로 체포되어 형을 살지 않았던 것은 일본인들이 김춘복의 사기행각에 혀를 내두르고 그들의 앞잡이로 차출, 한껏 활용한 까닭이었다.

그는 억세게 운이 좋은, 자타가 공인하는 토지 사기 전문 베테랑 전과자였다. 해방 전에도 그러했지만 해방 이후에도 그는 여기저기서 부름을 받고, 임무가 주어지면 아주 정확하게 그리고 빠르게 목표를 달성하곤 하는 것이었다.

김춘복의 유능한 파트너 구본상은 전직 법원 직원이었는데, 두 사람이 손을 맞잡고 짝짜꿍을 부릴라치면 대한민국 웬만한 토지는 단 한 푼도 들이지 않고 감쪽같이 주인이 바뀌는 요지경 마술이 이뤄지는 것이었다.

김영구의 동작동 명당 5만 3천여 평의 토지가 그러했다. 선거에서 세 번째 낭패를 보고 건강까지 피폐해진데다 빚쟁이에게 밤낮으로 시달리는 김영구를 김춘복이 찾아왔다.

"집이 넘어갔다면서요?"

"낼모레 비워 줘야 하는데…… 내가 이러고 있네요."

"안 그래도 몸이 불편하신데…… 걱정이 많으시겠습니다."

"참으로 난감하네요. 맘대로 운신할 수 있다면 무슨 조처라도 취할 수 있을 텐데……."

"갈 곳이 마땅찮으시면 당분간 저희 집에서 지내시는 게 어떻습니까?"

김춘복이 제안했다.

"아니, 그래도 되겠소?"

"당연히 되지요. 마침 사랑채가 비어 있어서 지내시기에는 불편하지 않을 겁니다."

"사랑채라뇨?"

김영구가 반문했다. 김춘복이 사는 익선동 집은 사랑채 구조가 아닌 민짜 세 칸짜리 서민주택이었기 때문이다.

"참, 미처 말씀을 드리지 못했습니다. 제가 이번에 이사를 했거든요."

"아니, 어디로 이사를 했습니까?"

"광희동이요. 익선동하고는 엎디면 코 닿는 곳이지요. 익선동보다 규모가 큰 집이라서……. 선생님이 원하시면 모시려고 집사람하고도 의논을 끝냈습니다."

"근데……."

"왜, 무슨 문제라도?"

"아니…… 집세를 낼 형편이 안 되어서……."

"아이쿠, 그게 무슨 말씀입니까? 집세 받으려고 모시는 게 아닙니다. 인간적으로 존경하는 분이라서…… 그리고 빚쟁이들에게 당하시는 모습이 민망하기도 하고……."

"실은……."

김영구가 그동안 깊숙이 숨겨 두었던 것을 이제야 꺼낸다는 듯이 말을 이었다.

"내가 아주 빈털터리는 아니고…… 하지만 가지고 있는 것이…… 워낙 큰 덩어리라서……."

"네?"

반문하는 김춘복, 말을 꺼낸 김영구도 놀라기는 마찬가지였다. 김영구는 김영구대로 왠지 동작동 5만 3천 평이라는 큰 재산을 소유하고 있다는 사실을 밝히고 싶지 않았고, 김춘복은 김춘복대로 혹시 이 노인네가 뭔가 눈치채고 하는 소리가 아닌가 싶어 잔뜩 겁을 먹었던 터다.

하지만 김춘복이 누군가. 전과 60범짜리 날고 기는 프로 중의 으뜸 프로 아닌가. 그런 의미에서 김영구는 김춘복의 상대가 되지 못했다. 김춘복이 김영구의 머리 위에 있었다.

"큰 덩어리라고 말씀하셨습니까?"

그가 물었다.

"아니…… 뭐 그렇다는 얘기고…… 내가 형편이 좋아지면…… 두 배 세 배로 갚겠다는 뜻으로다가……."

"네, 그러십시오. 형편 좋아지시면 다 갚아 주세요. 선생이 잘되시면 저도 기분 좋으니까요."

"고맙소, 고마워!"

혼자 눈물을 질금거릴 만큼 김영구는 감동을 받았다. 이미 익선동 집은 다른 사람 이름으로 넘어간 뒤라 김영구는 한밤중에 아내를 앞세우고 넓디넓은 김춘복의 광희동 집으로 도망치듯 옮겼다.

그다음 날 아침, 김춘복이 문안인사를 하며 말했다.

"때마침 광희동사무소에서 보리쌀 배급이 나왔다는데, 우리라고 해서 받아먹지 말아야 할 이유가 없잖습니까?"

"당연히 그래야지."

"선생님 이름으로도 받아야죠?"

"물론이지."

"도장 좀 주세요. 제가 광희동사무소 배급 명단에 도장을 찍고 신청할게요."

"도장? 새로 만든 인감밖에 없는데……."

"인감도장이면 더 확실하니까 좋지요."

비단 인감만 아니었다. 몇 번 자필 사인도 해 주었는데, 그때마다 김춘복은 광희동사무소에 제출할 각종 지원신청서 용지라고 했다.

그것이 그들의 작전이었고 함정이었으며, 묘책이었다. 그들 부부를 볼모 삼아 감쪽같은 술수를 부려 김영구 소유의 땅을 돈 한 푼 들이지 않고 소유주 등기를 바꿔 버린 것이었다. 다름 아닌, 실제 땅주인 김영구를 자신들의 아지트에 가둬 두고 소유주 명의변경 재판을 벌인 것이다.

더 자세히 설명하자면, 서울 민사법원에 전직 법원 직원 구본상을 원고로 하고 김영구를 피고로 하여 동작동 산33번지 토지에 대한 소유권 이전 등기 절차 이행의 소를 제기하여 김영구가 인지하지 못하게 연막을 치고 소장訴狀과 준비명령과 변론 준비, 기일 소환장 등을 김춘복이 김영구를 대신해서 받는 불법한 재판을 통해 등기기록을 변경시킨 것이었다.

그 과정에서 피고 김영구에게 송달되는 모든 재판 서류를 집주인 김춘복이 김영구를 가장해 수령하고, 김영구 본인에게는 알리지도 않고 소유권이전등기 말소 청구 사건처럼 속여서 재판을 순조롭게 진행시킨 것이었다.

그러니까 김영구의 주소지를 광희동으로 옮기게 했던 것도 법원에서 송달되는 재판서류를 김영구가 수령하지 못하게 막는 비방이었으며, 동사무소 보리쌀 배급을 빌미로 새 인감도장을 수중에 넣은 것도, 김춘복이 소액의 생활비를 김영구에게 때때로 제공했던 것 역시 김영구 스스로 노예처럼 고분고분해지게 만든 특별조처였던 것이다.

그뿐 아니었다. 김영구 명의로 된 재판에 관한 공소권 포기서도 김영구 모르게 김춘복이 임의대로 작성 제출, 재판 판결을 확정 짓게 했으며, 확정 증명 또한 본인이 받아 확정판결문에 의해 동작동 임야 5만여 평을 구본상의 명의로 이전하는 동시에 일부 토지를 김춘복 명의로도 바꿔 등기 완료시킨 것이었다.

　그때까지만 해도 그것은 완전범죄에 가까웠다. 설사 김영구가 그들의 음모를 알아차리고 당국에 낱낱이 고발하여 그들의 범죄를 백일하에 드러낸 다음 당신 소유의 동작동 5만 3천여 평의 임야를 되찾으리라 솔직히 자신할 수가 없었다. 그러기에는 너무나 완벽한 범죄였다. 김영구 자신에게 송달된 법원 서류에 날인한 인감이며 자필 사인 등이 너무도 명료한 사실이기 때문이었다. 본인이 아니라고 우길 근거가 없었다.

　더구나 더 기가 막히는 것은 김영구가 매입 소유하고 있던 동작동 산33번지 5만 3,820평이 일괄 대한민국 국군묘지로 지정되었다는 사실이었다.

　6·25전쟁으로 희생된 수십만 국군 장병들의 묘지를 한곳으로 모아 체계적으로 운영할 필요를 느낀 정부가 대단위 묘역이 들어설 서울 인근에 위치한 몇 군데 후보 토지를 놓고 심사숙고했다.

　김영구 개인 소유의 동작동 명당 토지가 그중 가장 적합한 국군묘지로 비공개 배정된 것이 1952년이고, 토지브로커 김춘복 일당이 땅값 한 푼 건네지 않고 통째로 그 땅을 자기들 소유로 감쪽같이 바꿔버린 것이 김영구가 국회의원 선거에서 세 번째 낙선의 고배를 마셨던 1957년이었다.

#8

나는 종일이와 교대 앞 이층 카페에서 마주 앉았다.

"정말 이게 실제로 일어난 일 맞아?"

내가 종일이에게 물었다.

"사실이고말고. 아무리면 없는 사실을 있었던 것처럼 과장할 필요가 없잖아?"

"그건 그런데…… 이건 너무 리얼해서……. 아니, 그렇게 확실한 범죄가 왜 지금까지 드러나지 않고 그대로 묻혀 있을 수 있는가 해서."

"실은 나도 그래. 바로 그 대목이 불가사의한 일 같아. 도무지 이해가 안 되는……."

"그동안 대한민국 신문이나 방송은 뭐 하고 있었던 거야? 신문 방송에 왜 제보하지 않았어?"

내가 나무라는 소리로 종일이를 다그쳤다.

"왜 안 했겠어? 진보라고 큰소리치는 H신문에도 제보했고, 보수를 자처하는 C신문에도 하소연해 봤지만 두 군데 다 쇠귀에 경 읽기였어."

"그게 무슨 소리야? 종일이 네 말을 믿지 않았다는 거야? 아니면 자기들도 한통속이라고 패스 패스해 버린 거야?"

"둘 다 피장파장이었어."

"피장파장이라니?"

"너무 오래된 사건인데다, 법적 시효까지 지나 버려서 다루기가 만만찮다는 사실이 그렇고, 범죄를 기획하고 조종한 세력이 워낙 큰 거물이라 빳빳한 현찰이라는 무기를 앞세워 와해시켜 버리는 바람에……."

"잠깐!"

내가 종일이 말을 가로챘다.

"너 지금 뭐라고 했어? 사건을 조종한 세력? 그게 누구야? 사기꾼 김춘복 일당을 앞세워 땅을 가로챈 거물급 말이야."

"얘기하면, 이 사건으로 책 한 권 쓰려구?"

"왜, 쓰면 안 되냐?"

내가 조금은 어설프게 반문했다.

"너한테 아직까지 그런 용기가 남아 있는지 궁금해서 말이야."

"용기라니? 그게 무슨 뜻이야?"

"옛날에 너는 대한민국 최고 재벌하고 일인전쟁을 벌인 용기 있는 소설가였잖아? 겁도 없이 『돈 황제』라는 책을 써서 덤볐던 그 용기와 관록을 나는 지금도 기억하고 있거든."

"그래서?"

내가 다시 물었다.

"네 몸속에 아직도 그 전의가 살아 꿈틀거리는지 솔직히 궁금하다구."

"결국 넌……."

내가 목소리를 높였다.

"지금 날 부추기고 있는 거야."

"맞아!"

종일이도 목소리를 가다듬고 있었다.

"솔직하게 말해서 너를 이용할 목적으로 너에게 접근했어. 네가 기분 나쁠지 모르지만, 나에게는 소설가 박두섭이 내 동창이라는 사실이 그렇게 큰 위안일 수 없었어. 하다 하다 안 되면 내 동창을 꼬드겨 책으로 써 버리겠다! 책으로 이야기하겠다! 책으로 거물의 위세를 꺾겠다! 책으로 대한민국의 공공연한 범죄를 발본색출하겠다!"

종일이는 마음속에 숨겨 두고 있던 것을 단숨에 토해 냈다는 사실이 스스로 믿어지지 않는다는 듯이 멀뚱멀뚱 나를 보았다.

"종일이 네가 그렇게 원한다면 한번 고려해 볼게."

"고려해 본다는 뜻은……."

"지금 쓰고 있는 작품이 있으니까, 그걸 끝낸 다음에 시작할지, 아니면 순서를 바꿔 종일이 네 얘기부터 차고앉아야 할지……. 면밀히 계산해 보겠다 그 말이야."

"어쨌든 수용해 줘서 고맙다."

"사실 나도 종일이 너한테 큰 빚을 지고 있거든."

"큰 빚?"

"우리 아버지 말이야. 우리 중학교 때던가. 충장로 은행 앞에서 우리 아버지 빗자루질할 때 너랑 만났잖아?"

"그래, 기억난다."

"나는 그다음 날 종일이 네가 다 소문낼 줄 알고 얼마나 쫄았는지 아니?"

"쫄았다구?"

"그래, 두섭이 아버지는 길가 청소하는 은행 소사다! 그렇게 떠벌릴 줄 알았는데…… 넌 끝까지 입을 봉하고 비밀을 지켜 주었어. 나는 종일이 너 인간 됨됨이에 대해 경의를 표하고 있어."

"아니, 아니야!"

쑥스러운지 종일이는 머리를 긁적인 다음 입을 열었다.

"말이 났으니 얘기지만, 그 어른한테 내가 많이 배웠어. 그렇게 어려운 형편인데도 더 힘든 사람들에게 뭔가 베풀려고 애쓰시는 그 넉넉한 인품에 늘 감동을 받았으니까."

"너 그거 만들어 낸 얘기 아냐?"

"만들어 내다니? 솔직히 말하면, 내가 곽미순에게 규정을 어겨 가며 선심을 베풀게 된 것은 네 아버님 영향이라고 해야 옳아. 그날 은행 숙직실 식당을 털어 간 도둑을 신고하지 않고 되레 식량을 보태 준 어른에게 내가 왜 그런 일을 하시냐고 했더니, 뭐라고 대꾸하신 줄 아니?"

"뭐라고 했는데?"

"구덩이에 빠져 허우적거리는 사람을 보고도 못 본 척 지나치는 것도 죄악 중의 하나라고 말씀하셨어."

나는 종일이를 그윽이 바라보았다. 그리고 말했다.

"그 얘기, 내가 책으로 쓸게."

"정말이냐?"

"정말이고말고."

"고맙다!"

나는 종일이가 내민 손을 덥석 잡았다.

"근데 아까 얘기하다 만 거…… 그 범죄를 기획하고 조종한 세력이 누구야?"

"보험업계 거물이야."

"보험업계 거물?"

"서대평 회장이라면 너도 알 만할 텐데?"

"한보생명?"

"그래, 한보생명이야."

"설마 본사 빌딩 치하에 책방을 차리고 운영하는 그 어른은 아니겠지?"

"맞아, 바로 그 사람이야."

나는 대꾸 대신 그냥 쓴웃음만 머금어 보였다. 미소뿐 아니었다. 식어 빠져서 생쑥물처럼 변해 버린 원두커피를 입안에 이리저리 굴렸다가 꿀꺽 삼켰다. 내가 입을 열었다.

"서대평 회장, 절대로 그럴 사람이 아닌데…… 혹시 종일이 네가 잘못 짚은 거 아냐?"

"아무러면 내가 그 정도로 분별없는 사람으로 보이냐?"

"내가 알기로 서 회장은 소설가를 지망했던 문학지망생이었는데……. 돈 놓고 돈 먹기, 고급 레스토랑이나 식당가로 꾸미지 않고 그 넓은 지하층을 책으로 꽉 채워 책방을 연 것도 글 쓰는 사람들을 지원하기 위해서라는데……."

"나는 그건 잘 모르겠고…… 국가를 상대로 사기를 일삼아 일확천금을 손에 쥔 자 중에 으뜸 범법자가 서대평이라는 사실만 알고 있어."

"야, 왜 하필이면 그 사람이냐!"

내가 작파하듯 말했다.

"왜, 한보생명하고 무슨 일 있냐?"

"있고말고!"

내가 너무도 굳은 표정으로 말하는 바람에 종일이가 허리를 뒤로 젖히고 나를 조심스럽게 바라보았다.

사실이었다. 한보와 나는 아주 불편한 관계였다. 어찌 보면 관계랄 것도 없었다. 너무나 일방적이었기 때문이다.

불편한 쪽은 내 쪽이고 그쪽에서는 나의 존재조차 의식하지 못하는 상황이다. 나는 이른바 있어도 그만 없어도 그만인 아주 미미한 상대다. 그쪽이 이쪽보다 너무 커서 내 모습이 아예 보이지 않는다고나 할까.

내가 장편소설 『돈 황제』를 막 펴냈을 때니까, 정확히 35여 년 전이다. 그 무렵 『실천문학』은 전두환 정권에 정면으로 맞서는 겁 없는 독사 같은 잡지였는데, 눌러 놓으면 다시 치솟고, 또 짓뭉개 버리면 꿈틀꿈틀 되살아나서 더 기승을 부리는 아주 골치 아프게 걸리적거리는 존재였다.

그 『실천문학』의 대표가 소설가 송기원이었다. 송기원은 김대중 내란음모죄로 체포되어 2년여 징역살이를 하고 나와 『실천문학』 대표 자리를 맡았는데, 하늘이 도왔는지 우연한 기회에 출간하게 된 도종환 시인의 시집 『접시꽃 당신』이 50만 부를 훌쩍 넘게 팔리는 대박을 터뜨리게 된 것이다.

송기원은 그 수익금으로 필동의 호화 주택을 사들여 출판사 편집실로 활용하며 더 맹렬히, 그리고 더 여유 있게 『실천문학』을 펴내며 전두환 군사정권을 신랄하게 비판했다. 보다 못한 당국은 세무감찰이란 명목으로 실천문학사를 초토화시키고, 필동 주택을 팔아도 부과된 세금을 완납할 수 없을 만큼의 처참한 보복을 가했다.

송기원은 고작 2년여 활기찬 활보를 끝으로, 늘 돈 때문에 쫓기는 빈곤하기 짝이 없는 잡지사 입장으로 돌아와 『접시꽃 당신』같이 기적을 일으킬 수 있는 출판물이 어디 없나 기웃거리던 차에 내가 쓴 『돈 황제』가 그의 눈에 픽업된 것이었다.

내가 적을 두었던 H그룹의 불법적인 경영 상태와 사주의 부도덕함을 고발한 소설이 『돈 황제』였다. 회사에서 억울하게 파면당하고 울분을 삼키며 썼던 소설이라 문장에서나 구성에서나 어설픈 결함이 너무 많아 한편으로 부끄럽기 짝이 없는 작품이었다.

그 책이 처음 책방에 깔린 것은 6월 어느 날 오전이었다. 비가 내리고 있었다. 바람도 불었다. 우산을 써도 비를 피할 수 없을 정도로 짓궂은 바람이 불어 대고 있었다.

나는 비를 피하기 위해 시청 앞 지하도로 내려섰다. 사람들이 지하도에 가득했다. 길게 늘어진 줄 때문이었다. 줄 끝은 한보문고로 이어지고 있었다. 무슨 줄인데, 한보책방에서부터 만들어진 것일까. 나는 줄 끝을 확인하기 위해 시청 앞 지하도로 이어진 한보문고 안으로 들어섰다.

아뿔싸! 이게 웬일인가. 사람들이 책을 사고 있었다. 그것도 한 가지 책이었다. 『돈 황제』였다. 내가 쓴 그 소설책을 사기 위해 사람들이 길게 길게 줄을 섰고, 그것도 좀체 줄어들 기세가 아니었다.

나는 꿈인가 생시인가 좀체 그 경계를 찾지 못했다. 하지만 그것은 현실 그대로였다. 사람들이 내가 쓴 『돈 황제』를 사 들고 발걸음도 가볍게 한보문고를 나서고 있었다. 벌써 한쪽 구석에 서서 책을 펼쳐 들고 읽기 시작한 청년도 눈에 띄었다.

나는 허공중에 붕 뜬 느낌이었다. 세상에 어쩌면 이런 일이……. 아, 이런 기적도 일어날 수 있구나.

나는 후들후들 떨리는 손으로 공중전화기를 들었다. 실천문학사 편집실이었다. 소설가 송기원 대표가 전화를 받았다.

"나 지금 한보문고에 있는데, 『돈 황제』 사는 사람들이 줄을 서 있네?"

"그래요, 형님! 반응이 생각보다 좋네요. 벌써 주문이 쇄도하니까요."

송기원 소설가가 다소 흥분된 어조로 말을 이었다.

"한보는 2만 부나 주문했고, 동대문에서도 3만 부……. 형님, 이제 돈벼락 맞을 일만 남았네요!"

"돈벼락이라니?"

"이번 감은 '접시꽃'하고 다르네요. 모르긴 해도 대박 터뜨릴 것 같은 느낌! 느낌이 아주 좋아요!"

『접시꽃 당신』으로 베스트셀러 제조기라는 별칭을 듣는 송기원 대표가 나보다 더 들뜬 목소리로 계속했다.

"형님, 축하해요!"

다음다음 날이던가, 나는 실천문학사가 주선한 한승헌 변호사를 코리아나호텔 커피숍에서 만났다. 앞으로 10년간 『돈 황제』를 실천문학사에서만 취급한다는 계약서였다. 어떤 경우든 간에 다른 출판사로 옮길 수 없다는 법률적인 제어장치였다.

그럴 만도 했다. 초반 기세가 심상찮았다. 그렇게 잘 팔릴 수가 없었다. 전국적으로 주문이 빗발쳤다. 실천문학사 입장에서도 도종환 시인의 『접시꽃 당신』 이후 또 한 번 기대해도 좋은 장외홈런 같은 베스트셀러였다. 어떻게 보면 100만 부까지도 능히 바라볼 수 있는 추세였다.

나는 3주 가까운 시간을 허공중에 둥둥 떠 있는 기분으로 보냈다. 하늘이 검게 내리누르고 7월의 장대비가 쏟아지는데도 세상이 환하게 보였다. 온 천지에 무지개가 뜨고 꽃 피고 새 울고 꿀벌이 날아들었다. 내 세상 같았다. 어디로 가도 발걸음이 가벼웠다.

하지만 딱 거기까지였다. 바로 그 시점에서 뻥 소리와 함께 풍선이 터졌고, 곧바로 천길만길 벼랑 끝이었다.

한보문고가 어느 날 갑자기 『돈 황제』 책을 취급하지 않겠다고 천명하고 주문했던 재고를 실천문학사로 반품하는, 출판 사상 처음 있는 비상식적인 횡포를 감행한 것이었다.

한보문고뿐 아니었다. 동대문이며 부산이며 대구며, 각 지방의 도매상이 『돈 황제』 판매 거부를 동시에 발표하고 한보문고처럼 재고를 택배로 반품하는 것이었다.

동대문 도매상 영업 담당자의 말에 의하면, 한보문고가 나서서 전국의 서적상 대표들을 만나 특정 책을 취급하지 말라고 로비했다는 것이다.

물론 맨입으로 그런 결정을 받아 낼 수 없을 터다. 확인되지 않은 소문이지만, 책을 팔아 남길 수 있는 이문의 수십 배 되는 액수를 도매상 대표들 주머니에 찔러 넣어 주고 그 같은 합의를 받아 냈을 거라는 추측이 무성했다.

그 로비자금을 한보문고가 부담했을 리는 만무하다. H그룹 중역 중 한 사람이 한보생명 대표 집안 출신이어서 그 루트를 통해 비자금이 전해졌을 것이고, 그 비자금의 효력으로 하늘 높은 줄 모르고 오르기만 했던 『돈 황제』의 기세에 찬물을 끼얹어 버린 것이었다.

그 무렵 유일하게 전두환 정권과 H그룹의 횡포에 반기를 들었던 H신문이 사설을 통해, 어떻게 자본주의 시장의 원리인 판매의 자유를 로비자금을 통해 막을 수 있는가 항의하고 지적했지만, 그것을 번복시킬 만큼의 위력은 발휘하지 못했다.

그때 만약 나하고는 직접 연관이 없는 한보문고가 그 같은 판매 방해공작에 나서지 않았다면 최소한 70만 부 이상은 팔 수 있었을 터이고, 나 또한 돈방석에 앉았다고 해도 과언이 아니었을 것이다. 실천문학사도 마찬가지였다. 그 역시 당국의 탄압으로 구입했던 저택을 팔아 치우고 사무실을 옮겼던 수모를 단숨에 뛰어넘어 또다시 그 상황으로 되돌릴 수 있었는데, 아깝게도 그 모든 기회를 한꺼번에 놓쳐 버린 것이었다.

『돈 황제』는 10만여 부로 종지부를 찍게 했을 뿐 아니라 주문이 계속 쇄도할 것으로 예상, 윤전기를 돌려 가며 급하게 제작, 포장까지 마친 제품 수십만 부를 순식간에 휴지 조각으로 만들고 말았으니 출판사가 끌어안아야 할 손해 또한 계산조차 불허할 지경이었다.

　결과적으로 나는 한보문고에 대해 항의 한번 제대로 하지 못했다. 그냥 당하고 있었을 뿐이었다. 한보와 내가 따로 만나 이러쿵저러쿵 따진 적은 없지만, 어찌 되었든 악연인 것만은 확실했다. 그 대목에서 내가 섣불리 대들지 못했던 것도 그들이 책을 취급하고 있었기 때문이었다.

　『돈 황제』뿐 아니라 나의 다음 작품, 아니 앞으로 써야 할 수많은 작품이 한보를 통해 팔려 나가야 하는데, 그들에게 밉상이 박히면 그것마저도 『돈 황제』 격이 되지 말라는 보장이 없는 것이었다.

　그렇다고 한보가 내 책이 잘 팔릴 수 있게끔 따로 홍보를 했거나 문학지망생이었던 서대평 회장의 특별 배려로 운영되는 한보문학재단의 특별지원을 받은 적도 없다. 그 점에 있어서 나는 늘 열외였다. 선정은커녕 근처에도 가기 힘들었다. 어쩌면 『돈 황제』로 나는 한보문고가 손잡을 수 없는 '위험작가'로 분류되어 버렸는지도 몰랐다.

　35년이나 지난 지금이라고 해서 달라진 것은 아무것도 없다. 여전히 멀리멀리 떨어져 있는 신기루 같은 대상이 한보문고였다.

　그런 '악연'으로 똘똘 뭉친 한보생명의 지울 수 없는 치부를 소설로 썼을 때 그 반응이 어떻게 나올까, 『돈 황제』 같은 보복의 칼날이 얼마나 시퍼렇고 날카로울까. 안 그래도 안 팔리는 소설책을, 그것도 장편소설을 1년 주기로 출간하는데 그것마저 취급해 주지 않는다면 무슨 힘으로 작품을 쓰며 무슨 기대감으로 책을 만들어 낼 수 있단 말인가.

"야, 왜 하필 한보문고냐구?"

나는 백종일에게 다시 한번 볼멘소리를 터뜨렸다.

#9

 깊이깊이 감춰졌던 5만여 평 동작동 국군묘지 사기 편취사건이 수면 위에 떠오른 것은 1967년 8월이었다. 다름 아닌, 사기 주범 김춘복이 중앙정보부에 자진 출두, 사기 편취 과정과 그 결과를 고발 형식으로 낱낱이 진술한 것이었다.
 중앙정보부 사법경찰관 신태일 수사관이 묻고 김춘복이 답하는 형식으로 진행된 이날의 진술에서 김영구 소유의 임야를 합법을 가장한 사기 협잡으로 편취한 후 어떻게 처분되었는가를 조목조목 밝혔는데, 그 내용은 다음과 같다.

 총 5만 3,820평 중 김춘복 명의로 4,500평, 맹헌 명의로 1만 1,500평, 박영수 명의로 7,000평, 유원철 명의로 7,000평, 박순보 명의로 4,500평, 국방부 명의로 4,500평 등 총 여덟 필지로 분할 등기되었으며, 그렇게 동원된 이름들은 실제 토지주인과는 거리가 멀었다. 이쪽 편과 전혀 관련이 없는 사람들처럼 보이지만, 실제로는 모두가 한보교육보험이 내세운 명단이었는데, 이를테면 한국교육보험 대표이사 전용 운전사의 처남이든가 아무개 비서의 사돈이든가 하는 식이었다.

그때만 해도 호랑이 담배 먹던 시절이라서 토지를 사고팔 때 기본이던 취득세 양도세가 아예 부과되지 않았으므로 얼마든지 소유주를 바꿀 수 있었고, 토지등기 또한 수시로 변경할 수 있었던 터다.

그러니까 동작동 산33번지 토지가 몇 번씩 사고팔리는 세탁 과정을 통해 합법에 가까운 최종 소유주가 결정되었는데, 그 영광스러운 주인공이 바로 한보교육보험 대표이사 서대평이었다. 다시 말해 토지 횡령사기 60범의 김춘복과 법원 전 직원 출신의 구본상은 사기 주범이 아닌, 일종의 바람잡이 역할에 불과했다는 얘기다.

일선에 전혀 얼굴을 내밀지 않으면서 어디까지나 뒷전에서 원격 조종하는, 흡사 나무인형 피노키오를 그렇게 하듯 총괄 지휘하던 음흉한 장본인이 서대평이었던 것이다.

여기서 서대평을 음흉한 장본인으로 규정하는 데는 그만한 이유가 있었다. 땅을 거저먹겠다는 의뭉스런 의도도 가증스럽지만, 감쪽같은 사기횡령 작전을 성공적으로 끝낸 뒤의 일처리 또한 그렇게 야비할 수 없었기 때문이었다.

구본상이 사람의 일은 알 수 없으니 구두 약속이 아닌, 변호사 공증을 거친 각서를 작성하자고 제안했지만, 구본상에게 서대평을 소개했던 김춘복이 나서서 보험회사 사장님이신데 설마 그같이 몰상식한 배신이 있을 수 있겠는가, 오히려 꾸짖는 바람에 우물우물 넘어갔던 터였다. 그런데 결국 우려했던 배신이 현실로 나타나고 만 것이었다.

다름 아닌, 애초 범죄 모의를 시작했을 때 약조했던 동작동 산33번지 임야에서 얻어지는 전체 이익금에서 30퍼센트를 떼내 각각 15퍼센트씩 나누어 주겠다고 철석같이 약조했는데도 서대평이 언제 그랬느냐는 식으로 오리발을 내밀어 버린 것이었다.

말이 났으니 얘기지만, 서대평도 처음부터 사기협잡으로 땅을 거저 먹을 부도덕한 생각을 갖고 시작한 것은 아니었다. 공교롭게도 전 재산을 다 털어 넣고 야심 차게 벌인 제철사업이 하루아침에 거덜 나는 바람에 차고 있던 금시계마저 풀어 팔았을 정도로 빈털터리가 되었던 서대평이었다.

1955년 봄이었던가. 한국에서 최초로 냉각 압연 시설까지 도입, 영등포 오류동 공장에서 막 시운전을 시도하는 찰나 이승만 정부로부터 허가취소 명령이 날아든 것이었다.

빈털터리 상태로 어찌어찌 다시 시도한 사업이 한보교육보험이었다. 자신이 보유한 자금이 아닌, 순전히 남의 돈으로 어렵게 어렵게 문을 연 교육보험이었지만 그런대로 아슬아슬 운영되고 있던 그해 봄에, 평소 깊은 친분이 있는 국방부 모 간부로부터 대한민국 국군묘지가 동작동 산33번지로 최종 지정되었다는 아주 신선한 정보를 얻게 된 것이었다.

국군묘지로 지정되었다는 정보가 밖으로 새게 되면 땅값이 요동칠 우려가 있으니, 헐값일 때 땅을 구입해 놓으면 큰 도움이 될 것이라는 우정 어린 어드바이스에 서대평은 옳다구나 팔을 걷어붙였다.

하나 수중에 땅을 구입할 자금이 없었다. 매일매일 소요되는 회사 운영자금도 빠듯한 지경인데, 어찌 5만여 평이나 되는 땅을 사들일 수 있단 말인가.

바로 그때 나타난 사람이 김춘복이었다. 좋게 표현해서 부동산 브로커고, 일반적으로 알려진 바로는 전과 60범 땅 사기꾼이었다. 얼마나 수완이 좋은지 그 많은 범죄를 저지르고도 구속 기소되어 재판을 받은 횟수도 많지 않고, 더구나 실제 교도소 수감생활도 오랜 편이 아니었다. 워낙 언변이 남다르고 순발력도 뛰어나 미꾸라지처럼 잘 빠져나가기도 했지만 그만큼 억세게 좋은 운도 따랐다고나 할까.

그때 서대평이 놀란 것은 동작동 국군묘지로 지정되었다는 그 극비정보를 김춘복도 공유하고 있다는 사실이었다.

"좋은 묘책이 있습니다."

"좋은 묘책이라니?"

서대평이 김춘복에게 바짝 다가앉았다.

"잘 아는 사람이 있는데, 구본상이라고 내가 아는 토지 브로커 중에서 일등가는 전문갑니다. 더구나 법원 간부 출신이라서 아는 것도 많고, 그 방면으로 아는 사람도 많고……."

"그런 사람이 있었구만. 당연히 한번 만나야지."

"제가 데리고 나올게요."

그렇게 해서 종로1가 중국요릿집인 태화관 깊숙한 특실에서 첫 대면이 이뤄졌고, 소위 말하는 묘책이 무엇인지 설명하는 등 '남의 땅 거저먹기' 사기횡령 첫 모의가 이뤄진 것이었다.

행동 개시는 그다음 날 당장 시작되었다. 이름 그대로 동작동 산33번지 불법 편취작전이 착착 진행되었고, 과연 국내 최고 전문가답게 일 마무리도 철저하게 이뤄졌으며, 운도 이쪽 편이었는지 애초 예정 기한보다 반년이나 앞당겨 등기를 마치는 쾌거를 이룬 것이었다.

원래는 동작동 야산을 국군묘지로 전격 지정한 국방부의 엄청난 보상비가 목표였고, 그 돈을 수령하여 배분할 요량이었다. 하지만 국방부가 예산 부족을 이유로 차일피일 미루는 통에 당초 계획에 차질이 빚어졌다.

우선 다급한 쪽은 김춘복과 구본상이었다. 늘 돈이 급하게 필요했다. 그들은 시도 때도 없이 서대평을 찾아가 손을 벌렸다. 가불 형식이었다. 국방부에서 보상금이 나오면 일괄 계산하기로 하고 우선 푼돈을 가져다 쓰는 형식이었다.

그런 와중에 서대평에게 국방부로부터 희소식이 전해졌다. 보상금으로 지출할 예산을 예산처로부터 하달받지 못해 어쩌는 수 없이 성북구 성북동 약 10만 평 임야를 보상금 조로 환지換地한다는 내용이었다.

성북동 10만 평 야산은 국방부 소유 국유지였는데, 원래 그곳에 국군묘지를 건설할 예정이었다. 그러나 소위 말하는 국풍 급의 풍수지리 전문가들은 물론이고 자천自薦 타천他薦의 조선 풍수들이 한꺼번에 나서서 나라를 위해 목숨 바친 순국선열을 모실 땅은 명당 혈이 많은 터를 잡아야 하는데, 성북동 야산에는 그 어디에도 명당 혈이 있는 곳을 찾아볼 수 없으므로 당연히 철폐되어야 마땅하다고 이구동성으로 주장한 것이었다.

국사학자, 지질학자, 종교인, 토목전문인들로 구성된 국군묘지 선정 자문위원들의 견해도 마찬가지였다. 여러모로 성북동의 조건이 마땅치 않다는 의견이었다.

대신 그들이 대안으로 제시한 땅이 김영구 소유의 동작동 산33번지 5만 3천여 평 야산이었다. 대한민국 제일의 명당 혈이 많은 명당 중의 명당이라고 했다. 그곳에 나라와 민족을 위해 목숨 바친 애국자들을 정중히 모셔야 대한민국 미래의 번영을 가져온다고 목소리를 높인 것이었다.

어쨌거나 거저 생기다시피 한 성북동 산25-50번지는 서대평에게 있어서 횡재와 진배없었다. 말 그대로 하늘이 내려 준 기회였다. 우선 동작동의 두 배나 되는 드넓은 면적이 그랬고, 북악산 정릉 삼청동이 에워싸고 있는 중심 위치가 그러했다.

성북동 산25-50번지는 적절한 높이의 분지에 자리 잡고 있었는데, 어느 한 곳 죽은 데 없는 네모반듯한 땅에다 하루 종일 햇볕이 내리쬐는 남향받이 토지였다. 게다가 그린벨트에도, 농지에도, 군 작전지역에도, 그 어떤 법률적 제한이 따르지 않는 이른바 땅주인의 취향대로 얼마든지 용도변경이 가능한 땅이었다. 그도 그럴 것이, 일제강점기 때 총독부가 최고급 주택단지로 개발할 목적으로 미리 정지작업을 하다가 패망하는 바람에 그대로 내팽개쳐진 곳이기 때문이었다.

당시 총독부에서 그 업무 보조를 담당하다가 퇴직한 조선인이 있었다는 정보를 접하고 그 사람을 백방으로 수소문했다. 인천 번화가 다방에서 그 장본인과 마주 앉았을 때, 그는 미국 이민을 떠나기 위해 마지막 수속을 밟고 있는 중이었다. 서대평은 그 사람을 붙잡고 늘어졌다.

시간 여유가 없는데도 그는 서대평의 부탁을 거절하지 못하고 예의 성북동 현장까지 동행해 주었다.

"조선 제일의 고급 주택지로서 전혀 손색이 없는 땅입니다."

북악 스카이웨이에서 내려다보이는 성북동 일대를 가리키며 그가 말했다.

"총독부가 주택지로 개발해서 분양하려 했다는 얘기가 헛소문이 아니었군요?"

"그렇습니다. 주로 재벌급 인사들이 그 대상이었습니다. 박흥식 같은 사람은 세 필지나 사전예약을 끝냈구요. 미츠비시 부사장도 도요타도……."

"한데……."

서대평이 말을 이었다.

"서울 중심가로 접근하는 교통이 문제일 거 같네요. 정릉 쪽으로 빙빙 돌아다녀야 하니까."

"그것도 미리 다 예비해 두었습니다. 삼청동 쪽으로 터널을 뚫기로 설계까지 마쳤으니까요."

"터널을요?"

"총길이 2백 미터만 뚫으면 바로 코 아래가 세종로니까요. 정릉으로 돌면 1시간 거린데, 터널을 이용하면 5분입니다."

서대평은 더 이상 설명을 듣지 않았다. 이미 그의 머릿속은 일괄 정리가 끝난 상태였다. 큰돈이 넝쿨째 굴러들어 오고 있는 광경이 눈앞에 선명하게 그려졌다.

서대평은 작심했다. 이 성북동 프로젝트에는 시궁창 출신의 두 사기꾼 김춘복도 구본상도 일절 접근하지 못하게 하겠다고 스스로 작심한 것이었다.

여기서 그들과의 인연을 과감하게 끊어야 한다고 서대평은 두 번 세 번 다짐했다. 사실 김춘복과 구본상에게 약속한 15퍼센트의 이익금 분배도 보상비로 수령할 현금일 때 얘기이지, 대토로 받았을 때는 경우가 달랐다.

그보다 더 중요한 이유가 또 있었다. 세상이 바뀐 것이다. 그 일을 벌일 때만 해도 서대평의 존재는 너무도 미약했었다. 누구 하나 알아주는 사람이 없었다. 어떤 바람에도 넘어지지 않고 홀로 우뚝 서지 않으면 그 시점에서 미련 없이 사라지는 것이 당시의 불문율이었다. 얼마나 볕들 구멍이 없었으면 남의 땅을 거저먹겠다고 시궁창 사람들과 한통속이 되어 범죄를 공모했겠는가.

한데 지금은 아니다. 너무나 든든한 배경이 만들어진 것이다. 이제는 어느 누구도 서대평을 함부로 건드릴 수 없다. 침소봉대해서 서대평만의 세상이 도래한 것이다.

그때는 어쩌는 수 없어 한통속으로 공모자 역할에 충실했지만, 이제는 어엿한 지도자로 우뚝 섰으므로 당연히 시궁창과는 결별을 고해야 하는 것이다. 어떤 상황이든 간에 그들과는 이 시점에서 정리하지 않으면 안 된다고 서대평은 두 번 세 번 다짐하는 것이었다.

서대평이 애초에 구두 약조했던 70대 30의 분배방식을 무효로 한다는 일방적인 통보를 김춘복과 구본상에게 전달한 것은 바로 그즈음이었다.

"회장님, 그게 무슨 소립니까?"

"말 그대로야. 우리 약조는 보상금을 현찰로 수령했을 때 경우고…… 이건 이치가 다르잖나?"

"다르다뇨?"

"현찰이 아니고 대토로 받는 땅이잖아? 당장 땅을 현찰로 바꾸기도 요원하고……."

"그래서 15퍼센트씩 못 주겠다는 겁니까?"

"당연하지."

"정말 어이가 없네요."

"어이없는 쪽은 나야. 왜 그런 줄 알아? 당신들 이 일을 빌미 삼아 나한테서 가져간 현찰이 얼마야? 땅주인 김영구 살 집을 구해야 한다고 펄쩍펄쩍 뛰어놓고서는 실제는 전세로 대체하고 중간 착복한 것은 누구고, 변호사비며 등기소장 뇌물이며 액면 그대로 지불한 경우가 단 한 건만 있었어도 내가 이렇게 나올 수 있었겠어?"

"회장님, 그것은 어디까지나 작업 중에 들어간 필수자금 아닙니까? 그런 기본작업비 없이 어떻게 엄청난 큰일을 수확할 수 있냐구요."

"아무튼 당신들은 정직하지 않아. 입만 열었다 하면 거짓말이고, 돈을 들고 나갔다 하면 절반은 삥땅이었어."

"그래서 처음 우리가 공모할 때 정한 배분 약조를 뒤집겠다 그 말씀입니까?"

"가슴에 손을 얹고 반성해 봐. 아무리 사기나 치고 사는 시궁창 인생이라 하더라도 어디까지나 기본 양심은 있어야 하지 않겠어!"

"양심이라구요? 그건 회장님이 가슴에 손을 얹어 봐야 할 것 같구요, 우리가 생각하는 것은 어디까지나 회장님 주장은 말도 안 되는 생트집이라는 사실입니다. 이번 일을 처음 주선하고 기획하고, 우리를 소집 모의한 쪽은 회장님이십니다. 아무리 회장님이 주도하고, 회장님이 모든 비용을 부담하고 일일이 조종하고 지휘하셨다 해도 우리 같은 전문 브로커가 앞장서지 않으면 절대로 성사시킬 수 없는 프로젝트입니다. 한데 왜 갑자기 우리를 배제하려고 하십니까?"

"입이 삐뚤어졌어도 말은 바로 하랬다고, 이건 배제가 아니라 사회적인 기본 룰이라고. 그만큼 일을 빙자해서 내 돈을 삥땅해 먹었으면 그만한 배상이 따라야 하지 않겠어?"

"배상이라고 하셨습니까?"

"그래, 자기가 한 일에 대한 책임은 질 줄 알아야지."

서대평이 몸을 고쳐 앉으며 말을 이었다.

"내가 정상을 참작해서 따로 우리 교육보험 주식 5백 주씩 배분할 요량을 하고 있어. 그거 갖고 있으면 평생 밥걱정은 않고 살 수 있을 거야."

"회장님!"

김춘복이 목소리를 높였다.

"여기가 어디라고 소리를 지르고 그래?"

"제가 소리를 지르지 않을 수 있습니까? 우리가 법적으로 수령해야 할 15퍼센트 돈이 얼만데, 잔돈푼인 뻥땅 금액에다 언제 휴지 조각이 될지 모르는 교육보험 주식으로 대체할 생각을 하시는 거죠?"

"휴지 조각이라고 말했나?"

"네, 그렇게 말했는데요."

"이 사람들이 정녕 머리가 돌았구먼. 내 장담하지만, 우리 교육보험 만큼 우량주는 대한민국에서는 찾기 힘들어질 거라구!"

"회장님, 우리는요 교육보험이 우량주가 되건 말건 관심이 없구요……. 우리가 원하는 것은 15퍼센트씩 주기로 약조한 그 약속을 지켜 주십사 하는 것입니다. 생각해 보십시오. 우리가 대충 계산해도 전체 이익금의 30퍼센트면 수백억 원 대인데, 고작 1억 원도 안 되는…… 기천만 원으로 통치려구요? 우리가 무슨 코흘리개 소학생입니까? 왜 이러십니까? 왜 갑자기 욕심을 부리시는 겁니까?"

눈을 감고 잠자코 듣기만 하던 서대평이 정색을 하고 말했다.

"나는 똑같은 말을 두 번 세 번 반복하지 않아!"

"정녕 그러시다면 우리도 가만있지 않겠습니다."

"가만있지 않으면 어쩔 건데?"

"우리도 생각이 있고, 입이 있고, 발이 있고, 손이 있고…… 그러나 무엇보다 옳고 그름을 헤아리는 판단력이 있거든요."

"그래서, 당국에 고발이라도 하겠다?"

"당연하죠. 쥐새끼들도 막다른 골목에 쫓기면 물어뜯는다고 하지 않습니까."

"그래? 그렇다면 마음대로 해 봐!"

"마음대로 하라구요?"

"마음대로 하라니까, 마음대로! 고발 운운하고 나서면 누구부터 구속하고 처벌할지 곰곰이 계산하면서 처리하라구!"

서대평은 뭘 믿고 그렇게 큰소리 뻥뻥 쳤을까. 김춘복도 구본상도 상식적으로 이해가 안 되는, 야비하고 가증스런 협박에 불과하다고 판단했는데, 막상 뚜껑을 열고 봤더니 그게 아니었다.

믿는 구석이 있었다. 아니, 구석이 아니라 너무도 견고한 둔덕인지도 몰랐다. 누구도 무너뜨릴 수 없는 확고부동한 배경.

동작동 땅을 편취하기 위해 작업을 시작할 때만 해도 큰 존재감이 없었던, 그러나 어엿한 별을 자랑하는 대한민국 육군 소장 계급이었는데, 그 장본인이 하루아침에 정권을 거머쥐고 흔드는 기적 같은 5·16 군사혁명을 성공리에 완수하고 누구도 넘볼 수 없는 존엄한 일인자로 등극한 것이었다.

박정희 대통령이었다. 서대평과는 참으로 각별한 인연으로 맺어지고, 이어지고, 탄탄하게 굳어진 친분이었다. 어쩌면 하늘이 내려 준 특별한 관계인지도 몰랐다.

서대평의 오늘을 있게 만든 사람 중에 가장 핵심 인사가 박정희 대통령이었는데, 그들이 인연을 맺은 것은 20년 전이다.

바로 해방정국인 1945년 초가을이었다. 그때 서대평은 중국 상해에 있었다. 형님 셋이 모두 상해 임시정부 요원으로 종사하고 있었기 때문이었다.

그중에 셋째 형님은 개인적으로 사업체를 만들어 손수 경영하고 있었다. 쌀이며 옷감이며 건어물 등을 취급하는 무역업이었다. 전라도 목포에서 작은 문방구를 운영하고 있던 청년 서대평이 형님의 부름을 받고 상해로 터전을 옮겼던 것도 셋째 형님의 배려 덕분이었다.

서대평은 셋째 형님 소유의 무역회사 '북일상회' 총무사원으로 임명되었고, 사업 확장을 위해 동분서주했다.

하나 지금까지도 가슴에만 묻고 있는 사실이지만, 셋째 형님은 순수한 독립운동가라기보다 그 반대 진영에서도 그 존재를 인정해 주는, 좋게 말해서 프로급 사업가인지도 몰랐다. 큰돈을 손에 쥐기 위해서는 때때로 독립투사들도 팔아넘길 수 있다는, 오로지 잇속에만 눈이 어두운 전형적인 장사꾼이었다.

서대평이 셋째 형님 무역회사에 몸을 담았을 때 직원이 여섯 명에 불과했지만, 3년 후에는 그 스무 배인 120여 명에 이르렀다. 셋째 형님의 경영방식이라기보다 서대평의 새로운 아이디어, 새로운 거래처 확보, 보다 빠른 운송과 배달 영향이라고 주변 사람들이 입을 모았다.

그 무렵 서대평이 상해에서 만난 사람이 시인 이육사였다. 평소 서대평이 존경했던 어른이었다. 이육사 시인은 서대평보다 13살 손위였다.

서대평은 어렸을 때부터 책을 가까이하며, 할 수 있다면 소설가로 성공하는 것이 꿈이었다. 해방 후 한때 출판사를 경영했던 것도 그 꿈을 이루기 위한 방편이라고 해야 옳았다.

하나 천성이 외향적이고 부지런하고 활동적이었던 서대평은 소설을 쓰기 위해 한곳에 움직이지 않고 주저앉아 몰입한다는 그 자체가 좀이 쑤시는 일이었다. 우선 본인이 용납하기 힘들었다. 아무래도 소설 쓰기보다 사업 쪽에 신경 쓰는 일이 훨씬 편하고 부담이 덜했다. 그래서 셋째 형님의 제안을 두말하지 않고 곧바로 받아들였는지도 몰랐다.

대신 마음 한 곳이 늘 텅 비어 서늘했는데, 이육사 시인과의 만남으로 그 빈 공간이 채곡채곡 채워지는 느낌이었다. 서대평이 이육사 시인을 평소 존경해 마지않았던 것도 그의 시 「교목」 탓이었다. 그는 이육사의 시를 늘 암송했는데, 그중에서도 「청포도」나 「광야」도 좋았지만 「교목」의 끝 구절인 '차마 바람도 흔들진 못해라'에 감복되어 혼자 그 시에 깊이 빠지곤 하는 것이었다.

푸른 하늘에 닿을 듯이
세월에 불타고 우뚝 남아 서서
차라리 봄도 꽃 피진 말아라.

낡은 거미집 휘두르고
끝없는 꿈길에 혼자 설레이는
마음은 아예 뉘우침 아니라

검은 그림자 쓸쓸하면
마침내 호수 속 깊이 거꾸러져
차마 바람도 흔들진 못해라

그때 이육사는 상해 임시정부의 의열단 단원으로 활약 중이었다. 서대평은 이육사 시인에 대한 존경의 표시로 뭔가 남기고 싶었고, 그 표징의 일환으로 제법 과하다 싶은 액수의 현찰을 봉투에 넣어,
"좋은 곳에 써 주십시오."
라고 건네곤 했다.

물론 그 대목에는 누구에게도 말할 수 없는 간곡한 아픔이 있었다. 다름 아닌 셋째 형님의 모호한 장삿속이었다. 셋째 형님은 상해 일본 주둔군에도 비밀리에 납품을 하고 수금을 했는데, 그것은 일반적인 거래뿐 아니었다.

뭔가 선명치 못한 행동이 그것이었다. 확실한 내막은 알 수 없지만 새벽이나 한밤중에 일본 헌병대를 형님 혼자 드나드는 광경도 그러하고. 때때로 뭉칫돈을 따로 예치하는 상황도 그러했다.

서대평은 이육사 시인을 만날 때마다 얼굴이 화끈거려 혹여 들키지 않을까 조마조마했던 기억이 지금도 선명했다. 결코 적은 돈이 아닌 현찰을 아낌없이 헌납했던 것도 셋째 형님의 애매하고 모호한 행동에 대한 나름대로의 작은 대가라고 생각해 온 서대평이었다. 돈의 출처는 북일상회 공금 중의 일부였지만, 셋째 형님은 그 출금을 눈치채지 못했다.

이육사 시인이 의열단 활동 혐의로 일경에 체포되어 허베이성 베이핑 주재 일본총영사관 감옥에서 심한 고문을 견디지 못하고 숨을 거두었을 때가 1944년 1월이던가.

일제강점기 끝까지 민족의 양심을 지키며 죽음으로 일제에 항거한 이육사 시인이 눈을 감았던 그다음 해 여름, 해방의 함성이 한반도를 뒤덮었고, 천하를 호령하던 일본이 꼬리를 내린 채 강제 점령했던 땅으로부터 철수를 감행했다.

서대평도 더 이상 중국 땅에 남아 있을 이유가 없었다. 회사를 정리하고 해방조국인 대한민국으로 철수를 준비했다. 팔다 남은 상품이며 한국인 직원 가족을 태울 배를 차대 내었다. 서대평 단독이 아닌 여러 회사가 합동으로 배를 빌렸고, 많은 사람들을 인천으로 부산으로 실어 보냈다.

서대평은 마지막 배로 떠날 계획이었다. 중국에서 한국으로 가기 위해 계약이 성사된 배는 더 이상 없었다. 서대평과 몇 개 회사가 공동으로 임대한 화물선은 1천 톤급이었고, 톈진 치차이 부두는 마지막 웅성거리는 손님들로 발디딜 틈이 없었다.

서대평은 갑판에 기대서서 톈진항을 내려다보고 있었다. 그 많은 사람과 화물들이 깨끗하게 정리된 치차이부두였다. 7년여 젊음을 바쳐 한껏 사업을 벌였고, 성공을 거두기도 했던 중국 땅과의 이별이 눈앞에 다가서고 있었다.

화물선이 뱃고동을 울리며 치차이부두를 내차고 먼바다를 향해 천천히 움직이기 시작했다. 바로 그때였다. 키 작은 일본군 장교 한 사람이 어디서 나타났는지, 두 팔을 휘저으며 뭐라고 고함을 치고 있었다.

얼핏 '나도 함께 갑시다!' 소리도 들렸고, '제발 태워 주시오!' 소리도 바람결에 날아들었다. 물론 일본어도 중국어도 아닌 한국말이었다. 그래도 배가 멈추지 않고 그대로 움직이자, 키 작은 장교는 아예 부두에 넘어지며 데굴데굴 굴렀다. 그리고 악을 썼다.

"날 좀 태워 달라니까!"

그 순간 서대평은 자신도 모르게 움찔했다. 무슨 계시 같은 것이었을까. 누가 봐도 키 작은 장교를 태우기 위해 배의 움직임을 멈추게 할 상황이 아니었다. 전진하는 배를 후진으로 바꿀 확률은 단 1퍼센트도 없어 보였다.

한데 서대평이 그 일을 시도하고 있었다. 뭐라고 형언할 수 없는 영감이, 계시가 그를 그처럼 재빠르게 움직이게 한 것일까.

서대평은 미친 사람처럼 인파를 헤치고 선장실을 향해 뛰어갔다.

"멈추시오! 멈추시오!"

서대평이 고함을 쳤다. 서대평이 단독으로 배를 빌린 장본인은 아니지만, 그래도 다섯 개 회사가 공동으로 차대를 냈고, 서대평은 그중 한 사람이었으므로 선장실로 뛰어들어 고함칠 자격은 갖춘 셈이었다.

"저 젊은 장교를 태우고 갑시다!"

"왜, 잘 아는 사람이오?"

"그런 건 묻지 말고, 일단 태우라니까요!"

"보아하니 패잔병 같은데……. 웬만하면 그만 갑시다."

선장이 시큰둥하게 말을 이었다.

"저런 패잔병이 어디 한두 명이어야지요."

"패잔병이든 뭐든, 태우라니까요! 왜 말을 안 들어요!"

서대평은 펄펄 뛰었다. 선장이 다른 회사 사람들과 시선을 교환했다. 서대평이 너무도 정색하고 고함을 쳐댔기 때문일까, 출발한 배를 멈추게 할 수 없다는 반대의견을 내는 사람은 다행히 한 명도 없었다.

톈진항 치차이부두를 떠났던 배가 다시 뒷걸음쳐 데굴데굴 구르며 애걸복걸했던 장교를 배 위에 태웠다.

일본 군복의 계급장을 뗀 채 긴 칼만 옆에 차고 있던 키 작은 장교가 물어물어 서대평을 찾아온 것은 배가 큰 바다로 나와 본격적인 항해를 시작한 뒤였다.

"선생께서 배를 세워 나를 태워 주셨다는 말을 들었습니다."

"아, 네⋯⋯."

"고맙습니다. 정말 고맙습니다."

"뭘요, 그리 큰일도 아닌걸요."

"나한테는 너무도 큰일입니다. 꼭 돌아가지 않으면 안 되는 일이 있거든요. 암튼 감사합니다."

키 작은 장교는 서대평의 손을 잡고 놓지 않았다.

그 장교가 훗날 대한민국을 18년간 좌지우지했던, 가장 강력한 권력의 주인공 박정희 대통령이었다.

서대평과 박정희는 정사년생 뱀띠 동갑내기였는데, 서대평의 생일이 석 달 먼저라는 것도 배 안에서 나눈 오랜 대화에서 밝혀진 사실이었다.

서대평의 미래가 탄탄대로에 들어서려고 그랬을까. 거창하게 운명 운운하기에는 뭔가 멋쩍은 면도 없지 않지만, 세상의 어떤 인연이 흡사 톱니바퀴 돌아가듯 그렇게 정교하게 맞아떨어질 수 있을까.

계급장을 뗀 일본 군복을 입고 있었던 박정희가 대한민국 육군 장교복으로 갈아입었을 때도 서대평은 그에게 축하 꽃다발을 보냈으며, 사형선고의 어두운 터널을 간발의 차이로 뚫고 나와 생명을 부지했던 여수순천십일구사건 이후의 좌절한 박정희에게 위로의 술자리를 주선했던 사람도 서대평이었으며, 육영수 여사와의 대구 계성성당 결혼식에 참석, 그때만 해도 큰돈으로 취급되었던 두툼한 축의금을 전달할 수 있었던 것도 운명의 여신이 두 사람 사이를 꾸준히 간섭하고 조종한 덕분이었다.

거기까지가 서대평에게 주어진 역할이었다면, 1961년 5월 어느 새벽 쿠데타에 성공한 검은 안경의 최고 실력자가 서대평을 불러 많은 부하들이 보는 앞에서 포옹을 하고 두 사람만을 위한 식탁에 마주 앉게 한 주인공은 박정희였다.

그날 박정희는 서대평에게 원하는 직책을 보장하는 조건으로 대한민국을 새로 디자인하는 일에 함께 매진하자고 권유했고, 서대평은 그냥 본인이 하고 있는 사업인 보험에만 진력하겠다고 사양했으며, 대신 각하께서 많이 도와주시면 그보다 더 큰 영광이 없겠다고 너스레를 떨었다.

잘하면 장관 자리도 받을 수 있는 절호의 기회였는데도 겸양의 미덕을 실천한 서대평에게 박정희는 더 깊은 신뢰를 보낼 수밖에 없었다. 그에 대한 박정희의 신뢰와 우정은 흡사 소용돌이치는 깊은 강물 같았다. 서대평만 보면 얼굴에 희색이 만연했다.

박정희에게 있어서 서대평은 그냥 기분 좋게 만들어 주는 사람이었다. 오죽했으면 비서실장을 호출,

"우리 서 사장 잘 좀 봐드려. 하시는 사업도 가능하면 잘되게 밀어드리고……. 매사에 어려운 일이 없도록 미리미리 장애물도 거둬 주고 말이야."

"알겠습니다, 각하!"

평소 대통령을 모시는 비서실장으로서는 너무 파격적인 지시였다. 대한민국 국적을 가진 사람 중 서대평에게만큼 전격적인 신뢰와 지지를 보내는 경우가 없었다.

대한민국 육해공군 장병을 대상으로 한 군인보험을 입찰 같은 형식도 없이 서대평에게 일괄 일임하게 된 것도 그 무렵이었다. 나는 새도 떨어뜨린다는 각하의 비서실장이 그렇게 나오는 판이니 그 정권에 속한 졸개들은 어떻겠는가. 서대평이 아무 말 하지 않아도 그들이 먼저 찾아와 혹여 어려운 일이 없는가 안부를 여쭐 정도였다.

실제로 서대평의 사업체가 있는 종로경찰서도 그러하고 중앙정보부 요원이 그러했으며, 심지어 보안사령부까지도 서대평의 뒤를 봐주겠다고 솔선수범 나서는 판이었다.

제3부

완전 범죄

10

서대평 사장의 배신 선언에 앙심을 품었던 구본상과 김춘복이 그에 걸맞은 행동을 개시한 것이 그해 여름이었다. 그러나 구본상과 김춘복의 생각이 똑같지는 않았다.

김춘복은 서대평이 아무리 그렇게 빗나갔다 해도 아직 시간적 여지가 있으므로 일단 사태를 관망해 가며 일을 추슬러 실속을 차리자는 주장이고, 구본상은 이미 물 건너간 일이어서 설사 함께 추락하는 일이 있더라도 서대평을 고발하여 그 비열한 배신에 반드시 칼끝을 꽂아 주겠다는 각오로 똘똘 뭉친 상태였다.

그래도 처음에는 콧바람 씩씩 불며 구본상과 김춘복이 한통속이 되어 행동했다. 매일매일 다방에서 만나 머리를 맞대고 모의를 계속했다.

"경찰서보다 검찰로 바로 가는 것이 좋을 거 같아."

"아니야. 서대평이 검찰하고도 선이 닿아 있는 게 분명해. 아예 그보다 더 높은 곳이 어떨까? 중앙정보부 말이야."

"그쪽에 아는 사람 있어?"

"내 고향 후배가 육군 소령이었는데, 얼마 전에 중앙정보부로 차출되어 갔다는 얘기 들었거든."

"그러면 그 후배 찾아가면 되겠네."

김춘복이 구본상의 어깨를 툭툭 쳤다. 한데 다음다음 날, 구본상이 사색이 되어 나타났다.

"이거, 이상하네. 정말 말이 안 되는 거 있지?"

"뭔데? 뭐가 말이 안 된다는 거야?"

"중앙정보부에 있는 후배를 찾아가서 우리 입장을 솔직하게 고해바치고 근거자료를 손에 쥐여 줬거든. 그랬더니 이런 질 나쁜 놈이 있나? 정말 파렴치한 놈이네! 당장 구속시키고 성북동 10만 평 대토고 뭐고 다 취소시켜야지, 했거든? 그런데 오늘 아침 전화해서는 그 일은 없던 것으로 하자고, 이유는 묻지 말고 웬만하면 다시 찾아오지 않았으면 좋겠다고, 되레 통사정하는 거야!"

"그게 정말이야?"

"그렇다니까! 근데 왜 그러지? 서대평이 떵떵 큰소리치더니…… 정말 우리가 모르는 엄청난 뒷배경이 있는 거 아닐까?"

"설마!"

기대했던 중앙정보부가 그렇게 된 마당이라 그만 생각을 바꿀 만한데도 구본상은 그렇게 하지 않았다.

그는 전혀 다른 방법을 선택했다. 원래 땅주인이었던 김영구를 찾아가 서대평과 더불어 벌인 사기행각을 곧이곧대로 이실직고할 속셈이었다. 정식 재판을 통해 서대평을 나락으로 끌어내릴 작정이었다.
 그 과정에서 김춘복이 구본상을 말렸던 것도 서대평을 어떤 방식으로든 설득해서 꼭 15퍼센트가 아니라도 일부 이익금을 챙기겠다는 또 다른 계산 탓이었다.

 그 대목에서 김춘복은 다시 한번 구본상을 배신한다. 구본상 몰래 서대평을 은밀히 찾아간 것이다. 서대평은 약속보다 반 시간이나 지난 뒤에 김춘복이 기다리는 예의 종로1가 중국요릿집 태화관 밀실로 들어섰다.
 "무슨 급한 일이 있길래 사람을 오라 가라 하는 건가?"
 "회장님께 절대로 불리한 정보가 있습니다."
 "나한테 불리한 정보?"
 "네, 치명적인 독극물 같은……."
 "독극물은 또 뭐야?"
 "그만큼 위험한 상황이니까요."
 그제야 서대평이 정색을 하고 다가앉았다.
 "그게 뭐야?"
 "그처럼 중요한 정보를 어떻게 맨입으로 받을 생각을 하십니까?"
 "또 돈이야?"
 "약조한 15퍼센트가 지켜지지 않으니 그 얘기가 자꾸 반복될 수밖에요."

"결국 날 협박하려고 독극물 어쩌구 하는 함정을 파 놓았구만!"

"솔직히 그건 아닙니다. 어디까지나……."

"알았어. 나 바쁜 사람이야. 맨입으로 받지 않을 테니까 어서 본론으로 들어가자구."

"약속하신 겁니다?"

"알았어."

그제야 김춘복이 입을 열었다.

"구본상이 동작동 땅주인 김영구를 만나겠답니다."

"뭐라구?"

"김영구에게 사실대로 증언하고, 그 자료를 근거로 재판에 임해서 땅을 되찾게 해 주고, 대신 회장님을 감옥에 보내겠다는 아주 당찬 계획을 세우고 있습니다."

"그게 사실이야?"

"사실 아닌 것을 왜 제가 사실인 것처럼 고자질하겠습니까? 제 생각에는 구본상이 김영구를 만났다 하면 일이 복잡하게 얽히게 됩니다. 일단 그걸 막아야 하지 않겠습니까?"

김춘복이 두 손을 맞비비며 말했다.

"그건 그렇겠구만."

"무슨 방법이 없을까요?"

"방법이야 얼마든지 있을 수 있지. 구본상 그 작자 평소 비판적인 사람 아니야?"

"불만이 많지요. 원래 성격이 그래서 그런지 막말을 아무렇게나 내뱉는 사람입니다."

"지금 우리 정부에 대해서도 별반 호의적이 아닌 것 같은데, 어때?"

"물론 아니지요. 구본상 그 사람 원래 군인들을 좋아하지 않거든요."

"그럼 됐네. 구본상을 시국사범으로 신고해 버려."

"네? 시국사범이요?"

"요즘 시국사범 단속 강조 기간이잖나? 당신 이름으로 신고하고, 그 신고일자만 나에게 알려 줘. 그 뒤는 내가 일괄처리할 테니까."

"제 이름으로 신고하라구요?"

김춘복이 히죽 미소를 머금으며 말을 이었다.

"좋습니다. 제가 신고하겠습니다. 대신 아까 한 약속은 지키셔야죠?"

"아까 한 약속?"

"맨입으로 받지 않겠다고 하지 않았습니까?"

"낼 비서실로 나와. 일부 챙겨 놓을 테니까. 하지만 구본상에게는 절대로 비밀로 해야 돼!"

"제가 무슨…… 소학생입니까!"

"그리고 내가 할 소리는 아니지만, 도대체 돈을 어디다 쓰는 거야? 나한테서 가져간 것만 해도 수천만 원인데…… 그거 아껴 쓰면 평생 발 뻗고 살아도 남을 돈인데, 왜 그렇게 돈을 함부로 낭비하는 건가?"

"걱정해 주셔서 감사합니다만…… 낼은 좀 두둑이 주십시오. 회사 하나 차릴 만큼……."

아닌 밤중에 홍두깨식으로 구본상이 방첩대에 의해 체포 구속된 것은 그가 김영구를 찾아가기 위해 온갖 자료를 다 소지하고 막 집을 나서던 순간이었다.

2년 6개월 형을 마치고 출옥하는 구본상을 김춘복이 교도소 앞까지 마중을 나왔다. 본인으로서는 구체적인 죄도 없는 구본상을 뜬금없는 시국사범 혐의를 뒤집어씌워 2년 반이나 옥살이를 시킨 장본인인 그는 뻔뻔하게도 초췌한 구본상을 끌어안고,

"고생했네, 고생했어."

신문지에 싼 생두부를 내밀어 한 입 억지로 베어 물게 했다. 물론 구본상은 김춘복이 서대평과 야합하여 친구를 배반한 사실을 전혀 눈치채지 못한 상태였다.

"그 작자는 어때? 잘 처먹고 떵떵거리고 살고 있지?"

"서 회장?"

"그 따위 인간이 회장은 무슨 회장이야!"

구본상이 컹컹 기침을 한 다음 억지 가래를 카악 뱉으며 말을 이었다.

"그게 인간이야? 인간이냐고! 사람 탈을 썼다뿐이지."

그래도 동조하지 않는 김춘복에게 구본상이 말했다.

"당신은 내가 감방에 있을 때 얻어먹은 게 많은 모양이지?"

"뭐라구? 내가 그 사람한테 뭘 얻어먹었다구? 하늘이 저렇게 시퍼런 마당에……. 정말이야, 당신 몰래 나 혼자 얻어먹은 게 단 한 푼이라도 있으면 내 성을 간다!"

실제로 그날 비서실로 찾아가 구본상을 배신한 대가로 수령했던 제법 큰 액수 말고는 2년 반 동안 서대평으로부터 단 한 푼 받은 게 없었다.

죄도 없는 구본상을 시국사범으로 감옥에 처넣기까지 충성을 다했을 때는 설사 연결고리가 없다 해도 어렵다고 손을 내밀면 어느 정도 기별이 있어야 하는데도 서대평은 얼음장처럼 차가웠고, 강철인 양 냉엄했다.

그렇다고 처음 약속한 15퍼센트를 또 꺼낸 것도 아닌데 서대평은 그동안 수없는 면담 요청에 단 한 번도 응하지 않았을 뿐 아니라 가능하면 길거리에서도 마주치는 일이 없었으면 좋겠다는 서운한 말을, 그것도 전화를 통해 남기고 홀연히 앞서 걸어가고 말았던 것이다.

"생각해 보면 하늘도 공평치 못한 거 같아. 어떻게 양아치 같은 서대평한테 돈벼락을 내리고 왜 선량한 우리한테는 국물조차 없냐고?"

"그러게. 하늘이 공정하지 못한 건지, 어쩌다 실수를 해서 잘못 때리신 건지…….”

"맞아, 하늘이 실수하신 거야. 그렇지 않고서야 저렇게 의뭉하고 흑심만 가득한 인간 같지 않은 인간한테, 그것도 찔끔찔끔도 아니고 들이부을 수 있느냐 그 말이야."

"그건 그래. 다른 사람들한테는 멋진 사업가일지 모르지만, 우리한테는 진짜 질 나쁜 사람이긴 해."

"뭐, 우리보고 시궁창 인생이라구? 제 놈은 뭔데? 시궁창이 아니라 똥통에 빠진 놈보다 더 지저분하고 더러운 주제에……."

그렇게 온갖 저주를 다 쏟아부었지만 서대평은 끄떡없이 건재했고, 구본상과 김춘복은 시간이 지날수록 더 쪼들리는 삶의 연속이었다.

흔히들 궁핍의 밑바닥에 서면 '쪽박 찬 신세'라고 말하기 십상인데, 구본상과 김춘복이 꼭 그 짝이었다. 슬하에 손이 귀한 구본상은 그래도 쪽박 들고 거리에 나설 지경까지 급전직하하지 않았지만, 김춘복은 달랐다.

평소에 씀씀이가 헤픈데다가 돈은 쓴 만큼 들어온다는 나름대로의 철칙으로 살아온 터라 돈의 무서움에 대해 그렇게 예민하지 않았던 김춘복이었다.

이른바 사기횡령 60범 전력이 그것이었다. 60건에 달하는 사기 건수를 그때그때 만들어 쉽게 쉽게 현금을 조달했던 김춘복에게 어느 날 감당할 수 없는 가뭄이 찾아온 것이었다.

불운은 원래 정해진 길로, 정해진 시간에 오는 것이 아니다. 불시에, 그리고 한 개 두 개가 아닌 세 개 네 개 한꺼번에 폭포수 쏟아지듯 들이닥치기 마련이다.

김춘복 같은 사람은 피할 여유도 방향도 없었다. 왜냐하면 박정희

군사정권이 내세운 혁명 공약 중 한 대목인 '이 나라 사회의 모든 부패와 구악을 일소하고 퇴폐한 국민 도의와 민족정기를 위해 청신한 기풍을 진작시킨다.'를 너무나 강경하게, 지체 없이 곧바로 시행했기 때문이었다.

말 그대로 온갖 부조리한 서민 범죄를 일망타진했는데, 그 바람에 길거리가 깨끗해지고 조용해졌다. 눈에 띄는, 걸리적거리는 사고뭉치들을 말 그대로 싹쓸이한 덕분이었다. 어슬렁거리던 불량배며 쪽박 차고 구걸하는 거지들이 하루아침에 온데간데없어진 것이다. 군용 단속 트럭들이 거리를 누비며 눈에 걸리는 잡범들을 그 자리에서 싣고 어딘가로 사라지는 일이 몇 주일 동안 계속된 탓이었다.

당시 '국토개발단' 이름의 새로운 조직이 생겼는데, 실상은 특수교도소나 진배없었다. 거리에서 강압적으로 체포, 짐짝처럼 싣고 온 잡범들을 한곳에 가둬 놓고 감시하며 강제노동을 시키는 국립수용소. 멀쩡한 산비탈을 깎아 도로를 만드는 작업장이었다. 요즘처럼 각종 장비를 앞세워 시행하는 공사가 아니었다. 순전히 삽과 괭이로 땅을 파고 바위를 들어내는 원시적인 공사장이었다. 수많은 불량배며 좀도둑, 쪽박 찬 거지, 술주정뱅이, 사기횡령을 일삼는 백수들을 쓰레기 치우듯 죄다 쓸어 재판도 없이 '국토개발단' 수용소에 내던진 것이었다.

까딱 잘못했으면 김춘복도 군용 트럭에 실려 시베리아 수용소를 방불케 하는 국토개발단으로 끌려갈 뻔했다. 왕년에 흰 양복에 눈처럼 깨끗한 와이셔츠에 흰 모자와 백구두를 착용하고 황금색 회중시계 줄을 늘어뜨리고 광화문 네거리를 활보할 때만 해도 행인들이 모두 부러운 눈으로 김춘복을 바라봐 주었는데, 지금은 또 한 번 불러도 대답 없는 서대평을 애타게 찾아 헤매는 밑바닥 신세가 된 것이다.

아닌 게 아니라 서대평의 쓰디쓴 충고를 듣고 이래서는 안 되겠다 싶어 먼 미래를 내다보는 생산적인 회사를 창업했던 김춘복이었다. 건축 자재로 쓰이는 철근을 주로 취급하는 '동양강철'이란 이름의 판매회사였다.

처음에는 제법 장사가 잘되어 직원도 두 배로 늘리고 철근을 쌓아놓을 넓은 창고도 새로 확보하기도 했는데, 잘나가던 주거래 도매회사가 갑자기 부도를 내고 도주하는 바람에 자금도 판로도 막혀 쩔쩔매다가 어쩌는 수 없이 김춘복은 두 손을 들 수밖에 없는 처지가 되고 만 것이었다.

결과적으로 2년도 안 되어 서대평으로부터 마지막 수령했던, 당시로서는 큰 액수인 빳빳한 현찰은 물론이고, 김영구가 살던 집까지 저당잡히고 은행에서 대출한 금액까지 몽땅 날리는 수모를 당한 김춘복이었다.

당장 해결해야 할 발등의 불이 기발행했던 약속어음에 대한 부도 처리였다. 김춘복이 한일은행 이름으로 발행한 당좌수표 총액이 1,800만 원이었다. 그 액수를 제날짜에 막지 못하면 부도 처리와 함께 은행으로부터 고발을 당해 수사를 받지 않으면 안 된다.

송충이는 솔잎을 먹어야 제격인데, 엉뚱하게 더 높은 나무에 기어 올랐다가 낭패를 당했다고 김춘복은 가슴을 쳤다.

그러고는 별수 없이 서대평을 다시 찾아갔다. 서대평이 경영하는 보험회사 약속어음은 신용도가 높았으므로, 만기일이 1년짜리라도 어디서나 통용되기 마련이어서 그것만 몇 장 할애받으면 만사가 조용히 해결되는 터였다. 설마 현찰도 아니고, 1년 뒤에는 회수가 확실하므로 서대평이 거절할 리 없다고 김춘복은 자신만만하게 그의 회사를 노크하고 들어섰다.

한데 그게 아니었다. 서대평은 김춘복을 만나 주지 않았다. 경호원 출신의 비서를 통해 절절한 김춘복의 읍소를 무참히 밟아 짓뭉갤 뿐 아니라 다시 찾아와도 만나기 어려울 거라는 협박성 메시지를 남겼다.

"너 지금 뭐라고 그랬어?"

김춘복이 담당 비서에게 호통을 쳤다. 농구선수처럼 덕대가 큰, 말끔한 양복 차림의 비서가 눈을 내리깔며 말했다.

"어르신, 왜 그러십니까? 제가 뭘 잘못했습니까?"

"야 인마! 네놈이 회장 비서라면 내가 누군지 알고 있어야 될 거 아냐!"

"아니, 김춘복 아닙니까?"

"뭐라구!"

순간 떡대 비서가 김춘복을 좁은 직원용 휴게실로 밀고 들어갔다.

그는 문을 닫자마자 김춘복의 멱살부터 움켜쥐었다. 엄청나게 큰 손이었다. 숨이 콱 막혔다.

"야, 이 양아치 같은 새꺄!"

떡대 비서가 움켜쥔 멱살을 비틀며 계속했다.

"죽고 싶지 않으면 조용히 돌아가라구! 괜히 우리 회장님 팔고 다니면 쥐도 새도 모르게 밟아 버리는 수가 있으니까!"

떡대 비서가 말을 이었다.

"알겠어? 알아들었냐구?"

김춘복은 대답 대신 캑캑거리기만 했다.

이윽고 떡대 비서가 김춘복을 엘리베이터 앞까지 모신 다음, 주변 사람들이 다 듣게끔 90도로 절을 하며 말했다.

"어르신, 안녕히 가십시오!"

김춘복은 너무 억울해서 혼자 찔끔찔끔 울기까지 했다. 그리고 편지를 썼다. 서대평에게 쓴 편지였다. 일대일로 만나 주지 않으면 자신도 구본상처럼 동작동 국군묘지 땅 사기 편취에 대한 진상을 만천하에 공개하겠다는 내용이었다.

물론 서대평은 김춘복의 마지막 위협까지 깨끗이 묵살했다. 무슨 배짱이었는지 하고 싶으면 마음대로 해 보라고, 되레 고발 행위를 부추기는 것이었다.

김춘복은 생각했다. 그래, 서대평 네 놈이 그렇게 나오면 나도 하는 수 없어. 따지고 보면 김영구처럼 억울하게 당한 사람도 없는데, 기왕 이렇게 된 거 김영구부터 살려 놓고 보는 거야.

　김영구를 살리면 서대평은 자연히 죽게 되어 있고, 김영구의 처지가 바뀌어 하루아침에 재력가로 등극하면 맨입으로 혼자 쓱싹할 만큼 간덩이가 큰 위인이 못 되지 않는가. 아니, 처음부터 그렇게 약조하고 일을 시작하면 되레 인정사정없이 팽팽하게 다져진 서대평보다 더 큰 이문을 나눠 가질 수 있는, 매사가 헐거운 인물이 김영구 아닌가.

　김춘복은 주저 없이 김영구를 찾아 나섰다.

　김춘복이 처음 김영구 앞에 무릎 꿇고 앉았을 때 김영구는 두 팔을 크게 벌려 김춘복을 끌어안았다.

　송두리째, 그리고 불시에 빼앗겼던 땅을 다시 찾을 수 있다는 것은 그즈음만 해도 기적 중의 기적이었다. 한 치의 틈도 없이 너무나도 완벽하게 일 처리를 끝낸 사기극이었으므로 우선 법적으로 하자가 없었다. 사기를 당했다는 증거가 없는 것이었다. 어디다 하소연할 곳이 없었다. 하소연 자체가 미친 사람의 넋두리였다.

　한데 사기극을 벌인 장본인이며 주범 격인 김춘복이 제 발로 찾아와 양심선언하고, 동작동 산33번지 땅 편취 과정의 상세한 내용을 자백, 그 법적인 증거자료를 만들어 주겠다니 이보다 더 큰 행운이 어디 또 있을 수 있단 말인가.

　김영구는 두 말도 하지 않고 김춘복이 제시한 전체 이득의 20퍼센트를 떼어 주겠다는 각서에 인감도장을 찍었으며, 변호사 사무실에 나가 공증까지 마쳤다.

　김춘복은 그길로 중앙정보부로 직행했다. 구본상은 실패했지만, 김춘복은 따로 줄이 닿는 인맥이 있어서 고발 자체를 거부당하지 않았다.

　그날 김춘복은 중앙정보부 사법경찰관 앞에서 정식으로 서대평의 땅 사기 편취를 세세하게 증언했고, 그 생생한 증언 내용을 문서로 확보, 김영구에게 전했다. 김영구 역시 그 문서를 근거로 서울고등법원에 사기당한 땅 찾기 항소심을 청구할 수 있게 되었다.

　서대평이 그 같은 재판 과정을 아는지 모르는지 대응하는 움직임 자체가 적극적인 것 같지 않았다. 안 그래도 그 무렵 서대평은 너무 바빴다. 아마 서대평의 일생 중 가장 왕성하고 활기찬 시절이 바로 그 즈음이 아닌가 싶었다.

　말 그대로 사업 확장이었다. 하루하루가 눈코 뜰 새 없이 바쁘게 돌아갔다. 김춘복이 작심하고 창업했던 철근판매회사는 순식간에 망해 주저앉았는데 서대평의 사업은 순풍에 돛 단 격으로 잘도 순항하고 있었다.

　동작동 산33번지 5만 3,820평과 맞바꾼 성북동 10만여 평의 활용 사업이 그러했다. 펑퍼짐했던 야산의 잡목들이 말끔하게 제거되고 땅을 파고 고르는 크고 작은 장비들이 들이닥쳐 품격 높은 주택단지를 조성하고 있었다.

전망이 좋은데다, 엎어지면 코 닿을 서울 중심인데도 공기가 턱없이 맑았고, 남양받이인데다 주변이 조용하기 그지없는 장소라서 소위 말하는 대한민국을 대표하는 재벌들은 말할 것도 없고, 관저를 장만해야 하는 각국의 대사들 역시 성북동에 관심을 갖지 않을 수 없었다.

순식간에 계약이 이뤄졌고, 아직 1차 단지가 완성되지 않은 단계인데도 벌써 건축을 시작한 경우도 허다했다. 그런 식으로 단지를 조성해서 주택이 지어진다면 수백 채 단위가 아니라 천 단위의 건축물이 들어설 조짐이었다.

그럴 수밖에 없는 것이, 총 10만 평이라는 넓은 땅도 그렇고 설계와 함께 허가 신청을 제출하는 족족 어떤 수정도 없이 그대로 통과되는 과정이 그런 것이었다.

서대평이 하는 사업에 어느 누구도 훼방을 놓거나 견제할 사람이 없었다. 그것도 초스피드였다. 그만큼 군사정부의 권한은 막강했다.

흔한 말로 형질 변경이며 건축법이며 도로법 등 어떤 까다로운 법도 서대평 앞에서는 제구실을 못 했다. 그냥 무사통과였다. '매사에 어려움이 없도록 미리 장애물도 거둬 주고 말이야.'라고 비서실장 이후락에게 지시했던 박정희의 말 한마디가 그처럼 초법적인 위력을 발휘해 준 것이었다.

하지만 서대평의 특별한 경영 능력이 뒤따르지 않았다면 오늘의 서대평은 없었을지도 몰랐다. 그는 매사가 탁 트였고, 주저함이 없었으며, 심사숙고한 뒤에 내린 결단에 대한 그 어떤 번복도 고집하지 않았다.

일사불란하게 밀어붙였다. 당시 조선총독부에 적을 두었던 일본인 설계 전문가가 개인적인 아이디어로 선을 그어 놓기만 했던 삼청동 터널을 서대평이 과감하게 시행한, 그 어려운 단안이 그러했다.

삼청동 터널 공사는 당연히 서울시가 예산을 세워 시공해야 할 사업이었지만, 당시로서는 예산으로나 우선순위로나 당장 시행할 시급한 공사가 아니었다. 교통량이 미미하다는 타당성 조사 탓이었다. 성북동 개발이 시작 시점이어서 주거하는 주민들의 수가 적기 때문이었다.

그렇다고 순위가 바뀔 때까지 마냥 기다리고 앉아 있을 서대평이 아니었다. 그는 과감하게 그동안 거래되었던 성북동 주택단지 판매 대금을 몽땅 끌어모았다. 총 1억 6천만 원이었다. 당시로서는 엄청난 거액이었다.

서대평은 그 거액을 삼청터널 공사금 민간자금 명목으로 서울시에 기탁했고, 서울시는 청와대의 강력한 하명을 거부할 입장이 아니었으므로 예산 5천만 원을 긴급 편성하여 곧바로 공사를 시작, 1년 6개월 만에 완공을 본 것이었다.

서울 성북구 성북동과 종로구 삼청동을 잇는 길이 302미터, 너비 8.5미터의 터널이었다. 북악산 동쪽에 있는 삼청공원 지하를 뚫어 성북동-삼청동-경복궁-세종로 지역 간을 시원하게 연결시킨 교통 혁신이었다.

 삼청동 터널 공사가 설계 단계에 이르렀다는 소문이 자자하던 초기 때도 성북동 주택지 값이 들썩들썩했었다.

 그런데 소문이 소문으로 끝나지 않고 실제 공사가 시작되자 단숨에 두 배로 치솟았다가, 생각보다 빠르게 완공되어 오색 테이프가 끊어지자 처음 삽을 꽂았던 시점보다 정확히 3배가 넘는 가격으로 거래가 성사되는 것이었다. 그것도 전에는 많아야 하루에 대여섯 건이던 계약이 한꺼번에 밀려들어 웃돈을 찌르며 서로 차지하겠다고 아우성이었다. 국방부며 청와대를 팔아 가며 압력을 넣는 재력가들이 한둘이 아니었다.

 즐거운 비명이었다. 삽시에 삼청동 터널 공사비로 투자했던 1억 6천만 원의 수십 배에 달하는 수익이 은행 계좌에 차곡차곡 쌓였다.

 서대평은 정신을 바짝 차렸다. 그는 철저했다. 법적인 납세 의무가 그러했다. 단 한 푼도 따로 빼내 비자금을 만들지 않았다. 있는 그대로 신고하고 세금부터 납부한 다음 자금을 활용했다. 군사정부 실세들, 아니 권력의 핵심에 앉아 있는 박정희의 비호를 받아 순풍에 돛 단 듯이 하늘을 날고 있는 처지에 세금 문제까지 불법을 자행했다가는 무슨 봉변을 당할지 모를 뿐 아니라 그분에 대한 최소한의 예의가 아니기 때문이었다.

 어차피 정상적인 거래가 아닌 특혜로 시행되는 사업인데 누가 보든 한 가지쯤은 준법정신을 앞세워 정직해야 할 필요가 있었다. 그래야

떳떳하고 당당해질 수가 있는 것이다. 어떻게 보면 교활의 극치 같았지만, 실제 서대평이 평소 철칙처럼 지켰던 경영방침이 탈세 없는 기업 운영이기도 했다.

서대평이 대한민국 중심핵이라고 해도 과언이 아닌 시청 앞 광장 요지를 사들여 서울에서 가장 품위 있는 건물을 짓겠다는 포부를 밝혔을 때, 성북동 고급 주택지 절반이 처분된 시점이었다.

물론 그 절반은 의도적으로 판매를 보류하고 있는 터였다. 가격을 올리기 위한 조처였다. 주택지는 한정되어 있고 수요자는 많고……. 기왕지사 시간의 간격을 두고 1차, 2차, 3차 식으로 개발기간을 구분해 뒀다가 그때그때 평당 가격을 인상시킬 속셈이었다. 어쨌거나 1, 2차분 계약은 100퍼센트 완판에 가까웠다.

3, 4차 택지를 만들기 위한 대형 중장비들이 성북동 10만 평에 곤충처럼 들러붙어 밤낮을 구별하지 않고 부릉부릉 굉음을 냈다.

11

 그 무렵 서대평은 일본에 출장 중이었다. 도쿄 시내 중심가에 자리 잡은 미국대사관 건물 앞에 서 있었다. 미국계 아르헨티나 출신의 세계적인 건축가 시저 프랭크의 작품이었다.
 도쿄의 명물로 정평이 난 미국대사관 건물을 그대로 시청 앞에 옮겨 세울 생각만 해도 서대평의 가슴은 뜨거웠다. 이미 뉴욕까지 날아가 그곳에서 활동 중인 시저 프랭크와의 만남을 통해 한국에도 그의 작품이 설치되도록 하는 계약을 성사시킨 뒤였다.
 시청 앞 광장의 핵심 위치는 그의 보험회사 본사 건물이 서 있던 자리였다. 일제강점기 때 지어진 빨간 벽돌 2층 건물이었다. 서대평은 그 주변의 작은 건물들을 한 채 두 채 시나브로 사들여 헐어 냈고, 울타리를 쳤으며, 그 울타리에 예의 시저 프랭크의 24층짜리 세련미가 돋보이는 건물 조감도를 내걸었다.
 누가 봐도 웅장하고 아름다웠다. 비단 건물 특유의 위엄뿐 아니었다. 건물이 들어설 자리가 더 그러했다.
 서울시의 역사가 함축된 지역이 시청 앞 광장 아니던가. 다시 말해 시청 앞 광장은 서울의 중심이고, 서울의 중심이면 대한민국의 중심이기도 하지 않는가.

조선시대 핵심 행정기능을 수행했던 바로 그 자리에 국가 소유의 공공건물이 아닌 서대평 개인 사유물인 초대형 빌딩이 들어설 예정인 것이다. 서대평이 수많은 재력가들을 젖히고 대한민국 심장부를 차지하는 쾌거를 이뤄 낸 것이다.

서대평이 서울 본사 비서실장의 전화를 받은 것은 그날 오후 동경 몬터레이 긴자호텔에서였다.

"회장님, 큰일났습니다."

"큰일이라니? 그게 무슨 소리야?"

"서울고법에서 판결문이 도착했습니다."

"판결문? 뭐 하는 판결문이야?"

미리 준비해 놓고 기다렸다는 듯 비서실장이 메모지를 읽었다.

"불변기간 안에 해야 할 소송행위를 본인의 책임이 아닌, 다른 사유로 하지 못했을 때 항소하는 재판이라고 합니다."

"그건 알았고…… 판결문 내용이 뭐야?"

"동작동 국군묘지 땅 등기가 사기거래이므로 원상회복시킨다는 판결문입니다."

"어디서 그 따위 판결문이 날아왔다구?"

"서울지방고등법원입니다, 회장님."

"빌어먹을!"

"회장님, 서울시에서도 연락이 왔는데요, 공사를 중지하랍니다."

"뭐라구? 공사를 중지하라구?"

"법원 판정이 그렇게 나왔으니 어쩌는 수 없다고…… 합니다."

어이가 없었다. 갑자기 심장이 멎는 것처럼 숨이 컥 막히는 통증이 가슴을 조였다. 서대평이 수행비서를 불러 소리쳤다.

"지금 당장, 서울 가는 비행기 표 알아봐!"

"회장님, 오늘 밤 요시히데 관방장관 초청파티에 참석하셔야 하는데요?"

"그까짓 파티가 문제야? 어서 출발해! 비행기 표는 자동차 속에서 구입하고 말이야!"

서대평이 서울고등법원 제4민사부에서 송달된 판결문을 집어 든 것은 이날 늦은 밤이었다. 서울고법 67나2387호 추완追完 항소심 원상회복 판결문은 다음과 같았다.

    사건   67나2387 부동산소유권 이전 등기 절차 이행

    원고(피항소인) 구본상

              서울 종로구 흥인동 35

    원고(피항소인) 보조참가인 김주현(일명 춘복)

              서울 중구 회현동 1가 119의 2

              보조참가인 소송대리인 변호사 김두현

    피고(항소인)   김영구

등기부상 주소 : 서울 서대문구 중림동 185

현주소 : 서울 종로구 종로6가 188

소송대리인 변호사 고석태

변론 종결 1968년 9월 25일

원판결 서울지방법원 1957년 6월 11일 선고

단기 4290년 민제1058 판결

주문 　　원판결을 취소한다.

　　　　본 건 소를 각하한다.

　　　　소송비용은 1, 2심 모두 김주현(춘복)의 부담으로 한다.

청구취지 　피고는 원고에 대하여 별지 목록 기재 부동산에 관한 1949년 12월 25일자 매매를 원인으로 한 소유권 이전등기 절차를 이행하라. 소송비용은 피고의 부담으로 한다.

항소취지 　원판결을 취소한다. 원고의 청구를 기각한다.

　　　　소송비용은 1, 2심 모두 원고의 부담으로 한다.

이유 :

　본 건 청구원인의 요지는 원고가 1949년 12월 25일 피고로부터 그 소유의 별지 목록 기재 부동산과 청구의 서울 영등포구 동작동 산33의 2 및 같은 곳 산33의 5 임야를 대금 290,010원(구화 금 29,001,000원)을 지급하고 그 잔금은 당시 본 건 부동산에 설정되어 있던 각종 저당권의 피담보 채무를 변제하여 그 설정등기를 전부 말소한 다음 지급하기로 약정하였던바, 6·25사변이 발발하자 원피고와 같이 부산으로 피난하여(이하 생략) 생활하다가 1953년 1월 12일자로 우선 가등기에 관한 피고의 승낙서를 받아 1954년 2월 27일 가등기를 필하고 잔액은 같은 달 15일까지 피고가 소유권 이전 절차 소요 서류를 완비하여 원고에게 교부하는 것과 상환으로 지급키로 하였던바, 그 후 피고는 별지 목록 기재 본 건 부동산에 관하여 약정 의무를 이행하지 아니하므로 위 잔액을 변제 공탁하고 그 소유권이전등기 절차의 이전을 구하고자 본 소 청구에 이르렀다고 함에 있는바, 피고는 본 건에 있어서 소장 부분은 물론이려니와 변론기일 소환장과 원심판결 정본의 송달을 받거나 수령한 사실이 없고, 소송이 계속된 사실마저 1967년 8월 28일에 이르러서야 비로소 알게 되었다고 주장하고 있고, 원고 역시 원고로서는 본 건 소송을 제기하거나 원심원고 소송대리인으로 되어 있는 변호사 김사만에게 본 건 소송을 위임한 사실이 없고, 변론기일 소환장이나 원심판결 정본을 송달받거나 수령한 사실이 없으며, 본 건 소송을 수행할 의사가 없다고 주장하므로 살피건대 일견 기록에 의하면 원고는 1957년 4월 27일 변호사 김사만에 대하여 본 건에 관한 소송 대리를 위임하고 변호사 김사만은 위 위임에 기하여 1957년 5월 13일 서울지방법원에 본 건 소송을 제기하고 같은 달 28일로 변론기일이 지정되어 같은 달 5월 23일 소장 부본 및 변론기일 소환장이 피고에게 송달되고, 위 변론기일에서 변론을 종결하고, 같은 해 6월 11일 원고 승소 판결이 선고되고 같은 해 7월 4일 피고에 대하여 판결정본이 송달되고 같은 달 9일 피고가 항소권을 포기함으로써 위 사건이 일응 확정된 것으로 되어 있고, 피고가 1967년 8월 31일에 이르러서야 항소를 제기한 사실을 인정할 수 있는 바, 한편 당 원의 원고 본인 심문 결과와 서울지방검찰청 1967년 9월 수리내 제271호 김춘복에 대한 사기 및 무효사건 기록 중 김춘복에 대한 진술조서와 같은 검찰청 68형 제44565호 김춘복에 대한 사문서위조 등 행사 상습사기 등 피의사건 기록 중 김사만에 대한 진술조서의 기록 검증 결과를 종합하면 소위 김춘복은 1957년 7월경 피고 김영구를 자기 집에 유숙케 하고 있어 원피고와 별지 목록 기재 부동산에 관한 관계를 잘 알고 있었음을 기화로 이를 편취할 것을 기도하고 원고에 대하여 본 건 부동산에 관하여 원고 명의로 경료된 매매계약에 인한 소유권이전의 청구권 보전을 위한 가등기 후에 소유권이전등기 및 저당권설정등기를 경료한 소 외 이순희에 대하여 그 말소등기 절차 이행 행정소송을 제기하는 데 필요할지 모른다고 허언을 능하여 소송 위임장(본 건 기록 11정)의 위임란에 원고의 서명날인을 받은 후 그것으로 본 건 소송에 관한 위임장으로 위조한 후 원고를 대신하여 위임하는 양 가장하여 친교가 있던 변호사 김사만에게 본 건 소송을 위임하고 그로 하여금 위 인정과 본 건 소송을 제기케 하고, 피고에게 송달되는 소장 부본 및 기일 소환장은 물론 위 사건에 대한 원심판결 정본까지도 피고 이름을 모칭하고 수령하고 또한 피고 명의의 공소권 포기서까지 위조하여 원심법원에 제출하였던 사실을 인정할 수 있고, 달리 이를 좌우할 증거 없다.

이상 인정사실에 비추어 볼 때 달리 피고가 본 건 원심판결 정본을 적법하게 수령한 사실을 인정할 수 없는 본 건에 있어서 피고는 아직도 피고에 대한 위 판결정본의 적법한 송달이 없다고 할 것이고, 따라서 본 건 소송은 미확정 상태에 있다 할 것이니 피고의 위 항소는 적법하다 할 것이고, 한편 본 건 소송은 원고의 이름으로 제기된 것이기는 하나 원고 모르는 사이에 원고의 의사에 기하지 아니한 채 위 김춘복이 조작한 소송위임장에 기하여 변호사 김사만을 통해서 제기된 것이라 할 것이고, 또한 원고는 본 건 변론기일에 본 건 소송을 제기하고 이를 수행할 의사가 없다고 명언하고 있는 바이나, 본 소는 부적법한 것으로서 각하하여야 할 것이다. 원고 보조참가인 원고가 원고 보조참가인에 대하여 소송비용을 부담하라 하면서 자기 친지인 변호사 김사만에게 위임하여 수행하라 하기에 원고 소개로 변호사 김사만에 위임하여 본 건 소송을 제기하였다는 듯 주장하나, 위 주장은 원고의 앞서 주장에 저촉될뿐더러 원고 보조참가인이 당시 친교가 있던 변호사 김사만에게 본 건 소송을 위임하여 소송을 제기케 하였다 함은 앞서 인정한 바와 같고, 원고 보조참가인이 내세우는 갑1 내지 3호증은 모두 이를 인정할 자료로 삼을 수 없고, 달리 이를 인정할 증거 없으니 원고 보조참가인의 위 주장은 이유 없다 할 것이다. 그렇다면 결국 본 소는 부적법한 소로서 이를 각하하여야 할 것이나 이와 결론을 달리한 원 판결은 부당하므로 민사소송법 386조에 의하여 이를 취소하고 소송비용의 부담에 관하여는 같은 법 96조 98조 2항 99조를 준용, 원고의 이름을 모용하여 본 소의 제기를 변호사 김사만에게 위임한 소 외 김춘복의 부담으로 하여 주문과 같이 판결한다.

1968. 10. 16
재판장 판사 김중서
판사 박정근
판사 권승근

서대평의 두 손이 다음 날 오전까지 부들부들 떨렸다. 무엇보다 서울시 당국으로부터 공사 중단 명령이 떨어진 사실이 그러했다.

사법부의 정당한 판결이었으므로 행정담당관도 어쩌는 수 없는 입장이었다.

아닌 밤중에 홍두깨인 양 공사 중단 명령문이 인쇄된 팻말이 성북동 공사 현장 곳곳에 세워지자 삽시에 아우성이 진동했다. 서로가 잘 아는 점잖은 사업가들이 차마 막말은 할 수 없고, 어쩌다 이런 일이 발생했느냐고 걱정 반 우려 반 전화 목소리를 높이는 사람이 있는가 하면, 예의고 뭐고 없이 알 만한 사람이 왜 이런 사기극을 벌이느냐고 호통부터 치는 부류도 있었다.

서대평은 기가 막혀 말이 안 나왔지만 그래도 침착하게 대응했다. 뭔가 행정적으로 차질이 빚어진 것 같은데, 곧 바로잡고 공사를 재개할 것이라고 일일이 설득하듯 찬찬히 설명했다.

이 마당에 새삼스럽게 구본상이나 김춘복을 원망할 계제도 아니었다. 솔직히 이렇게까지 밀어붙여 곤경에 빠지게 할 줄은 미처 예상치 못한 서대평이었다.

시궁창 같은 자식들! 욕설을 퍼부었지만 어떤 위안도 얻어지지 않았다. 문제는 이 황당한 현안을 어떻게 타개해 나갈 것인가였다.

비서실이며 기획실이며 담당 중역들이 묘안이랍시고 유명 로펌의 변호사를 동원하자느니 일단 한보생명 소속 법조인 출신을 한자리에 모아 탈출구가 어딘지 비방을 찾아보자느니 자기들끼리 의견이 분분했지만 서대평은 콧방귀도 뀌지 않았다.

그들에게 맡겨서는 세상 어디에서도 이처럼 꽉 조인 매듭을 풀 해결사는 찾을 수 없었다. 만약 있다면 첫째도 둘째도 청와대였다. 믿을 곳은 오로지 그곳뿐이었다.

그렇다고 대통령에게 직접 하소연하기에는 사안 자체가 부끄럽고 창피하고 파렴치하기만 했다. 서대평은 목소리를 가다듬은 다음 옷깃부터 여몄다. 그리고 청와대 비서실장 이후락에게 전화를 걸었다.

하나 이후락은 자리를 지키고 있지 않았다. 미국 출장을 겸해 하와이에서 며칠 휴가를 보내고 있다 했다. 귀국 예정이 열흘 뒤라고 했다. 여차하면 하와이로 날아가 마주 앉고 싶은데, 모처럼의 휴가여서 각하의 지시가 아니고서는 어떤 전화도 연결하지 말라는 엄명이 내렸다고 했다.

이후락 담당 비서들이 애가 탄 서대평에게 압박하듯 말했다.

"어느 한곳에 계시지 않고 그때그때 자리를 옮기시는 중이라 저희들도 연락이 안 됩니다."

왜 하필 이럴 때 휴가란 말인가. 서대평은 애를 끓이다 못해 입술에 물집이 툭툭 튀어나올 지경이었다.

국방부장관으로부터 '토지교환계약취소통지'가 그것도 내용증명으로 도착한 것도 바로 그때였다. 수신처는 얼굴 따갑게도 그처럼 은폐하고 또 은폐해서 감쪽같이 숨겨 왔던 서대평 장본인 이름이 버젓이 씌어 있었다.

정과녁이 된 셈이었다. 서울특별시 종로구 계동 104번지 1호 현주소에다 등기부상 주소인 서울특별시 성북구 동선동3가 106번지도 첨부되어 있었다.

내용은 더 노골적이고 구체적이었다.

관재 : 946·12-3859

수신 : 수신처 참조

제목 : 토지교환계약취소통지

1. 1963년 3월 2일자 국방부장관과 귀하 간에 체결된 별지 제1
   목록 국유부동산과 귀하 등 소유의 제 2목록 및 제 3목록 부동산과의 교환계약을 다음과 같은 이유로 이를 취소합니다.

2. 교환계약취소 이유

가. 별지 제 2목록 토지는 본 건 교환계약 당시 귀하 등의 소유가 아니었는데도 불구하고 귀하 등은 서울민사지방법원의 잘못된 판결(1957. 민제1058호, 원고 구본상, 피고 김영구 간의 토지소유권 이전 등기 청구사건)에 기하여 구본상 명의로 이전등기를 경료한 다음 그 휘 귀하 등 명의로 순차 이전하여 1963년 3월 2일에 국유인 별지 목록 토지와 교환하였던 것이나, 전시 서울민사지방법원의 판결이 서울고등법원 67나2387(원고 피항소인 구본상, 피고 항소인 김영구 간의 부동산 소유권이전등기 절차 이행 청구사건) 판결에 의하여 취소되고 동 취소 판결이 확정됨으로써 귀하 등의 제 2목록 토지에 대한 소유권은 원인 무효 되었으며, 국가는 당해 취소판결이 확정되는 날 이전에는 동 제 2목록 토지의 소유권이 원인 무효된 것이라는 것을 알지 못했습니다.

나. 별지 목록 표시 국유재산과 교환된 귀하 등 소유 토지 중 제 3목록 토지에 한하여는 비록 귀하 등의 소유임에 틀림없다고 가정하더라도 제 1목록 표시 국유재산과 일괄하여 교환되었던 귀하 등 소유 재산 중 그 대부분에 상당하는 제 2목록 토지의 소유권이 원인 무효됨으로써 분할 평가가 불가능한 제 1목록 토지와 제 3목록 토지만의 교환은 그 목적을 달성할 수 없

고, 제 2목록 재산이 귀하 등 소유가 아니었다는 것을 계약 당시에 알았다면 국유재산법 제 29조 제 1장 단서의 규정에 저촉되기 때문에 도저히 교환계약이 성립될 수 없었을 것이 분명하기 때문입니다.

3. 따라서 교환계약이 취소되므로 국유로 환원된 제 1목록 토지에 대한 귀하 등 명의의 소유권 등기를 전부 말소하는 절차를 지체 없이 이행해 주기 바랍니다.

첨부 : 제 1부동산 목록, 제 2부동산 목록 및 제 3부동산 목록 각 1부씩.

끝

국방부장관

(국방부 내 우체국에서 내용증명으로 발송)

서대평이 그처럼 애면글면 찾고 있는 이후락은 일곱 살이나 손아래였지만, 그는 깍듯이 존댓말을 써 왔다. 대통령 초청으로 청와대에서 저녁 겸 술자리를 가졌을 때, 그리고 조금 얼근해졌을 때마다,

"말씀 내려 하셔도 됩니다. 대통령 각하보다 생일이 빠르신데…… 그렇게 해주시지요."

본인이 직접 그렇게 말했지만, 서대평은 아닙니다, 아닙니다, 손을 휘저어 그렇게 할 수 없다고 사양해 마지않았다. 왠지 이후락에게는

누구도 어찌할 수 없는 강인한 위엄이 서릿발처럼 서려 있다고 믿었기 때문이다.

"실장님, 접니다. 서대평입니다."

"어, 우리 회장님, 웬일이십니까?"

"실장님! 저한테 긴급한 일이 생겨 실장님 귀국날만 손꼽아 기다렸습니다."

"긴급한 일이라뇨?"

"제가…… 아주 어려운 곤경에 빠졌습니다. 실장님이 도와주시지 않으면 안 되는……."

"그게 무슨 말씀입니까?"

"전화로는…… 혹 괜찮으시면 오늘 밤 술 한잔 대접할 수 있을는지 …… 갑자기 들이대서 정말 죄송합니다만."

이후락은 스케줄표를 훑고 있는지 한참 뜸을 들이다가 입을 열었다.

"실은…… 오늘 밤은 풀로 꽉 차서 도저히 시간을 낼 수 없는 입장인데, 서 회장께서 곤경에 빠지셨다니까…… 어떡하든 틈을 내 봐야지요. 밤 9시 반쯤 해서 우리 늘 만나던 그곳에서 간단하게 입주 한잔 나누도록 하지요."

"실장님, 감사합니다, 감사합니다!"

실제로 자리에서 일어나 서서 허공을 향해 꾸벅꾸벅 인사를 했다.

"실장님, 이 은혜는……."

그러나 전화는 이미 끊어진 뒤였다.

서대평은 비서를 통해 그룹 총괄 재무 담당 전무를 호출했다.

"부르셨습니까, 회장님."

"그래, 내 얘기 신중하게 들어."

"알겠습니다, 회장님."

"지금 당장 동원할 수 있는 현금이 얼마나 되나?"

"현금 말씀입니까?"

"그래, 고액권 현금."

"10억 정도는……."

"10억?"

서대평은 한참 뜸을 들였다가,

"이봐."

"네, 회장님."

"5억쯤 더 구할 수 없겠나?"

"한번 해 보겠습니다."

재무 담당이 엉덩이를 들썩이며 말을 이었다.

"은행 마감시간이 얼마 남지 않아서……."

"그래, 어서 나가 봐."

"참, 회장님. 현찰은 어떻게……."

"그냥 사과상자로 하고…… 그리고 내 승용차 있잖아? 김 기사한테 말해 놓을 테니까 트렁크에 실어 놓도록!"

"알겠습니다, 회장님."

종로구 익선동 '오진암'의 깊은 밀실이었다. 서대평은 약속보다 반 시간 먼저 가서 자리 점검을 한 뒤 몸을 비틀며 온갖 교태를 다 부리는 담당 마담에게 오늘은 접대 아가씨 없이 만나는 중차대한 모임이니 그리 알고 준비하도록 당부하고 두둑한 팁을 집어 주었다.

이후락 실장은 신사 중의 신사였다. 약속 시간을 어기는 법이 없었다. 언제나 5분 전에 도착해서 환한 표정으로 상대의 손을 잡아 주었다.

"서 회장님, 걱정했는데 안색은 생각보다 좋습니다."

이후락 특유의 미소를 머금으며 말했다.

"겉만 그렇게 보일 뿐 속은 다 썩어 문드러졌습니다."

"일단 앉으시지요. 무슨 어려운 형편이신지……."

"앉기 전에……."

서대평이 소리 죽여 속삭이듯 말했다.

"실장님 차에 열다섯 개 실었습니다."

"열다섯 개라뇨?"

"십오억입니다."

"아니, 그게……."

"실장님, 나무라지 마시고 제발……."

"알았습니다. 알고말고요. 오죽이나 힘드셨으면 그렇게……."

서대평은 휴대하고 간 서류봉투부터 꺼내 이후락 앞에 밀어 놓았다. 서울고법 추완 항소심 판결문이었다. 국방부 토지교환계약취소

통지도 있었다. 이후락은 서울고법판결문부터 만년필로 줄을 그어 가며 읽고 있었고, 서대평은 훈장 앞에 무릎 꿇고 정좌한 학생처럼 숨을 죽이고 기다리고 있었다.

　침묵이 흘렀다. 깊은 밤이어서 요정 손님들도 대충 작파한 터라 주위는 조용하다 못해 적막할 지경이었다. 서대평이 꿀꺽 침 삼키는 소리까지 들렸다.

　"구본상은 누구고, 김춘복은 또 뭐 하는 사람입니까?"

　이후락 실장이 적막을 깼다.

　"두 사람 다 불량한 사기꾼들입니다. 그러나 그런 사람들과 어울리지 않으면 안 되는 상황까지 몰린 저한테 일단 문제가 있는 거지요. 사업을 하다 보면 밑바닥까지 추락할 때도 있는데…… 제 입장이 그렇습니다. 제철사업에 손댔다가 완전 망하고……."

　"그러니까 사기꾼들과 손을 잡고……."

　"아닙니다!"

　서대평이 이후락의 말을 끊고 나섰다.

　"저는 그들과 손을 잡았지만, 법을 어겨 불법을 자행한 적은 없습니다. 다시 말해 어디까지나 법적인 테두리 안에서 이뤄진 일이었는데……."

　"서 회장님!"

　"네, 실장님."

　"회장님은 그렇게 말씀하셔도…… 제가 보기에 이건 보통 사안이 아닙니다."

이후락이 계속했다.

"이건 사건의 시작이 아니라 끝이잖습니까? 게다가 고법 판결이니 이 사안으로 대법까지 끌고 갈 수도 없고…… 아니, 끌고 간다고 해서 이길 확률도 희박하고……."

"정녕 길이 없을까요?"

"각하께 보고를 드리고 지시를 기다려야 할지…… 감이 안 잡힙니다."

"그보다……."

서대평이 힐끔 이후락의 표정을 살피고 나서 말을 이었다.

"국방부장관 이름으로 날아온 취소 통보가 저를 더 암담하게 합니다."

"국방부 통보야 당연한 거 아닙니까?"

"당연하다뇨?"

"법원 결정이 그렇게 났으니 의무적으로 사후 처리를 해야 하니까……."

이후락이 술잔을 들어 목을 한 모금 적시고 나서 말을 이었다.

"국방부야 각하 지시 없이도 제 선에서 처리할 수 있습니다만……."

"아, 그렇게 하실 수 있다니…… 정말 감지덕집니다, 실장님!"

"문제는 고등법원 판결문입니다. 아무리 머리를 짜내도 영 답이 안 나오네요."

서대평이 이후락 실장을 다시 만난 것은 다음다음 날 예의 익선동 '오진암'이었다. 그러나 늦은 밤 적막 속에 처음 대면했을 때처럼 이후락은 난처한 표정이 아니었다. 뭔가 해결책에 대한 감을 잡았다는 자신감이 역력했다.

"제가 이러쿵저러쿵 개입할 입장은 아닙니다만…… 나름 조사해 봤더니 우리 서 회장님 쪽의 실수가 두드러진 것 같습니다."

"제 실수라고요?"

"김춘복도 구본상도 둘 다 똑같이 양심선언을 하고 원래 땅주인인 김영구에게 재판에 임하도록 한 것은 오로지 회장님에 대한 보복 때문 아닙니까?"

"따지고 보면…… 그런 셈입니다만…… 원래 김춘복이나 구본상 같은 시궁창 출신들은 인간적으로 상대할 수 있는 기본이 안 되어 있는 족속들이니까요."

"그보다 회장님께서 그냥 눈 딱 감고 옜다 먹어라, 하고 듬뿍 집어 줬더라면, 아니 집어 주었는데도…… 이런 사달이 일어났을까요?"

서대평은 대답하지 않았다. 아니, 대답하고 싶지 않았다. 대신 고개를 푹 숙이고 있었다.

"서 회장님!"

이후락이 서대평을 정면으로 바라보며 계속했다.

"실은…… 제가 다음 달에 대통령 각하 비서실장 자리에서 물러나게 되었습니다."

"네에?"

"각하를 너무 오래 모신 것 같아요."

"아니, 그러면!"

"맞아요. 이번에 미국 출장 가는 김에 며칠 휴가를 냈던 것도 그런 내막이 있어서였지요."

갑자기 사색이 되어 뻣뻣하게 굳어 버린 서대평을 지그시 바라보며 이후락이 말했다.

"그렇다고 걱정할 건 없구요. 왜냐하면 제가 또 맡아야 할 중책이 있으니까요."

서대평이 떨리는 목소리로 입을 열었다.

"중책이시라면……."

"그 중책이 뭐냐 하면…… 중앙정보부장입니다. 내가 김종필 후임으로 내정되어 있습니다."

중앙정보부장이라면 나는 새도 떨어뜨린다는 대한민국 무소불위의 권좌 아닌가.

비서실장이라는 막강한 실권을 내려놓는다는 말에 의기소침했던 서대평이 지옥에서 다시 귀환이라도 한 듯 정색하며 말했다.

"축하드립니다, 축하드립니다!"

"뭘요……."

이후락이 고개를 좌우로 흔들다가 무슨 생각을 했는지, 다시 끄덕이는 쪽으로 움직임을 바꿨다.

"다른 사람도 아니고 서 회장님의 축하라면 당연히 기쁘게 받아야죠. 실은 각하께서 대한민국의 새로운 질서를 세우라는 중대한 임무를 부여한 특별인사니까요."

"알고 있습니다. 이 실장님에 대한 각하의 총애와 신뢰를 누구와 비교할 수 있겠습니까?"

"뭐…… 어디까지나 운이 좋은 거지요."

"운은 실장님이 아니고……."

서대평이 손바닥을 비비며 말을 이었다.

"제 운이 더 좋은 거 같습니다. 실장님께서 하늘 높이 비상하시는 덕분에 저 같은 사람도 죽지 않고 살아날 수 있게 돼서……."

이후락이 험험 기침을 한 다음 화답했다.

"그렇게도 해석할 수 있겠네요."

"정말입니다, 실장님!"

이후락이 그제야 본론으로 들어갔다. 그가 말했다.

"서 회장님 운이 억세게 좋다는 말에 전적으로 동의합니다. 왜냐하면 시기적으로 그렇게 딱딱 맞아떨어질 수가 없으니까요. 그게 무슨 말이냐 하면, 석 달 전에 여러 계통으로 수집되어 각하께 올라간 추천서 중에 제 손을 거친 인사 이력서가 낙점됐는데, 그 이름이 이와모토 후쿠키입니다."

"이와모토 후쿠키라뇨?"

서대평이 머리를 갸웃거리며 계속했다.

"저는 그분이 누군지 모르겠습니다."

"당연히 모르시죠. 일제 때 창씨개명한 판사 이름이니까요."

"판사라구요?"

"그것도 대법원……."

"아!"

"맞아요. 민복깁니다."

"민복기 대법원장님이시군요."

"그 사람이 내 손을 거쳐 대법원장에 오르지 않았으면 입도 벙긋할 수 없는 처지지만, 내가 천거해서 그 자리에 올랐기 때문에 우리 요청을 함부로 거절할 수 없을 겁니다."

바로 그 순간, 서대평은 연하의 이후락 앞에 후다닥 무릎을 꿇었다. 그리고 큰절하듯 머리를 숙이고 두 손을 움켜쥔 채,

"감사합니다, 감사합니다!"

를 연발했다.

"이 어려운 문제를 가지고 전문가들과 진지하게 의논했는데, 이쪽에서도 미친 척하고 민사소송을 걸어 법으로 뒤집는 방법밖에 없다는 결론이고, 그렇다면 민 대법원장이 그 소송을 은밀히 진두지휘하지 않으면…… 어디까지나 판사들을 좌지우지할 수 있는 사람은 사법부 수장인 대법원장이니까요. 내 말 알아들으시겠습니까?"

"여부 있습니까, 실장님!"

"하나 그 열쇠도 서 회장님이 어떻게 대처할 것인가에 달려 있습니다만……."

"말씀만 주십시오. 저는 뭐든지 할 각오가 되어 있습니다."

"이것은 상식적으로나 법적으로나 도저히 될 수 없는 일을 억지로 되게 하는 일종의 편법 같은 일이라서요."

이후락이 계속했다.

"각하께도 일단 보고를 드려야 하는데…… 그러기 위해서는 서 회장님이 결단을 내려야 합니다."

"하명하십시오."

"서 회장님이 경영하고 있는 보험회사 주식 중 절반을 국가에 귀속시키겠다는 약정서를 써 주실 수 있는지요?"

"50퍼센트를요?"

"왜, 너무 많습니까?"

"실제 제 개인 소유 주식이 전체 70퍼센트인데 그중의 절반이면…… 저는 경영권에서 물러나야 할 입장이라서요."

"그래요? 그럼 서 회장님이 경영권을 행사할 수 있는 마지노선은 어딥니까?"

"35퍼센트라면 큰 무리가 없겠습니다만……."

이후락이 한참 틈을 두고 침묵을 유지했다. 이것저것 균형을 맞추는 과정인 듯싶었다.

하나 너무 큰 사안이라 혼자, 그리고 몇 분 사이에 결론 내기 힘들다는 것을 어둡고 심각한 표정으로 암시했다.

그는 서대평을 혼자 남겨 놓고 다른 방으로 건너가 어디론가 전화 통화를 끝낸 다음, 험험 기침을 하며 방문을 열고 철퍼덕 서대평 앞에 앉았다. 이윽고 그가 입을 열었다.

"좋습니다. 35퍼센트로 낮춰 보지요. 대신 정부에 공식적으로 귀속시키는 게 아니고, 각하의 묵인하에 저희가 따로 보유 관리한다는 조건 어떻습니까?"

"좋습니다, 실장님! 감사합니다!"

"한 가지 더."

목소리가 가벼워진 이후락이 말을 이었다.

"엊그제 내 자동차에 실어 주신 거 있잖습니까? 그거 똑같이 하나 더 만들 수 있습니까?"

"아, 그럼요. 당연히 만들어 드릴 수 있습니다."

"그럼, 내일 오후 이 시간 여기서 다시 만나시죠. 제가 모시고 나올 테니까."

"알겠습니다, 실장님!"

"그분이 누구신지 이제 아시겠지요?"

"그럼요, 알구말구요!"

서대평이 머리와 허리를 한꺼번에 숙이고 연신 꾸벅이며 말했다.

"감사합니다, 실장님. 살려 주셔서 감사합니다!"

#12

동작동 국립현충원 땅 5만 3,820평의 본래 주인 김영구가 수양딸 곽미순의 보호를 받으며 그 지루한 재판을 이어 가던 그해 여름, 승소 판결문이 전해졌을 때 그는 영원히 일어나지 못할 것처럼 병상에 철썩 붙어 있었는데,

"아버지, 아버지! 우리가 이겼어요!"

소리소리 지르며 뛰어 들어오는 곽미순의 고함에 전기에 감전된 사람처럼 침대에서 벌떡 일어나 앉았고,

"만세! 만세, 만만세!"

두 팔을 한껏 치켜올렸다.

"관세음보살! 오, 부처님 감사합니다!"

그리고 기적이 일어났다. 오랜 병상 생활에 근육이 밀가루 반죽 흘러내리듯 주욱주욱 빠져 달아나 뼈만 남았던 김영구가 주춤주춤 걷기 시작한 것이었다.

걷기만 한 것이 아니었다. 간신히 죽만 몇 숟가락 뜨다 말았는데, 그날부터 김치찌개에 밥을 말아 넙죽넙죽 잘도 넘겼으며, 김치찌개

속 돼지삼겹살도 젓가락으로 골라내어 질경질경 씹어 삼키는 것이었다.

물론 지병이 아주 없어진 것은 아니었다. 병은 그대로 앓고 있었지만, 스스로 움직이지 않으면 안 되는 신선한 에너지가 짓궂은 봄바람처럼 김영구를 벌떡벌떡 일으켜 세우는 것이었다.

그러면 그렇지, 어찌 세상이 그토록 불공평할 수만 있는가? 그토록 일방적일 수가 있는가. 암, 지성이면 감천이라고 하지 않았는가. 풀썩 주저앉아 버리지 않고, 끊임없이 움직여 두들기면 하늘도 감동하여 문을 열어 준다는 뜻 아닌가.

그날 오후 김영구는 곽미순을 불러 앉혔다. 그리고 위엄 있는 목소리로 말했다.

"미순이 너한테 미리 약속 하나 받을 게 있다."

"뭔데요, 아버지?"

"내가 잃어버린 땅을 찾았다고 해서 행여 나 이제 부자 됐다는 생각은 하지 않았으면 좋겠다."

"그게 무슨 말씀이에요, 아버지?"

"미순이 네가 내 수양딸이라고 해서 유산으로 큰돈을 남겨 줄 것이라고 기대해서는 안 된다, 그 말이다."

"저한테 한 푼도 안 주시겠다는 말씀이세요?"

"그런 말이 아니고……. 너랑 네 아들 석동이랑 밥 굶지 않고 살 만한 수준은 가능하겠지만, 분수에 맞지 않게 큰돈 줄 생각은 아예 하지 않는 게 좋을 거다."

 큰돈 줄 생각 말라는 대목에서 곽미순이 숨이 콱 막히는 충격을 받았다. 얼굴색이 일순 바뀌었다. 벌게졌다. 그녀가 말했다.

"아버지, 아세요?"

"알다니, 뭘 말이냐?"

"제가 아버지 병 고치기 위해서, 그리고 재판에서 이기기 위해 얼마나 사방팔방 뛰어다닌 줄 아시냐구요. 지난 3년간 빚을 낸 것만 해도……. 아버지도 보셨잖아요? 은행 대출 내고 제가 갚지 못하니까 대출해 준 은행 직원이 자기 집 처분해서 대신 상환하고 우리 집에 찾아왔었잖아요!"

"그래, 그 은행원 나도 만났었지. 이름이 백종일이라고 했던가? 참으로 요즘 보기 힘든 진실한 사람이더구나."

"그 사람에게 갚아야 할 액수도 한두 푼 아니구요, 어쨌든 아버지 밑으로 들어간 채무가 얼마인지 저도 계산하고 싶지 않네요. 그렇다고 아버지 재산이 탐이 나서 그렇게 동분서주한 것은 아니에요!"

"그래, 안다. 안다구. 미순이 너 아니었으면 내가 지금 이렇게 살아서 기적처럼 찾아온 좋은 세상을 만날 수나 있었겠니?"

"그걸 아시면서 어찌 저한테 돈욕심 내지 말라는 서운한 말씀을 하실 수 있느냐 그 말이에요."

"그게 서운했다면 미안하다. 하지만……."

"하지만 뭐요? 그 많은 돈을 나 말고 누구에게 주시려고 연막을 치시는 거냐구요?"

"연막?"

"연막이 아니고 뭐예요? 어디다 쓰시려고 그러시냐구요?"

"그게 그렇게 궁금하냐?"

"당연한 일 아녜요? 아버지 연세도 많으시고, 건강도 장담할 상황이 아니고, 실제 후손도 없으신데……."

"그런 걱정이라면 안 해도 된다. 왜냐면 나도 꿈이 있으니까. 노인네라고 해서, 살날이 많지 않다고 해서 꿈조차 꾸지 말라는 법 있더냐?"

"아버지 꿈이 뭔데요?"

"그래, 잘 물었다. 내 꿈은 학교를 세우는 일이다. 할 수만 있다면 월사금 한 푼 받지 않는 학교, 형편이 어려운 자녀들을 모아 맘껏 기상을 펼칠 수 있는 수준 높은 학교를 세우고 싶구나."

"월사금을 받지 않는 학교라구요?"

"그래, 전액 장학금으로 전교생이 혜택을 받는 그런 학교 말이다."

"아버지!"

곽미순이 뾰루퉁해진 입을 열었다.

"왜 하필 그런 학교를 세우려고 하세요? 어떤 사업이든 간에 수입 한 푼 없이 투자만 하는 사업은 끝내 주저앉고 마는 게 세상 이치인데, 아무래도 그건 아닌 것 같네요. 비전 없이 금방 문 닫을 사업 말고 다른……."

"아서라! 세상 누구도 내 꿈을 막을 자격 있는 사람은 없다. 나는 해낼 것이다. 그것이 부처님께서 나에게 부여하신 사명이니까."

김영구의 승소 판결 소식을 접한 김춘복도 구본상도 김영구를 부랴부랴 찾아왔는데, 놀랍게도 김영구는 그들을 협소한 집 안에 들이지 않고 신사동 사거리 다방에서 당당히 마주 앉았다.

김영구는 뼈만 남은 가느다란 목에 넥타이까지 매고 있었다.

"김 사장님, 축하합니다!"

김춘복이 김영구의 얇고 가느다란 손을 잡고 놓아주지 않았다. 구본상이라고 해서 예외가 아니었다.

"살다 보니 이렇게 통쾌한 세상도 오긴 오네요."

구본상은 김영구를 끌어안고 빙빙 돌기까지 했다.

"이제 우리 세상입니다!"

"그래요, 그래요."

김영구가 말을 이었다.

"이거, 모두가 두 사람 덕분이외다."

"그야 그렇지요. 우리 두 사람이 작심하고 나섰으니 망정이지…… 만약 저희가 양심선언을 하지 않았다면……. 그래서 얘깁니다만, 이번 승소 건으로 돈이 들어오면 그중의 10퍼센트씩은 저희 몫으로 떼어 주시기로 한 약속은 변함없어야 합니다."

김춘복의 새삼스런 다짐에 구본상이 박자를 맞췄다.

"그야, 말하면 잔소리지."

"사실 서대평도……."

김춘복이 화답하듯 계속했다.

"서대평도 그리하겠다고 골백번 약속했는데도, 막상 돈이 들어오니까 욕심이 생겨서 싹 돌아서 버렸거든요."

"야, 이 사람아. 비교할 데가 없어 김 사장님을 사기꾼 서대평하고 키 재기를 하는 건가?"

구본상이 김춘복을 나무랐다.

"그 점에 대해서는 걱정들 하지 마시오. 약속은 반드시 지킬 테니까."

김영구의 말이 떨어지기 무섭게,

"어제 국방부 사람을 만났더니 토지교환취소통보를 보냈다고 하더라구요."

"잘됐구만."

"서대평이 얼마나 놀라 자빠졌을까?"

"쌤통이지 뭐."

"우리보고 늘 시궁창 시궁창 하더니 본인이…… 시궁창에 떨어질 줄 왜 몰랐을까."

"근데……."

김춘복이 말을 이었다.

"국립현충원을 이제 와서 취소할 수는 없을 터고…… 결국 성북동 땅을 우리가 차지하게 되는 건가?"

"법적으로는 그렇지. 어디까지나 김영구 사장님 소유니까."

"그동안 시가가 올라서 엄청난 액수일 텐데……."

"덕분에 김 사장님도 재벌 되시는 거고, 우리도 이제 떵떵거리는 부자 되는 거고!"

"결국 하늘이 우리한테도 기회를 주시는 거지 뭐!"

"참, 성북동 주택현장 가 보셨어요?"

김영구가 대답하기 전에 구본상이 먼저 입을 열었다.

"몇 년 전만 해도 성북동 가려면 정릉으로 빙빙 돌아야 했지만, 지금은 삼청터널이 뚫려서 광화문에서 10분 거리라구요."

"그렇긴 해도…… 보시다시피 몸이 이래서 가고 싶어도 가지 못했소이다."

김영구가 말했다.

"그럴 줄 알고 저희가 대신 자주 방문했습니다."

"터널도 뚫리고…… 그동안 고급주택도 제법 들어섰고, 택지 개발도 엄청 많이 해 놨거든요. 그런데…… 서대평이 공들여 공사해 놓은 주택지는 어떻게 되는 건가?"

"그대로 놓고 나가야지, 별수 있어? 남의 땅을 불법으로 집어먹었으니까 그만한 벌을 받아야 하지 않겠어? 아마 형사범으로 몇 년 징역 살아야 할걸?"

"나 서대평 죄수복 입고 콩밥 먹는 꼴을 꼭 보고 싶은데 말이야."

다음다음 날이던가, 김영구가 김춘복에게 전화를 걸었다.

"나 김영구외다."

"아니, 김 사장님이 웬일이십니까?"

"부탁이 있어서……."

"말씀하십시오."

"십 년 가까이 병석에 누워 있었더니 어디서 돈 변통할 데가 마땅찮소."

"아, 그러시겠네요. 얼마나 필요하십니까?"

"많을수록 좋소이다마는…… 대신 돈은 그쪽에서 나오는 대로 갚기로 하고……."

"그러시지요. 저희가 변통해 드리겠습니다."

김영구가 돈을 구하기 위해 김춘복이나 구본상만 상대한 것은 아니었다. 백종일도 마찬가지였다. 물론 그 가운데 곽미순이 중개자로 나서서 돈을 빌렸는데, 차용증의 채무자는 항시 곽미순이 아니라 김영구의 이름과 인감도장이 찍히곤 했다.

백종일이 그렇게 원했다. 쥐뿔도 없는 곽미순보다 억만장자로 떠오른 김영구 이름이어야 백번 유리했기 때문이었다.

억만장자 김영구의 병세는 몰라보게 호전되고 있었다. 그토록 운신하지 못해 병상에 누워 걷기는커녕 똑바로 서기에도 불편했던 그가 어기적거리긴 했지만 지팡이에 의지해서 남의 도움 없이 사방팔방 활보할 수 있다는 것은 누가 뭐래도 기적에 가까웠다.

고등법원 재판에서 승소했다는 사실, 억울하게 빼앗겼던 땅을 다시 찾았다는 사실, 너무 많아 액수를 헤아릴 수 없을 정도의 엄청난 재산을 이미 확보했다는 사실……. 그런 여러 가지 변화가 김영구의 꺼져 가던 생명력에 특수 에너지를 불어넣어 다시 소생시킨 것이었다.

그는 김춘복과 구본상에게서 변통한 목돈을 쥐고 나서 수양딸 곽미순의 집으로 가지 않았다. 김영구는 곽미순의 아들 석동이가 소속되어 있는 고척동 변두리 중학교 근처에 방 세 칸짜리 독채 전셋집을 얻었고, 곧바로 학교를 찾아가 석동이 놈을 만났으며, 일주일에 이틀씩 합숙소가 문을 닫을 때마다 교실 잠을 자는 녀석을 집으로 데리고 왔다.

녀석이 좋아하는 자장면 곱빼기와 탕수육을 양껏 먹였고, 만화책을 한 아름 빌려다가 녀석의 방에 가득가득 쌓아 주었다.

그동안 수양아버지의 막대한 재산을 찾아 주기 위해 고군분투해 왔던 곽미순은 김영구가 아무런 통보 없이 갑자기 자취를 감추자 이게 무슨 날벼락인가 한동안 펄썩 주저앉았지만, 곧 정신을 차리고 일어나 앉았다. 그리고 김영구가 갈 만한 곳을 샅샅이 뒤지고 다녔다.

그러나 그녀가 수양아버지의 은신처를 찾은 것은 아들 석동이 덕분이었다. 학교 가까운 곳에 거처를 만들어 준 김영구와 함께 편안한 일상을 보낸다는 말을 듣고, 그러면 그렇지 반찬을 바리바리 싸 들고 기습하듯 새벽같이 찾아 들어갔다.

"왜 아무 말씀도 안 하시고 이런 곳에…….."

"석동이 녀석이 안타까워서 그랬다. 나는 석동이를 훌륭한 어른으로 키울 거다. 석동이는 에미 널 닮지 않았어. 그 녀석처럼 심성이 착한 아이는 어디서도 찾기 힘들 거다."

"석동이를 친손자처럼 사랑해 주시는 것은 고마운데요, 그렇다고 아무 말씀도 없이 잠적하는 것은 솔직히 어른답지 않네요."

그 무렵 김영구의 일상은 국회도서관에 앉아 하루 종일 책을 뒤적이는 일부터 시작되었다. 교육에 관한 책들이었다. 돋보기를 들이대고 줄을 긋고 메모를 했다. 그는 아무도 듣지 못하게 흥얼흥얼 콧노래도 불렀다. 왜 그렇게 흥이 나는지 몰랐다.

그래, 학교 건물은 돈이 들더라도 탄탄하게 지어야지. 특별히 냉난방을 하지 않아도 여름에는 시원하고 겨울에는 따뜻하게끔. 운동장은 넓을수록 좋겠지. 무엇보다 석동이 놈의 기를 살려 주기 위해서라도 축구부를 중점적으로 키워야겠어. 합숙소를 호텔처럼 만들고 식당 운영도 위생적으로 관리되도록 최신 시설을 도입하고……. 그리고 나무도 심고 꽃도 심고……. 운동장 귀퉁이에 식물원도 만들어야겠어. 할 수 있으면 곤충박물관도, 규모 작은 동물원도 만들고……. 그러려면 학교부지가 넓어야 되지 않겠어? 하지만 너무 변두리는 안 돼. 어디까지나 사대문에서 1킬로 미만인 곳에 자리 잡아야 하겠지.

김영구는 도서관에서 책만 뒤적이지 않았다. 어떤 날은 아무 시내버스나 타고 그 종점에 내려 어디가 풍수지리적으로 백년대계 배움의 터에 걸맞은 땅일지 찾기도 했다. 생각 같아서는 마음에 드는 곳이 있으면 당장 계약부터 하고 싶었지만, 자신이 찾게 될 재산이 언제 현찰로 정리될지 모르는 터였다.

그래, 조금만 더 기다리자, 단 몇 개월 사이에 설마 천지개벽이 일어나겠어? 암, 그렇고말고.

그런데 그게 아니었다. 자꾸 시일이 늦어지기만 했다. 서울시를 찾아가도, 국방부를 찾아가도 시원한 해결책을 얻지 못했다. 자기들도 뭐가 뭔지 알 수 없다고 했다. 일단은 기다려 보자는 대답이 전부였다. 그렇게 차일피일 시간은 잘도 흘러가기만 했다.

하루는 곽미순이 헐레벌떡 김영구가 묵고 있는 고척동 전셋집을 찾아왔다. 평소처럼 반찬 보따리도 없는 맨손이었다.

"아버지, 아버지!"

"왜 그래? 숨넘어가겠구나."

"아버지, 소식 들으셨어요?"

"소식이라니, 무슨 소식?"

"서대평이 패소에 불복하고 또 다른 민사재판을 시작했다고 하네요?"

"민사재판을 시작했다구?"

"아무래도 이상해요. 우리가 확보해 놓은 고법 판결을 뒤집으려고 하는 거 같아요."

"어떻게 그럴 수가 있나? 아니, 그렇게 하는 법도 있을 수 있어?"

김영구의 항변은 틀린 것이 아니었다. 대한민국 민법상 고법에서 확정된 판결을 대법원으로 상고하는 것 말고 다른 방도, 이를테면 지방법원으로 내려가 다시 시작하는 경우는 눈을 씻고 봐도 없었다.

재판이야 그렇다 치고, 실제 칼자루를 쥐고 있는 서울시나 국방부가 일단 칼을 뽑은 이상 결론을 내야 하는데 재판이 새로 시작됐으니 그것이 끝날 때까지 일단 보류한다는 입장을 고수했으며, 그것을 항의하는 승소한 쪽의 방문을 은연중에 기피하기까지 하는 것이었다.

김영구는 수양딸 곽미순과 함께 예의 김춘복, 구본상, 그리고 그들이 의뢰한 전문 변호사들과 더불어 대책 모임을 가졌지만 뾰족한 결론을 얻지 못했다.

"변호사 생활 40년인데, 이런 경우는 처음 봅니다."

"군사독재정권이 아니면 절대로 있을 수 없는 재판입니다."

"너무나 확실하고 확고한 증거가 있고 증언자가 있는데, 아무리 군사독재정권이라고 해도 거꾸로 역류할 수 있을까요?"

구본상이 물었다.

"확인할 수는 없지만, 들리는 바에 의하면 고위층의 비호 아래 미리 각본을 짜서 그대로 밀고 간다는 소문도 있더라구요."

발 빠르고 정보에 밝아 명성을 날리는 변호사가 말했다.

"고위층이라고 말씀하셨습니까?"

김영구가 반문했다.

"어디까지나 예측일 뿐입니다만…… 그 고위층이 대통령일 수도 있고, 대법원장일 수도 있고……."

"설마 한 나라의 최고 수장이 그런 불법 야합에 가담할 수 있을까요?"

"그래서 군사독재정권이 아니면 절대로 할 수 없는 위법 재판이라는 거 아닙니까. 하지만 어디까지나 그럴 가능성도 있을 수 있다는 것일 뿐, 확인된 상황은 아닙니다."

"그렇다면 그게 아닐 수도 있다는 얘긴가요?"

"그렇지요. 반반 확률 아니겠습니까? 일단 재판에 임해서 우리가 갖고 있는 확실한 증거물을 제출하고 기다리는 수밖에 없어요."

김영구 편에서 의뢰했던 고명한 변호사가 개인 사정으로 더 이상 재판에 가담할 수 없다는 뜻을 밝혀 온 것은 1차 민사 지방법원 판결이 서대평 손을 들어 주었던 그다음 날이었다.

서울민사지법 69가95호 판결문에는 구본상이 양심선언하여 변조 사실을 자인서 각서로 작성한 공증문서와, 김춘복이 중앙정보부·서울검찰청에서의 범죄 진술조서를 재판부에 제출하고 위조 사실을 법정 진술했으나, 조직적인 각본에 의해 인낙認諾 효과가 없다고 인정되어 원고 승소로 판결한다고 씌어 있었다.

결론적으로 서대평이 승소하고 김영구가 패소한 것이다. 그것도 '인낙' 효과 때문이란다.

인낙이 뭔가. 국어사전을 넘겨 보면 '인정하여 승낙함'이라고 표기되어 있다. 법률 민사소송에서 피고가 원고의 청구 내용인 권리나 주장을 전면적으로 긍정한다는 뜻이다. 다시 말해 김춘복과 구본상의 양심선언은 김영구와 짜낸 각본에 불과하므로 이를 인정할 수 없다는 판결이었다.

김영구가 고등법원으로의 상고를 결정하고 고척동 집으로 돌아왔을 때 김춘복과 구본상이 기다리고 있었다.

"김 사장님, 죄송합니다."

"뭐가…… 죄송하다는 거요?"

"우리도 이러면 안 된다고…… 그리 알고 있지만…… 무정한 세상사가 우리를 어렵게 만드네요."

"나는 통 무슨 소리인지 알 수가 없소."

"김 사장님, 저번에 융통해 드렸던 돈을 갚지 않는다고 독촉인데, 어떡하지요?"

"그것은 서대평한테서 돈이 나오면 돌려드린다는 약속 아래 빌린 거 아닙니까?"

"그때는 그랬지만, 돈 가진 사람 마음이 어디 우리 마음이랑 같습니까? 자기들도 급한 사정이 생겼다고……. 대신 이자는 많이 감해 줄 테니 오늘 내일 원금을 갚아 달라고 되레 통사정이니, 우린들 어떡합니까!"

"오늘 낼 갚으라구요?"

"그렇습니다, 사장님."

"미안하지만 나한테 그런 여유가 지금은 없소이다."

"우리가 알아보니 이 집 전세금은 그대로 살아 있던데, 일단 그거라도 빼서 갚으시지요."

김영구는 갑자기 다리에 힘이 풀려 비틀거렸고, 구본상이 부축하여 마루에 간신히 걸터앉게 했다.

"우리 서로 사정을 잘 알고 있는 마당에…… 이렇게 무정하게 몰아붙일 수는 없지 않소? 이미 고법에 올라갔으니 우리 쪽이 승소하면……."

"우리라고 왜 모르겠습니까. 그렇게 되어야 서로의 형편도 풀리고 사는 보람도 찾을 수 있는 건데……. 세상사가 우리 희망대로 흘러가지 않는 것 같아서요. 이거 정말 죄송합니다."

구본상도 김춘복도 두 손을 마주 잡고 공손한 자세를 취했다. 그리고 전세금을 빼냈고, 김영구는 동작동 값싼 하숙집을 구해 몸만 빠져나왔다. 석동이 놈에게는 자세한 설명도 미처 하지 못해 토요일 오후 곱빼기 자장면과 탕수육을 실컷 먹겠다고 대문을 발로 차고 들어온 녀석도 김영구처럼 대낮에 땅바닥에 풀썩 주저앉지 않으면 안 되었다.

김영구가 숨을 거둔 장소는 동작동 싸구려 하숙집 문간방이었다. 그날도 6개월째 하숙비가 밀린 탓에 아침 밥상은 없었다.

어젯밤에도 김영구는 닳아진 두툼한 서류봉투를 세 개 네 개 서로 삐져나가지 못하도록 고무줄로 묶어 옆구리에 낀 채 늦은 밤 휘청휘청 귀가했고, 젊은 노동자 하숙생 틈에 끼어 선잠을 청했었다.

매일 출근하다시피 하는 법원 근처 다방에서 변호사 사무실 직원들이 시켜 준 모닝커피 잔 속에 둥둥 떠 있던 달걀노른자가 유일하게 섭취한 음식이었는지도 몰랐다. 빈속에 쓴 커피만 몇 잔 홀짝였을 뿐 쫄쫄 굶었으므로 배에서 꼬르륵 소리가 났지만, 그는 시장기 때문에 고통을 당하는 것은 아니었다. 오히려 아무리 뒤척여도 찾아오지 않는 잠이 더 무서운 적이었다.

하지만 어젯밤은 다른 날과 너무나 달랐다. 김영구의 기력이 그러했다. 착 가라앉아 손가락 하나 까딱하기도 어려웠다.

혼자 생각에도 내일 아침에는 일어나기 힘들 거라는, 그래서 아예 그대로 자지러져 버렸으면 하는 자포자기가 앞서기도 했다.

대법원 최종 판결 때문이었다. 구본상도 김춘복도 고등법원의 판결을 보고 혀를 내두르며 이미 끝난 판세라고 뒷걸음쳤고, 덩달아 김영구 쪽에서 의뢰한 변호사들 또한 더 이상 기대할 것이 없다고 만들던 서류철을 저만큼 밀어놓고 애꿎은 담배만 뻐끔뻐끔 피워 댈 뿐이었다.

한데 김영구는 포기하지 않았다. 대법원 판결이 아직 기다리고 있었던 탓이었다.

실제로 김영구는 설마 존엄을 자랑하는 대법원이야 눈 똑바로 뜨고 제대로 판단하리라 은근히 기대해 마지않았다. 그런데 웬걸, 믿는 도 끼에 발등 찍힌다는 식으로 대법원도 처음 각본 그대로 서대평 승소, 김영구 패소를 부끄러운 기색 하나 없이 뻔뻔하게 판결을 내린 것이 었다.

 결정적인 증인으로 법원에 출두한 김춘복과 구본상이 입을 모아 서대평의 사주대로 그가 제공하는 활동비로 가짜서류를 만들어 동작동 땅을 공짜로 편취했다고 당시 위조서류를 증거물로 내놓으며 방청객이 다 듣도록 또록또록 증언해 마지않았지만, 두 사람 모두 장물 취득죄와 사기 혐의로 징역살이를 한 전과자이므로 그들의 증언을 믿을 수 없다는 구차스러운 이유를 들어 기각해 버린 것이다.

 김영구가 죽었다는 연락을 받고 첫 번째로 동작동 하숙집을 찾아온 사람은 그의 수양딸 곽미순이었다.
 김영구가 유일하게 남긴 유품은 그가 옆구리에 끼고 매일같이 법원 근처 다방을 전전하던, 귀퉁이가 닳아져 제 색깔이 아닌 누런 봉투 대여섯 개가 전부였다. 물론 동작동 5만 3천여 평의 땅을 찾기 위해 만든 각종 확인서며 등기서류며 지적도, 재판 판결문, 깨알같이 적어 놓은 메모지 따위뿐이었다.
 아니, 그중에 또 다른 서류가 있긴 했다. 김영구의 동작동 땅 찾기의 모든 권한을 수양딸 곽미순과 그의 아들 김석동에게 양도한다는 내용의 확인서였다. 인감증명서까지 첨부된 확인서는 김영구의 반듯

하고 세련된 필체로 씌어 있었다.

"종일이 넌 김영구 씨 장례식에도 참석하지 못했다구?"
내가 물었다.
백종일은 지금 생각해도 그 상황이 안타깝다는 듯 말했다.
"그래, 참석하지 못했어. 하지만 뒤늦게 소식 들었는데, 그 어른 장례식에 찾아와 문상을 한 사람이 거의 없었다 하더라구."
"설마, 한 사람도 없었을까?"
"곽미순이 그런 거짓말 할 여자는 아냐. 사실 김영구처럼 억울하고 외롭고 황당한 삶을 살다 간 사람도 없을 거야. 장례식장을 끝까지 지킨 사람이 곽미순과 그 정박아 아들이 전부였다니까."
"그래도 김춘복이하고 구본상은 찾아오지 않았겠어?"
"그들도 마찬가지야. 코끝도 안 보였다는 거야. 사실 그들이 김영구 편을 들어 양심선언을 했던 것도 서대평에게 당한 배신에 대한 보복이기도 했지만, 그보다 김영구가 재판에서 이기면 그만큼 거액을 손에 쥘 수 있다는 계산 때문이었거든. 한데 그것이 무산되고 돈 냄새 풀풀 나던 김영구가 땡전 한 푼 없는 거지가 되어 눈을 감고 영원히 사라졌으니, 그 영감 장례식장을 찾을 까닭이 없었던 거지."
"그래서 너도 그곳에 가지 않았던 거야?"
내가 백종일을 뚫어지게 바라보며 계속했다.
"어차피 진품으로 판정 난 보물이 박살 나 버렸으니까?"

"아니야. 나는 그게 아니고, 경기도 문산의 작은 암자에서 시험 준비를 하고 있을 때였어. 그래서 그 어른 사망 소식도 듣지 못했어."

"아, 너 사법고시 공부한다고 자취를 감췄다고 하더니, 바로 그때였구나?"

"맞아. 아내는 아내대로, 아이들은 아이들대로 뿔뿔이 헤어져 암담한 미래를 반전시키기 위한 악바리 수련에 들어갔었어."

"너야 그렇다 치고, 제수씨하고 아이들은 왜 같이 있지 않고……."

"아, 우리 집 여자도 취업했었거든. 기숙사가 있는 섬유공장의 중간 간부로 일하느라고 아이들을 친정에 맡기지 않을 수 없었지."

"그랬구나. 정말 어려운 결단을 내렸었구나."

"다 내가 선택한 일이라서 누구를 원망할 수도 없고……."

"곽미순이한테 대출해 준 돈은 일부라도 회수했던 거야?"

"대출만 아니고 개인적으로 빌려 간 것만 해도 1억에 가까웠어. 곽미순이야 김영구가 재판에서 이기기만 하면 돈벼락이 떨어질 테니까 백 배의 보상을 해 주겠다고 늘 큰소리쳤지만."

"1억의 백 배면 100억이네?"

"한때는 나도 달콤하고 황홀한 꿈속에 살았었어. 나도 제2의 곽미순이 되어, 일확천금의 꿈에 파묻혀 작은 돈은 돈같이 여기지도 않았어. 그러다가 은행도 그만두게 되고……. 아니, 형식적으로는 내가 사표를 쓰고 나온 것으로 되어 있지만, 실제로는 은행에서 나를 내쫓았어. 내가 여러모로 은행인으로서의 도리와 의무를 다하지 못했기 때문이지. 내가 생각해도 나는 퇴출될 수밖에 없는 비뚤어진 존재였어.”

“그게 모두 곽미순을 잘못 만난 결과구나.”

“아니야. 꼭 곽미순 탓이라고만 할 수 없어. 왜냐하면, 그 계기는 곽미순이 만들었지만, 그 터무니없는 망상 같은 꿈속에 빠져든 것은 바로 나 자신이었으니까.”

백종일이 그 대목에서 눈을 감았다. 자신의 엇박자 행적을 새삼스럽게 반성하고 통찰하는 회색빛 그림자가 두건처럼 얼굴을 휘덮었다. 백종일이 입을 열었다.

“정말이야. 그때는 1억이 푼돈으로 보였으니, 기백만 원은 어땠겠어? 간뎅이가 부어도 너무 부었었지. 매일 곽미순을 만나 재판 진행 얘기를 하고 김영구를 들먹이며, 천억 2천억을 예사로 받았다 주었다 했어.”

“내가 생각해도 간뎅이가 부었다는 말이 실감 난다. 근데, 김영구가 고등법원에서 승소했을 때 넌 어디 있었어?”

“그때 나는 호텔 커피숍에서 커피를 마시고 있다가 만세를 불렀어. 해방 맞은 독립군들처럼 실제로 두 팔을 번쩍 들어 올리고 커피숍이 떠나가라 만세 만세 고함을 질렀어.”

그 순간을 회고하는 백종일의 표정은 참으로 희비가 교차하는 어색하고 어두운 모습이었다. 금세 사라질 허망한 신기루이거나 무지개인 줄 모르고 지레 열광했던 자신이 얼마나 어리석었는지, 지금 생각해도 부끄럽고 민망하다는 그런 표정이었다.

"그러니까 바로 그즈음에 은행에 사표를 쓰고 나온 거구나?"

"그럼, 은행 월급에 연연할 상황이 아니었으니까. 내 이름이 퇴출 명단에 끼었다는 벽보가 나붙기 전에 내가 먼저 선수를 쳤던 거지. 동료들의 만류도 뿌리치고 사표를 써서 내던진 뒤 보무도 당당히 곽미순을 만나기 위해 은행을 뛰쳐나왔어."

"그리고 얼마 안 있다가 가족들과 뿔뿔이 흩어져 암자로 들어갔다면, 그 신기루 망상에서 그래도 빨리 깨어난 거다. 더구나 그 시점에서 방향을 틀기 어려웠을 텐데……. 과연 종일이 너다운 결단 같구나."

"그래도 많이 늦은 셈이었어. 내가 아, 이건 아니다 싶었던 때가 고등법원에서 패소한 서대평이 성북동 주택지 현장에 세워진 공사 중단 팻말을 뽑아내고 다시 공사를 시작했던 시점이었어. 김영구가 받아 놓은 추상 명령 같았던 고법 판결을 한순간에 뒤집어 버린 서대평이 보란 듯이 다시 공사에 임하자, 김영구가 그 현장에 드러누우며, 아직 고법 대법 판결이 남아 있는데 왜 공사를 재개하느냐 항의했지만, 서대평이 신고하여 출장 나온 서울시 관계 직원들이 김영구를 댕궁 들고 나와 한 번 더 공사를 방해하면 당국에 고발하여 정식으로 구속시킬 수도 있다고 으름장을 놨어. 그 광경을 보고 나는 결심했어. 아, 이건 아니구나. 군사정권의 장난이구나. 정의나 진실이나 공정이나 합법은 절대로 존재할 수 없구나. 군사정권의 보수 꼴통들이 모여 앉아 무소불위의 장난을 치고 있구나. 김영구는 절대로 이길 수 없겠구나. 그의 소유였던 돈을 단 한 푼도 찾지 못하겠구나. 군사정권이 무너지고 새로운 민주정권이 들어서면 몰라도, 이건 너무나 높고 두꺼운 철옹성이구나. 그러고는 공부할 책이 잔뜩 들어 있는 가방을 챙겨 들고 집을 나섰던 거였어."

백종일은 그 이듬해에 사법고시에 낙방하고 혼자 고민했다. 언감생심 단숨에 합격을 고대했던 그는 다른 수험생들이 다 그렇게 하듯 재수 삼수를 계속하느냐, 아니면 법원 공무원이라도 응시하며 그 꿈을 접는 것이 옳은가, 한참을 궁리하다가 마침내 결론을 내렸다. 자신을 기다리는 가족들에게 더 이상 희생을 강요할 수 없다는 쪽을 선택한 것이다. 다행히 법원 공무원 시험에는 실패하지 않았으므로 늦은 나이였지만 말단 공무원으로 새 삶을 시작한 것이었다.

첫 발령지인 수원지방법원 부근에 새 둥지를 틀고 가족을 모았으며, 한동안 헛된 꿈과 망상에 사로잡혔던 자신을 다잡고 모든 것이 부족하고 어설펐지만 가장 상식적인 보통 시민이 되어 누구나 감당해야 하는 시련의 갈등을 이겨 냈다.

정말 김영구도 서대평도 곽미순도 까맣게 잊어버렸다고 하면 솔직하지 못한 설명 같지만, 그것은 결코 과장이 아니었다. 미련을 싹 씻었다기보다 가능하면 그쪽으로 고개를 돌리지 않도록 나름대로 최선을 다했다고 해야 옳았다.

계산해야 할 돈 문제도 그러했다. 곽미순을 통해 김영구 이름으로 차용증을 받고 빌려준 돈이 2억에 가까웠으나, 김영구가 망자가 되었으므로 그것을 청구할 법적 효능을 잃어버렸다. 그래도 1차적인 변제 의무가 있는 곽미순이지만 그녀 역시 돈을 갚을 만한 능력이 전무한 대책 없는 여자였다.

따지고 보면 부채를 잔뜩 짊어진 장본인이므로 그녀를 찾아가 빚 독촉을 하고, 다른 채권자들처럼 그녀 재산을 깡그리 압류해서라도 일부 상환을 해결해야 하는데, 웬걸 이건 정반대로 되레 채권자가 피해 다니고 돈을 갚아야 할 곽미순이 백종일을 찾아다니는 형국이었다. 고인이 남긴 동작동 땅 5만 3,820평의 소유권 권한을 곽미순과 그 아들 김석동에게 양도한다는 내용의 확인서를 내밀며 또 손을 벌릴 게 뻔했으므로 백종일은 가능하면 그녀와 마주치기를 피하는 터였다.

13

 그런 세월이 10년 가까이 흘렀다. 그동안 민복기 대법원장에게 각하의 뜻이라고 강조, 몰상식하고 비열한 재판을 열게 하여 이른바 '사법부의 야합'을 일궈 내는 등 속전속결로 최종 대법원판결까지 받아 낸 인물은 당대의 모략가 이후락이었다.
 그리고 그는 세상을 깜짝 놀라게 했다. 아니, 세상을 번쩍 들었다가 내동댕이쳤다고 해야 옳다. 이후락은 중앙정보부장 자격으로 극비리에 평양으로 날아가 김일성 수상과 마주 앉았으며, 남북 교류로부터 남북통일까지 가야 할 긴 여정의 첫 물꼬를 텄다는 놀라운 뉴스로 국민들을 뒤집어 놓았다.
 그러나 그보다 더 경천동지할 뉴스가 있었다. 바로 박정희의 암살이었다. 철옹성과 같았던 군사정권의 수장인 종신 대통령 박정희가 자기의 오른팔 중앙정보부장이 쏜 총탄에 맞아 절명해 버린 것이었다. 18년 독재가 마감되는 순간이었다.
 그동안 서대평을 훨훨 날게 했던 유일무이한 지지자 박정희가 그처럼 처참하게, 그리고 허무하게 가 버리다니……. 서대평으로서는 도

무지 실감이 나지 않는 '대통령 유고'였다.

　서대평은 자신을 단단히 보호하고 있던 방패막이가 한순간에 벗겨지는 서늘함을 느꼈다. 갑자기 차가운 칼바람이 불었고, 피부가 쩡쩡 얼어붙는 통증이 몰려왔다. 요리조리 잘도 빠져나온 당대 최고 행운아여서 더욱 납작 엎드려 돌아가는 판세에 신경을 곤두세우지 않으면 안 되었다.

　기왕 행운아 얘기가 나왔으니 말이지만, 기업인 서대평에게 있어서 가장 높은 성장점을 찍었던 때가 바로 그 무렵이 아니었는가 싶다.

　성북동에서 만들어진 엄청난 자금력이 그러했다. 그는 그 자금을 허튼 데에 지출하지 않았다. 그 무렵만 해도 부동산 붐이 일지 않았을 때였으므로 골라 가며 헐값으로 매수, 서울의 노른자위 강남을 비롯한 요지 요지를 서대평 개인 소유로 만드는 데 성공했다. 각 지방 주요 도시의 노른자위 땅도 예외가 아니었다. 한마디로 서대평은 핵심 부동산만 콕콕 찍어 소유한 땅부자였다.

　비단 부동산뿐 아니었다. 대한민국 정부가 지급 보증하는 보험이란 보험은 모두 서대평이 독점한 상태에서 보험회사의 성장 또한 백 단위가 아닌 천 단위로 회사 발전의 날개를 달고 또 달았다. 그즈음 한보의 전 직원 수는 3천 명을 뛰어넘어 4천 명 수준으로 돌진하는 중이었다.

　서대평은 오래전부터 기획 추진했던 한보의 본사 빌딩을 풍요, 낙원, 행복, 성장을 함축 상징하는 서울의 자랑거리로 만들 요량이었다. 서울의 중심이 시청 앞이고, 시청 앞의 중심이 서태평이 소유한 한보빌딩이라는 이미지를 확고하게 심기 위해 서대평은 각별한 신경을 썼다.

세계적인 건축가 시저 프랭크의 설계도를 서울시에 접수시키고 허가 신청을 기다렸는데 아무런 이견 없이 통과되었다. 공사를 시작한 지 6년 만에 완공을 앞두고 있었던 어느 날 느닷없이 청와대 경호실로부터 공문이 배달되었다. 청와대와의 거리가 너무 가까워 경호상 어려움이 많으니 건물 높이를 24층에서 18층으로 줄여 완공시키라는 내용이었다.

서대평은 그 자리에 털썩 주저앉을 뻔했다. 이미 철강 뼈대를 24층까지 용접을 끝내 놓은 것을 이제 와서 어찌 잘라 낼 수 있으며, 건물의 완성도로 보아도 24층이 아니면 시저 프랭크의 예술적 특징이 없어질 뿐 아니라 처음 기획한 용도를 일괄 바꿔야 하므로 아무리 청와대 지시라 하더라도 이건 상식이 아니다 싶은 것이었다.

서대평은 관계 직원들을 청와대 경호실로 보내 조목조목 실례를 들어 가며 왜 24층으로 완공해야 되는가를 간곡하게 설명, 경호실 지시를 철회해 달라고 청원했지만 일언지하에 거절당했다. 이유가 없었다. 차지철 경호실장의 특별명령이므로 더욱 번복이 어렵다는 것이었다. 차지철은 안하무인이었다. 차지철 앞에서 그것을 설명할 사람도 없었다. 그만큼 차지철은 까다로웠고 막강했다.

관계 직원이며 외부 관련 인사들이 먼저 손과 발을 다 들어 버렸다. 도무지 씨도 먹히지 않으니 도리가 없다고 제풀에 뒤로 나자빠졌다. 서울시도 마찬가지였다. 대한민국에서 어느 누군들 차지철을 이길 사람이 있는가 스스로 반문하고 고개를 절레절레 흔들었다.

"회장님, 그만 포기하시는 게 좋을 듯싶네요. 그 사람이 안 된다고 하면 그건 안 되는 일이니까요."

서울시장이 먼저 혀를 내둘렀다.

그래도 서대평은 물러설 수 없었다. 모두가 아니라고 하지만 분명히 길이 있을 거라고 믿었다. 그리고 서대평은 그 길을 알았다. 제아무리 강경하고 강력하다 해도 차지철이 누군가. 어디까지나 박정희를 경호하기 위해 존재하는 박정희의 하수인이 아닌가.

유일한 방법이란 바로 박정희 대통령을 직접 만나 그 같은 내용을 설명하고 이해를 구하는 일이었다. 한데 문제가 또 있었다. 대통령을 어떻게 만나느냐는 문제였다.

서대평도 그 대목에서는 꽉 막혔다. 차지철을 통하지 않고서는 대통령 알현이 불가능했기 때문이었다.

이후락 같은 사람은 술도 좋아하고 여자도 좋아하고 뇌물도 좋아해서 상대하기가 수월한 편이었는데, 차지철은 술 한 방울 입에 적시지도 않는데다 남 다 치는 골프와도 담을 쌓고 살았으니 어떻게 은근슬쩍 비비고 들어갈 틈새가 없었다.

대통령과의 전화 통화 역시 그러했다. 모든 전화는 차지철의 결재를 얻은 다음에야 대통령에게 비로소 연결되었으니, 대통령과의 허심탄회한 통화는 아예 꿈도 꿀 수 없는 것이었다.

편지라고 해서 예외일 수 없었다. 차지철이 중간에서 검수하는 과정을 거치므로 백 번 발송해 봐야 헛고생일 뿐이었다.

그렇다고 서대평은 24층을 18평으로 축소하라는 지시를 울며 겨자 먹기 식으로 받아들이고 싶지 않았다. 어떤 방안을 강구해서라도 대통령과의 면담을 통해 당초 24층 안을 기어코 밀고 나가고 싶은 마음뿐이었다.

그래서 묘안을 짜낸 것이 대통령 각하가 청와대를 빠져나와 외부 행사에 참석하는 기회를 잡아 경호원들 모르게 편지를 전하는 방안이었다.

서대평은 간곡한 사정을 강조한 편지를 또박또박 자필로 썼고, 대통령의 행사 일정을 경호실이 아닌 비서실 직원을 통해 빼내는 데 성공했다. 그리고 대통령의 행사장 도착 시간에 맞춰 첩보전 벌이듯 요원들을 요소요소에 배치했다.

서울시 직원들의 협조가 없었으면 절대로 가능할 수 없는 일이었는데, 다행히 서울시장의 적극적인 협력 덕분에 대통령이 착석할 테이블 담당 직원을 통해 서대평의 친필이 자연스럽게 전달될 수 있었다.

그다음다음 날이던가, 서대평은 대통령 비서실에서 걸려 온 전화에 의해 24층 완공을 추진하라는 통보를 받았고, 일주일 뒤에 차지철 경호실장의 직인이 찍힌 24층을 18층으로 축소 완공하라는 지시를 무효로 한다는 정식 공문을 받았다.

서대평의 통쾌한 승리였다. 그러나 '통쾌'라는 어휘를 함부로 쓸 상황은 아니었다. 왜냐하면 자신의 추상같은 명령을, 그것도 여러 번 재고해 달라는 간청을 무시해 가며 그대로 밀어젖혔는데, 최종 결재권자인 각하를 통해 또다시 되치기를 당했으니 자존심 하나로 살아가는 차지철에겐 너무나도 큰 상처가 아닐 수 없었기 때문이다.

"오늘은 이렇게 넘어가지만, 반드시 후회하며 스스로 가슴을 찢게 만들어 줄 거다!"

차지철이 그렇게 포효했다는 뒷소문을 접하고 서대평은 으스스 돋는 소름을 온몸으로 감지했다.

서대평은 주변의 힘 있는 권력자를 찾아 일일이 문을 두들겨 어떻게 하면 차지철의 저주에서 벗어날 수 있는가에 대해 고견을 구했지만, 속 시원한 해답은 얻지 못했다. 그때그때 몸을 낮추고 죽는시늉을 하는 게 상책이라는 것이 일반적인 해결책이었다.

그렇기는 해도 또 한편으로 믿는 구석이 있어 내심 안도의 숨을 휴, 휴, 내쉬기도 하는 서대평이었다. 저주의 칼을 물고 씩씩거리는 차지철이 있으면, 박정희 대통령도 늘 그 위에 우뚝 서서 군림하기 때문이었다. 천하의 차지철이라도 박 대통령 덕분에 존재하는 사람이니, 일단은 그렇게 위안받아 마땅하다고 서대평은 스스로 판단해 마지않는 것이었다.

그때가 1979년 9월 중순쯤이었다. 더 정확히 말해서 스스로 가슴

찢게 만들어 주겠다던 차지철이 또 다른 중앙정보부장이 쏜 총에 즉사했으며, 서대평이 하나님만큼 의지하던 대통령 각하 역시 불과 몇 초 사이로 형님 먼저, 아우 먼저 하며 아직 젊은 나이인 61세로 세상과 하직한 것은 그로부터 꼭 한 달 만에 일어난 참사였다.

언제 어떻게 보복할 것인가, 날카로운 칼을 물고 벼르는 차지철이 창이라면, 언제나 서대평 편을 들어준 박정희는 세상에서 가장 안전한 방패에 해당하는 사람이었는데 애석하게 칼과 방패가 한순간에 사라진 결과를 가져온 것이었다.

그리고 유난히 찬란하게 떠오른 새 지도자 세력을 신군부라고 호칭했다. 말로는 박정희 통치 철학을 그대로 계승하겠다고 천명했지만, 실제로는 박정희 수하에서 큰 수혜를 받으며 부귀영화를 누린 사람들을 철저히 가려내어 체포 구속하고 그 재산을 압류했으며, 반대로 그동안 그늘에서 웅크리며 천대받았던 사람들에게 새로운 기회를 주겠노라고 으름장을 놓았다.

신군부가 그런 개혁을 완수하기 위해 조직한 기관 명칭이 '국가보위비상대책위원회'였다. 이름하여 지나가는 새도 지레 놀라 떨어진다는 '국보위'였다. 국보위의 권한은 실로 막강했다.

독재 18년의 박정희는 저리 가라였다. 무소불위였다. 전통의 선후배 권위로도, 강력한 로펌의 변호사로도 막을 수 없었다. 국보위의 발표가 곧 법이었다. 아니, 그냥 법이 아닌 법 위에 군림하는 전두환의

말 한마디 한마디가 존엄 그 자체였다.

그동안의 부정부패 일소며, 각종 사회악을 제거하여 국가 기강을 새롭게 확립하라는 엄명에 의해 1차적으로 잡혀온 부패인사가 김종필, 이후락, 박종규 등이었고, 야당 인사인 김대중, 김영삼 등등 구속이 끝없이 이어졌다.

언제나처럼 적당히 진술만 받고 석방하는 형식이 아니었다. 새까만 일반병인 하사 중사 따위가 고개 들어 함부로 바라볼 수도 없는 하늘 같은 장군뻘에게,

"야 새꺄! 왕년에 참모총장 지냈다고 여기서도 총장인 줄 아냐?"
였고,

"네놈이 권력을 얼마나 휘둘러 부정부패를 일삼았으면 네놈 안방 금고에서 금덩어리가 그렇게 많이 발견될 수 있냐 그 말이야! 지금부터 복창한다. 나는 부정부패 원흉이다!"

상대는 입을 열지 않는다.

"이 새끼가 아직도 정신을 못 차렸구먼!"

전기고문이 이어졌고, 푸지직 자지러졌다가 간신히 정신을 차린 피고에게 조사관이 또 한 번 고함을 꽥 질렀다.

"야 이 새꺄! 호명하면 대답한다. 이후락!"

"네."

조사관이 아직도 모자란다는 듯이 반복했다.

"이후락!"

"넷!"

"그래, 이제야 기합이 좀 들었구먼."

그런 무서운 고문 수사 끝에 김종필은 제주도 수만 평 감귤밭을 빼앗겼고, 이후락 역시 기습 가택수사에서 압수한 수십만 불의 달러며 시가 수십억에 해당하는 금붙이들이 하루아침에 국가 소유로 바뀌었다.

비단 불법재산 압수뿐 아니었다. 장관 차관 국장 등 고급 공무원을 비롯한 2급 이상 정부 산하단체 임직원 등 총 1만 2천여 명이 부정 공무원으로 숙청되거나 체포되어 징역을 살았다.

그리고 국보위는 그 시퍼런 칼날을 기업인들에게 겨냥하기 시작했다. 앞서 정치인 공직자의 처벌로 온 세상을 공포에 떨게 한 것도 어쩌면 돈줄 쥐고 있는 기업인을 잡기 위한 사전 포석인지도 몰랐다. 그 1번 타자가 삼성의 이병철이었다. 그는 겁에 질려 잘나가던 텔레비전 방송국 '동양방송'을 내놓았고, 아시아 최대 비료공장도 내놓았으며, 그것도 모자라 수천억을 호가하는 골프장까지 헌납하지 않으면 안 되었다.

현대그룹 정주영도 불려 갔고, 유공의 최종진도, 대우의 김우중도 잡혀와 모진 고문 끝에 많은 재산을 국가에 헌납한다는 각서에 자필로 사인을 했다.

한보의 서대평이라고 해서 예외일 수 없었다. 지레 벌벌 떠는 서대평 앞에 앉은 조사관은 무지막지하지 않았고, 몰상식하지도 않았다. 목소리 또한 턱없이 크지 않았으며, 겁주기 위한 심리요법으로 상대방 자존을 함부로 짓밟지 않았다.

그는 조근조근, 그러나 자신만만하게,

"서대평 당신은 날 몰라도, 나는 당신을 아주 잘 알고 있소."

히죽히죽 미소를 머금었다 뱉으며 말을 이었다.

"당신이 저지른 범죄를 은폐하거나 아니라고 부인했다가는 정말 큰 봉변을 당할 것이오. 알겠소?"

"알겠습니다."

"소리가 적소. 더 큰 소리로 답하시오!"

"잘 알겠습니다!"

"그래요. 이제 그만 본론으로 들어갑시다. 다른 기업인들은 불법을 저질렀어도 범죄는 하지 않았소. 하지만 서대평 당신은 비열한 범죄를 기획 주도하고 그 죄를 다른 사람에게 뒤집어씌웠소. 아주 야비하게 말이오. 내 말 틀렸소?"

서대평은 머리를 굴렸다. 그의 뒤를 봐줄 박정희 같은 큰손이 이제 존재하지 않는다는 사실을 누구보다 잘 알았으므로 그는 더 공손해져서,

"할 말 없습니다."

라고 무릎 꿇는 일부터 먼저 했다.

"서대평 당신의 가증스런 범죄를 덮어 주던 이후락도 구속되었

는 사실을 알고 있을 거고……. 아니, 그보다 먼저 내가 어떻게 서대평 당신의 범죄행위에 대해 그처럼 훤히 꿰뚫게 된 줄 아시오?"

서대평은 고개를 절레절레 흔들었다. 조사관이 입을 열었다.

"세상은 생각보다 넓지 않소. 왜냐하면 내가 김춘복의 양심선언을 담당했던 중정의 조사관이었으니까."

그는 정말 서대평의 범행을 훤히 꿰고 있었다. 빠져나갈 구멍이 없었다. 변명의 여지가 없었다.

첫 질문부터 김춘복, 구본상을 어떻게 알게 되었느냐였다. 숨어 있는 범죄 사실을 파헤치는 것이 아니라, 범죄 사실을 전제해 놓고 그것을 실타래처럼 순서대로 풀어 나가는 형식이었다.

문 : 서대평은 김춘복, 구본상을 언제 어떻게 알았나요?

답 : 1957년 4월경 평소에 안면이 있는 김춘복이 구본상을 동행하여 좋은 일이 있으니 조용하게 이야기하자고 하여 종로1가 소재 중화음식점 태화관에서 만나 점심을 같이하였습니다.

문 : 만나서 무슨 말을 하였나요?

답 : 김춘복이 서울 관악구 동작동 산33의 2호 외 5필지 5만 3,820평을 1950년 5월 20일에 소유자 김영구와 구본상, 김춘복 간에 매매계약을 체결하였는데 매매계약서 영수증 인감증명서를 내보이면서 6·25사변으로 죽었는지 살았는지 소재를 찾을 길이 없으니 법원에 소유권 반환청구 소송을 제기하고 법원 공

탁국에 잔금을 공탁하여 합법적으로 법절차에 의거 소유권을 되찾아서 국방부에서 국립묘지로 책정되어 있으니 국방부에 처분하면 막대한 보상금을 받을 수 있다기에 잔금을 법원 공탁국에 공탁키로 하고 즉석에서 같이하기로 하였습니다.

문 : 재판 진행 과정을 상세히 말하시오.

답 : 1957년 5월경에 원 소유자 김영구를 상대로 소유권 반환청구 소송을 영등포지방법원에 제기하고 동 5월 20일경에 법원 공탁국에 잔금 5만 환을 공탁하고 김영구의 위임장과 인장을 지참하여 본인과 김춘복, 구본상 등과 같이 법원 공탁국에 가서 공탁금을 찾아서 본인이 가졌습니다. 재판을 빨리 속결키 위하여 김영구의 변호사를 본인과 김춘복, 구본상 세 사람이 합의하여 김춘복, 구본상이 김영구를 가장하여 김모 변호사를 선임하고 김영구가 재판에 임한 것처럼 사실을 왜곡하기 위하여 김영구의 실제 소재지가 아닌 제3의 주소지로 재판기일 통지서를 송달케 하고 김영구가 재판을 진행할 의사가 없는 것처럼 가장하여 영등포지방법원에서 승소하고, 구본상으로 하여금 항소 포기서까지 작성케 하여 재판부에 제출하고 소유권 확정 판결문을 받아 국방부에 제출하여 국방부를 더욱 신뢰케 하였습니다.

문 : 처음부터 원 소유자 김영구 소유 임야를 김춘복, 구본상이 허위 날조 조작한 매매계약서 영수증 인감증명이라는 사실을 알

고 있었는지요?

답 : 김춘복이 사기전과 60여 회의 사기범이라는 사실은 천하가 다 아는 사실이며, 구본상 역시 김춘복과 같이 행동하는 것으로 보아서 처음에는 잘 몰랐지만 재판 도중에 알게 되었습니다.

문 : 사취한 물건이란 사실을 알았는데도 어째서 같이 행동하였는 가요?

답 : 합법적인 법 절차에 의거해서 재판을 속결하여 김영구 모르게 국방부에서 보상금을 지급받아 착복하려고 모험을 했습니다.

문 : 영등포지방법원에서 승소하여 사취한 물건의 등기 보존을 어떻게 하였나요?

답 : 공동운영계약에 의거 본인의 처 동생 등 명의로 등기를 전전하여 등기 보존을 하면서 3, 4차례 전전하여 선의의 피해자로 보이기 위하여 노력했습니다.

문 : 공동운영계약이란 무엇이며 분배는 어떻게 하기로 하였는지요?

답 : 김춘복, 구본상이 언제 배신할지 몰라 재산분배 업무를 분명히 하기 위하여 작성하였으며, 본인이 70%를 갖고 김춘복, 구본상에게 각각 15%씩 주기로 했습니다.

문 : 원 소유자 김영구가 소유권 확인 청구 소송을 한 사실을 알고 그때 심정이 어떠하였는지요?

답 : 본인은 물론 김춘복, 구본상은 불안하게 생각했으며, 많은 자

금이 지출된 이상 큰 모험을 할 것으로 결심하고 재판을 지연하면서 그동안 국방부에서 보상금을 빨리 받기 위하여 이 모 고위층에 청탁하여 보상금을 빨리 받기에 급급하였습니다.

문 : 이 모 고위층께 조건이나 금품을 수수한 사실은 어떠한지요?

답 : 이 모 고위층께 본인이 경영하는 한보교육보험 주식 35%를 주기로 약정하고 주식을 주었으며, 잘 기억되지는 않지만 수억 원을 수교하였습니다.

문 : 국방부에 보상금을 받기 위해 당시의 등기부가 아닌 2년 전 등기부를 국방부에 제출하였다는데 사실인가요?

답 : 원 소유자 김영구가 서울고등법원에 소유권 확인 청구 소송을 하면서 예고등기가 등기부에 등재되어 있음을 알고 국방부에 제출할 수가 없어 1961년에 미리 준비되어 있던 등기부를 1963년도에 국방부에 제출하였습니다.

문 : 1963년도에 국방부에 등기부를 제출하였는데, 1961년도 등기부를 제출하였는데도 국방부에서 아무 문제가 없던가요?

답 : 보상금 청구 당시에는 실무자들이 발견하지 못하여 별문제가 없었는데, 김영구가 국방부에 진정함으로써 문제가 야기되었으나 일심 재판시 공탁서 항소포기서 등의 증거서류를 국방부에 제출하고 이 모 고위층에 연락하여 무마하고 관계관에게는 항소포기서까지 제출한 김영구가 트집잡기 위한 술책이며 소유권 확인 청구 소송 자체가 기각될 것이라고 관계관을 설득하

여 무마했습니다.

문 : 원 소유자 김영구가 고등법원에서 소유권 확인 확정 판결문을 국방부에 제출하였다는데, 국방부에서는 어떤 조치가 있었는가요?

답 : 국방부에서는 예산이 없어 용산구 한남동 번지 미상의 대지 2만 평과 성북구 성북동 약 10만 평을 환지받아 한남동 것은 판매 처분하고 성북동 임야는 본인이 경영하는 대교산업주식회사가 대지 정지작업 중 국방부로부터 환지 취소 통보를 받아 가압류 조치를 당하자, 이 모 고위층에 달려가서 고등법원의 재판부가 김영구의 사주를 받아 패소당해 땅을 빼앗기게 되었다고 보고하였더니 민 모 법관을 불러서 대책을 의논하여 민 법관으로부터 국방부를 상대로 행정소송을 제기하라는 명을 받고 소송을 제기하여 본인이 승소하고 국방부를 패소케 하였습니다.

문 : 국방부를 상대로 행정소송을 제기하여 승소할 것을 예측하였는가요?

답 : 고위층 이 모, 민 모 씨가 정책적으로 해결해 줄 것으로 알고 안심하고 있었습니다.

문 : 원 소유자 김영구가 소유권 말소등기 청구 소송을 재판부에서 심리할 때 서태평, 김춘복, 구본상은 어떻게 재판에 임하였는가요?

답 : 본인은 변호사만 선임하고, 이 모 고위층과 민 모 법관이 자진해서 잘 처리해 줄 것이므로 별문제 없을 것으로 알고 있었으며, 민 모 법관이 사항에 따라 재판부 법관을 만나라고 하면 법관을 시내 고급요정 장원 등에서 만나 접대하고 액수 미상의 금품을 10여 차례 수교한 사실이 있습니다.

문 : 서대평은 양심의 가책과 충격 같은 것을 받은 사실이 없었던가요?

답 : 항시 불안과 양심의 가책을 느껴 왔으며, 이렇게 되고 보니 죽고 싶은 심정이며 양심에 무한한 죄의식을 느낍니다.

문 : 구본상을 중앙정보부에 고발하였다는데 그 이유는 무엇이었나요?

답 : 원 소유자 김영구가 서울고등법원에 소유권 확인 청구 소송 재판정에 본인과 김춘복을 배신하고 김영구에게 유리한 증언과 자인서 자술서 등을 작성하여 재판부에 제출하므로 그냥 두어서는 안 되겠다고 생각하여 고위층에 청탁하여 허위사실 유포 등으로 고발하여 처벌받게 했습니다.

문 : 본 사건으로 기관에서 조사 처벌받은 사실이 있는가요?

답 : 김춘복은 본 사건으로 사기죄 등으로 검찰에 구속되어 고위층의 도움으로 풀려난 사실이 있으며, 중앙정보부 국방부 조사대 등에서 김춘복, 구본상은 조사받은 사실은 있으나 처벌받은 사실은 없었으며, 본인은 한 번도 조사나 처벌받은 사실은 없습

니다.

문 : 지금도 권력과 금력으로 모든 문제가 영원히 감추어질 것으로 생각하고 있는지요?

답 : 그동안 죄의식으로 불안과 초조에 시달렸습니다. 꿈자리만 좋지 않아도 외박했고, 해외여행을 자주 나갔습니다. 골프장에 매일같이 나다니며 한때는 외국에 영주할까 하는 심정이 들 때도 있었습니다. 고위층과 깊은 관계 등으로 고위층이 건재하고 있는 날까지는 문제가 되지 않을 것으로 생각했으며, 원 소유자 김영구가 타계하였고 물건이 국립묘지로 지정되어 있는 한 혼란을 없애기 위하여서도 본인에게 별문제가 없을 것으로 생각하고 있었습니다.

문 : 김영구가 생존시 수양딸 곽미순에게 권리양도서를 작성해 두었다는 사실을 알고 있었나요?

답 : 처음에는 몰랐었는데 나중에 김춘복에게 들어서 알고 있었습니다.

문 : 김영구가 타계한 후에 수양딸 곽미순을 권력과 금력으로 제거할 수 있었을 것으로 생각되는데 왜 처벌받게 하지 않았는가요?

답 : 곽미순은 나이도 60세인데다가, 건드리면 오히려 불씨만 될 뿐 시간이 가면 별문제가 되지 않을 것으로 생각하여 문제삼지 않기로 하였습니다.

문 : 공동운영계약서에 의거 김춘복, 구본상에게 각 15%를 주기로 하였다는데 얼마를 주었는가요?

답 : 구본상은 한때 김영구의 사주를 받아 배신하였고 처벌까지 받은 후 권리포기 각서까지 받았으나 20여 차례에 걸쳐 약 3천만 원을 지불했고, 김춘복에게는 1억 5천만 원을 지불했습니다.

문 : 지금의 심정은 어떤가요?

답 : 사실을 실토하고 나니 마음이 조금은 후련한 것 같으며, 국가 발전을 위하여 전 재산을 대통령 각하께 기증하고 속죄하여야겠다는 심정뿐입니다.

문 : 마지막으로 할 말은 없나요?

답 : 국가와 국민께 죄송하게 생각하며, 국립묘지에 안장된 영혼들께 진심으로 사죄하며 국방부 관계관, 사법부의 담당 법관들, 그리고 이 모 고위층 민 법관께 진심으로 죄송하게 생각하며 죽음으로 사죄드립니다. 많은 회사 직원들과 사회에 혼란 없이 관대하게 처리해 주시기를 바랍니다.

진술자 서대평

제4부
정녕 그를 흔들 자 없는가

14

백종일이 곽미순을 다시 만난 것은 법원 공무원을 그만두고 변호사 사무실 사무장으로 직장을 옮긴 그해 여름이었다.

그즈음 서울은 열광의 도가니였다. 온통 붉은색 천지였다. 환호성이 마구마구 터져 나왔다. 저마다 집이나 직장에서 텔레비전 앞에 앉아 주최국인 한국 축구팀을 응원하는 차분한 분위기가 아니었다. 모두가 그 뜨거운 광기를 참지 못해 거리로 튀어나왔다. 그것도 약속이나 한 듯 남녀노소를 막론하고 붉은 티를 입고 있었다.

이름하여 '붉은 악마'였다. 붉은색은 나도 대한민국 국민의 일원이라는 표식이며, 우렁찬 구령과 환호성 역시 거리로 뛰쳐나온 수많은 사람들과 한통속이라는 자랑스러운 절규였다.

그때 그 순간처럼 수십만 수백만이 완벽하게 하나 된 적이 언제 있었던가. 큰 거리마다 대형 스크린을 내걸었고, 그 밑으로 꾸역꾸역 붉은 악마들이 모여들어 인도는 물론이고 10차선 자동차 전용도로까지 빽빽하게 차지하고 주저앉았다.

통행이 막혔다고 해서 자동차 운전사들도 짜증을 내지 않았다. 그들도 차에서 내려 응원석인 아스팔트에 자리 잡고 합세했다. 시청 앞이고 광화문이고 서대문이고 강남 테헤란로고, 흡사 콩나물시루처럼 틈새 없이 가득가득 메우고 있었다.

멀리서 보면 그냥 시붉은 양탄자를 깔아 놓은 것 같지만, 찬찬히 보면 살아 있는 작은 붉은색들이 꿈틀꿈틀 춤을 추는 형상이었다. 그들은 똑같은 색조로, 똑같은 목소리로, 똑같은 열기로 하늘이 쩡쩡 울리도록 외쳐 대고 있었는데, 그 내용은,

"필승 코리아!"

였다. 대한민국이 월드컵 4강에 기적과도 같이 합류했으므로 '필승코리아'의 외침은 더 열광적이었으며, 그 열기가 하늘과 맞닿을 지경이었다.

대형 티브이 화면에서 붉은 유니폼의 한국 선수들이 공을 잡기만 하면 한반도의 지축이 흔들렸다. 그리고 짧은 광고가 화면을 가득 메웠다.

광고의 주인공은 한국을 4강에 올려놓은 히딩크 감독이었다. 히딩크가 두 팔을 들어 올리고 환호하며 박지성을 끌어안는 장면과 함께 펼쳐지는 광고주의 캐치프레이즈는 '하늘만큼 땅만큼'이었고, 그 밑에 깔리는 제공회사 로고는 '한보교육생명'이었다.

히딩크의 도전정신과 성공적인 자사 브랜드의 이미지를 부합시킨 절묘한 광고였다. 막대한 출연료를 지불하고 히딩크를 광고 모델로 픽업한 것은 와병 중에 누워 있던 서대평이었다.

백종일은 반사적으로 그 광고에서 눈을 뗐다. 본능적인 거부반응이었다. 그래도 필승 코리아는 끝없이 반복되고 있었다.

하필 그 시간에 백종일과 곽미순은 서울 종로구 연건동 서울대학병원 5층 로비에 마주 앉아 있었다. 백종일이 둘째 형의 문병차 왔다가 엘리베이터 앞에 서 있던 때였고, 반대로 곽미순은 5층 엘리베이터에서 막 내려서는 순간이었다.

"어, 이게 누구야!"

"어머나, 배 선생!"

그렇게 마주쳤고, 두 사람은 손을 마주잡고 인사를 나누다가 가까운 작은 로비로 자리를 옮겨 마주 앉은 것이었다.

곽미순은 나름대로 멋 부리는 그녀만의 화장법이며 옷차림은 여전했지만, 얼굴이며 몸매가 무너지고 이지러져 보기가 민망할 정도였다. 얼마나 세파에 시달렸으면 저처럼 폭삭할 수 있을까. 그때만 해도 미모는 아니었지만 중년여인의 개성이 물씬 풍겼었는데, 흡사 말라 비틀어지기 시작하는 꽃처럼 이제 낙화 시점 쪽으로 거지반 밀려난 형국이었다.

"변호사 사무실 차렸다면서요?"

그녀의 첫마디였다.

"변호사 사무실이라뇨! 누가 들으면 내가 변호사인 줄 알겠네."

"변호사보다 더 유능하다고 벌써 소문이 났던데 뭘……. 안 그래도 낼쯤 찾아갈 요량이었는데 이렇게 만나 버리네."

백종일에게 있어서 곽미순은 큰 빚을 갚아야 할 당사자인데도 그녀는 그 사안에 대해서는 한마디 언급도 없이,
　"서울에 왔다는 소문 듣고 너무 반가웠어요."
너무도 당당하게 말하는 것이었다.
　"우리 사무실 알아요?"
　백종일이 물었다.
　"알구말구…… 법원 세 번째 골목이라면서요?"
　"누가 그렇게 자세히 알려줬을까?"
　"옛날 우리 김영구 아버지 살았을 때 함께 일하며 만났던 황 변호사 알죠?"
　"그럼요. 알다마다요."
　"그분이 어제 전화 주셨어요."
　"그랬군요! 근데 병원에는 무슨 일로?"
　"우리 석동이 때문에……."
　"아, 석동이 이제 청년이 다 됐겠네요. 석동이가 병원에 있어요?"
　곽미순이 고개만 끄덕였다.
　"아, 그래요. 석동이…… 참, 축구는 어떻게 됐습니까?"
　백종일이 광화문의 함성이 창경궁까지 아련하게 메아리로 전해 오는 '필승 코리아' 소리에 귀 기울이며 물었다.
　"그만뒀어요."
　"축구를 그만뒀다구요? 그럼 지금 뭐 합니까?"

"아무것도 안 해요."

"아무것도 안 한다면……."

"안 하는 게 아니라 못하는 거지 뭐."

"어디 불편해요?"

"네, 많이."

"어디가 그리……."

"그 아이 때문에 정말 내가 콱 죽어 버리고 싶을 때가 한두 번이 아녜요. 신경근육질환이라는데…… 뭐가 뭔지 나도 모르겠어요."

"신경근육질환이라면……."

"유전병이라네요. 제 애비가 그 병으로 고생하다가 손목도 구부러지고 발목도 구부러지고 허리도 구부러져…… 온 전신이 말려 올라가다가 시름시름 죽고 말더니…… 그 아들까지……."

"상태가 심한가요?"

"얼마 못 살 거 같애……."

그녀가 두 손으로 얼굴을 감싸안았다.

"그렇다고 너무 상심 마세요. 이제 좋은 새 약이 많이 나와서 불치병이 없어진다고 하지 않습니까?"

"그래서…… 미국에서 막 개발된 신약을 수입하고 임상시험용 환자를 모집한다고 해서…… 일주일 전에 병원에 데려왔는데…… 물리치료도 하고 그때그때 수술도 병행하면 치료를 할 수 있었는데, 왜 이렇게 방치했느냐고…… 의사들에게 야단만 맞고…… 그럴 돈이 있었으면 왜 안 했겠어요? 남의 속도 모르고……."

"그랬군요. 축구부에서 합숙훈련할 때만 해도 건강해 보였는데…….
언젠가 축구로 빛을 보리라 기대했었는데……."

"김영구 아버지도 늘 그랬거든요. 친손자처럼 정말 걱정 많이 해 주셨는데…… 그래서 우리 석동이에게 그 많은 재산을 물려주다시피 했는데……."

그러고는 곽미순이 핸드백을 뒤져 백종일에게 불쑥 내민 것이 김영구가 남긴 동작동 토지소유권 위임장이었다. 곽미순만 아니라 그의 아들 김석동의 이름도 들어 있는 증서였다.

물론 원본은 투명 비닐에 두 겹 세 겹 싸여 깊은 곳에 보관 중이라고 했고, 백종일에게 내민 것은 그 복사본이었다.

"배 선생, 안 그래도 이걸 들고 사무실로 찾아갈 작정이었는데 배 선생을 이렇게 병원에서 만난 걸 보면 부처님의 가피가 각별한 거 같네요."

"부처님 가피까지는 아닌 거 같고…… 그래, 그동안 이 증서로 한보 서대평 회장과 아무런 접촉도 하지 않았습니까?"

"접촉? 접촉은커녕 그동안 입도 벙긋 못 했죠. 신군부 위세가 얼마나 하늘을 찌르던지! 내가 내용증명을 보내고 아무 날 찾아가겠다고 했는데, 그날 한보 본사 앞에서 사복 요원들이 날 기다리고 있다가 지프차에 태워 어디론가 끌려갔어요. 어딘지는 모르지만 물방울이 뚝뚝 떨어지는 걸 보면 어두운 지하실 같았는데, 거기서 모진 고문을 당하다 일주일 만에 풀려났어요. 다시는 그딴 증서로 협박하지 않겠다는 각서를 쓰고 나왔어요."

곽미순이 당시를 기억하는 것조차 치가 떨린다는 듯이 부르르 진저리를 쳤다.

"그때가 언제였죠?"

백종일이 물었다.

"지하 고문실에서 석방된 그다음 날 아웅산 테러사건이 터져 신문에 대서특필되었으니까 계산해 보세요."

곽미순이 그딴 시기가 뭐 그리 중요하냐 식으로,

"기왕 이렇게 반가운 분을 만났는데······."

생뚱맞게 다시 한번 백종일의 손을 덥석 잡았다. 그리고 말을 이었다.

"옛날에도 그랬지만, 배 선생을 만나니까 뭐랄까······ 이유도 없이 기분 좋아지는 그런 느낌····· 배 선생도 알잖아요?"

옛날에도 그랬듯이 수작으로밖에 보이지 않는 그녀 특유의 달변이 시작되는 찰나였다.

백종일은 머리를 좌우로 흔들었다. 곽미순은 지금 생뚱맞은 거짓말을 하고 있다. 남을 속여 피해를 주는 거짓 협잡까지는 아니라도 뭔가를 은폐하고 있는 것이 확실했다.

그것은 세상에 자기를 알아주는, 아니, 자기 입장을 이해하고 적극 협력해 주는 사람이 백종일이 유일하다는 식의 과장법이 그러했다.

하지만 곽미순에게 백종일 같은 다소 얼빠진 후원자가 여럿 더 존재한다는 사실을 아는 사람은 다 안다. 그녀가 지극정성으로 섬기는 불교신도회 간부를 비롯한 몇몇 재력가들이 그러하고, 그동안 정계 언론계에 종사하다가 은퇴한 자칭 타칭 저명한 불교계 인사들이 그러했다.

곽미순은 그동안 그 사람들과 더불어 김영구가 남겨 준 재산권 행사 위임장을 꺼내 보이며 일확천금을 위한 투쟁이랍시고 생활비며 활동비 명목으로 잔돈푼을 후원받으며 그럭저럭 지금까지 잘도 연명해 온 터다.

한데 곽미순이 전혀 그런 일이 없었다는 듯이 입을 싹 씻고 새로운 귀인을 다시 만나 이제야 숨을 쉴 수 있게 되었다고 과장되게 호들갑을 떠는 것이었다.

백종일은 그녀에게 잡힌 손을 빼고 숙였던 허리를 반듯하게 폈다. 그녀와 거리를 두기 위해서였다. 그녀가 입을 열었다.

"이 위임장 말예요. 입은 삐뚤어졌어도 말은 바로 하랬다구, 이거 돈으로 치면 수천억 원을 호가하는 증서잖아요? 근데 아무도 그걸 인정해 주지 않는 거 있죠? 그동안 이걸 들고 은행에도 가보고 제2금융권도 찾아가 봤지만, 모두가 고개를 가로젓더라구요. 내 참 어이가 없어서……. 한데 오늘에야 그 가치를 알아주는 사람을 만났으니…… 이 벅찬 느낌을 어떻게 표현해야 될지……."

백종일은 입을 열지 않았다. 그리고 뭔가를 시도하기 위해 자세를 고쳐 앉는 곽미순을 가만히 바라보았다. 한마디로 어이가 없었다.

그동안 자신을 통해 융통해 간 액수가 억대인데도 아직 한 푼도 갚지 않았을 뿐 아니라 그동안 차용증서 없이 그냥 생활비로 김영구 병원비로 지불해 준 돈은 아예 부채로 계산조차 하지 않았는데, 그 과정에 대한 변명이나 사과 한마디 없이 마치 호구를 만났다는 듯이 또다시 돈 얘기를 꺼내는 곽미순이 몰염치 사기꾼으로밖에 해석되지 않았던 터다.

백종일은 벌떡 일어섰다. 그리고 지갑에 들어 있던 지폐 모두를 꺼내 곽미순 앞에 밀어놓고 말했다.

"이거 얼마 안 되지만 석동이 병원비에 보태도록 하세요. 석동이를 만나고 갈 작정이었지만, 생각을 바꿨습니다. 다시는 김영구 일에 얽히고 싶지 않습니다. 그러니 앞으로 날 찾아올 생각은 아예 하지 않는 것이 좋을 거 같군요. 꼭 찾아오겠다면 나에게 차용해 간 돈의 일부라도 갚을 수 있을 때 오세요. 아시겠어요?"

정말 곽미순은 찾아오지 않았다. 각박한 생활고에다 아들의 병으로 뭐라도 붙잡고 늘어져야 할 그녀가 무슨 작심을 했는지 한동안 기척도 하지 않는 것이었다.

그렇게 '필승 코리아'의 환희의 여름이 가고 가을 겨울 가고 봄이 찾아왔다. 그러니까 그 이듬해 2월 어느 화요일이었다. 곽미순에게서 전화가 걸려 왔다.

"무슨 일입니까?"

백종일이 시큰둥하게 대응했다.

"지금 사무실로 가고 있어요."

그녀의 목소리는 많이 들떠 있었다.

백종일은 '갚을 돈을 가지고 오시는 겁니까?'라고 묻고 싶었지만 꾹 참았다. 1년 가까이 손을 벌리지 않은 것만도 곽미순으로서는 나름의 자존심을 지킨 셈이었다.

그녀는 사무실로 들어서기 무섭게 핸드백을 열어 호치키스로 찍은 열 장 정도의 A_4 용지를 꺼내 백종일에게 내밀었다.

"이게 뭡니까?"

"읽어 보세요. 서대평이 전 재산을 국가에 헌납하겠다고 약속한 국보위 진술서예요."

"국보위?"

"국가보위비상대책위원회 말예요."

"국보위라면 20년도 훨씬 전에 있었던 이름인데요?"

"맞아요. 백담사에 2년 동안 구금되어 있던 전두환 대통령이 만들었던 무소불위의 조직이었잖아요."

백종일은 1981년 5월 28일 국보위에 체포되어 구금되었던 서대평이 조사관의 추상같은 질문에 어쩌는 수 없이 사실 그대로 자백했던 범죄 내용이 그대로 문자화되어 있는 진술서를 끝까지 읽었다. 특히 진술서 끝부분은 두 번 세 번 반복해서 읽었다.

조사관이 묻고 있었다.

― 지금 심정은 어떤가요?

― 사실을 그대로 실토하고 나니 마음이 조금은 후련해진 것 같으며, 국가 발전을 위하여 전 재산을 대통령 각하께 기증하고 속죄해야겠다는 심정뿐입니다.

― 마지막으로 할 말은 없는가요?

다시 조사관이 물었을 때 서대평이 담담하게 답했다.

― 국가와 국민께 죄송하게 생각하며, 국립묘지에 안장된 영혼들께 진심으로 사죄하며, 국방부 관계관, 사법부의 담당 법관들, 그리고 이후락 실장님, 민복기 대법원장께 진심으로 죄송하게 생각하며 죽음으로 사죄드립니다. 회사의 많은 직원들과 사회에 혼란 없이 관대하게 처리해 주시기 바랍니다

"아니, 이걸 어디서 입수한 겁니까?"
백종일이 놀란 목소리로 물었다.
"어디서 입수한 건지 궁금하세요?"
곽미순이 되물었다.
"궁금하고말고요."
"국가기록문서보관소에서 합법적인 절차를 거쳐 받은 내용이라면

믿겠어요?"

"국가기록문서보관소요?"

백종일이 놀란 음성으로 계속했다.

"정말 이 내용이 국가기록문서보관소에 비치되어 있다 그 말입니까?"

"당연하죠. 그래서 우리도 볼 수 있게 된 거고. 하지만 어떻게 입수한 것이 중요한 것이 아니고…… 그것이 가짜로 만들어진 것이 아닌 진짜 진술서인가가 더 중요하잖아요!"

"그거야 그렇죠."

백종일이 대답했다.

"제가요, 오늘 그걸 확인했어요."

"확인하다뇨? 어떻게, 아니 누구한테 확인했다는 겁니까?"

"장본인한테요."

"장본인이라면 서대평 회장?"

"맞아요. 서대평 회장 비서실에 이 문제만 취급하는 전담 요원들이 따로 있더라구요. 그들에게서 답을 들었어요. 국보위에 붙잡혀가서 진술한 내용은 사실 그대로라구요."

"그래요? 정말 그렇게 수긍했어요?"

"그렇다니까요. 그 전화 통화를 녹음까지 한 걸요."

곽미순이 잡음이 많아 목소리를 구분하기 힘든 소형 녹음기를 틀어주기까지 했다.

꼭 그 녹음소리 때문은 아니었다. 뭔가 번쩍 부싯돌 부딪치는 소리와 함께 불꽃이 튀었는데, 백종일은 스스로 그 현상을 영감의 출발이라고 불렀다.

백종일은 마음을 다잡고 동시에 생각의 물꼬를 반대쪽으로 틀었다. 확실한 실상은 보이지 않았지만, 그 음흉한 실체는 손만 잘 더듬어도 금세 잡힐 것 같은 자신감이 그동안 모든 것을 포기하고 잠자던 백종일을 벌떡 일으켜 세우는 것이었다.

더구나 백종일은 이제 은행원도 법원 공무원도 아닌, 없는 일감도 만들어 들고 들어와야 하는 변호사 사무실 사무장이다. 이름하여 필수영업사원이다. 돈이 될 사건이나 다툼을 끊임없이 끌어들여 사무실의 수익을 한껏 올려야 하는 입장인 것이다.

재판에서 이기기 위해 온갖 지략을 짜내는 것은 변호사들의 직무이지만, 일단 그것을 취합하여 수임료를 만들어야 하는 쪽은 백종일이었다. 그렇게 해서 합동법률사무소의 세 명의 변호사와 사무장을 비롯한 세 명의 사무실 직원들의 호구지책을 책임져야 하는 것이다.

말이 나왔으니 얘기지만, 사무실 간판을 보거나 주변 지인의 소개로 찾아오는 의뢰인들의 사건들 거의가 구질구질한 상속문제로 흙탕물 싸움을 벌이는 가족 간의 알력이 아니면 이혼소송이 대부분이다.

엄청난 사건인 것처럼 허겁지겁 찾아오는 의뢰인들과 마주 앉아 그 진상을 알아보면 열에 아홉은 불륜으로 인한 앙갚음이고, 일반 재산분쟁 또한 돈에 대한 탐욕이다. 서로 더 가지려는 욕심이 분쟁을 만들고, 그것을 법적으로 판단받겠다고 변호사 사무실로 들고 나오는 것이다. 상대가 여자이건 남자이건 똑같이 시큼한 정액 냄새를 풍기는 지저분한 치정이고, 도의적으로 해서는 안 되는 상대와 육체적인 관계를 맺은 불륜이다. 각종 범죄도 마찬가지다.

그 어떤 것보다 우선적이며 으뜸인 대상이 바로 돈이다. 세상에 돈보다 더 중차대한 것은 없다. 그래서 피를 나눈 형제 간도 칼부림을 하고, 50년 부부 사이도 서릿발 내리는 독기를 품고 갈라서는 것이다.

그러다 보니 건수는 많아도 수임료 자체가 소액일 수밖에 없다. 하나같이 잔돈푼 게임이다. 하긴 잔돈푼이 모여야 목돈이 되는 것이 세상 이치이므로 그 자체를 얕잡아보고 기피할 수는 없지만, 그래도 큰돈이 될 큰 사건을 한두 건 취급할 수 있어야 부지런함과 실력을 겸비한 유능한 사무장으로 우뚝 설 수 있는 것이었다.

백종일은 작심했다.

그래, 등잔 밑이 어두웠어. 바로 발아래 노다지 금광을 외면하고 자질구레한 동전 몇 닢 줍기 위해 온종일 거리를 헤매고 다닌 격이었어.

백종일은 새삼스럽게 두 손을 움켜쥐었다. 알짜 대기업의 대표 자리에 앉아 세상을 호령하는 가장 성공한 회장님이, 게다가 그 이름난 빌딩의 지하공간을 유명 식당이나 고급 술집이 아닌, 돈 안 되는 책방을 차려 세기의 지성인으로 추앙받았던 그 고명하신 회장님이 알고 보니 희대의 사기꾼이며 협잡꾼으로, 권력을 이용하여 남의 재산을 그것도 벌건 대낮에 빼앗아 치부한 가장 악랄한 비인간적인 범법자였다는 사실을 밝혀내는 업무야말로 사회 정의를 위해서도 변호사 사무실이 당연히 감당해야 할, 가장 적절한 소임이 아니겠는가.
 백종일은 다짐하며 옷깃을 여미는 것이었다.

15

 일개 법률사무소의 사무장에 불과한 백종일이 대한민국의 5대 재벌이며 보험업계의 대표주자 서대평 회장의 범법 고발사건을 공식적으로 거론하게 된 것은 바로 그다음 날이었다.
 그러나 그것은 열화 같은 환영을 받으며 취급한 일거리가 아니었다. 법률사무소 3명의 변호사로부터 얻은 소견이 그러했다. 그것이 설사 국민적인 범죄행위였다고 해도 이미 공소시효 기간이 지나도 한참 지난 김빠진 사건이라는 것이다.
 그래도 꼭 뭔가 여지를 찾자면, 그동안 쌓아 올린 도의적인 이미지와 사회적인 책임감인데, 그것 역시 온갖 풍파를 견디며 우리 근대사의 영욕을 함께한 거물 중의 거물이라 호락호락 넘어오거나 지레 겁을 먹고 손을 비빌 조무래기와는 거리가 멀다는 것이었다.
 "한마디로 법리적으로 전혀 승산이 없어요."
 "그래. 울산바위에 계란 치기나 진배없는 일이라구."
 변호사들의 의기투합이 한순간에 좌절되는 순간이었다.
 "그렇긴 해도 국보위에서 진술한 범죄가 낱낱이 드러나지 않았습니까? 그리고 그 재산을 국가와 민족에게 돌려주겠다고 천명하고 있잖습니까."

백종일이 주장했지만 변호사들은 손사래를 치며 고개까지 절레절레 흔들었다. 물 건너간 사건, 괜히 들쑤셔 봐야 본전도 못 건지고 상처만 입는다는 견해였다.

결국 변호사 사무실이 접수한 공식 사건이 아닌, 어디까지나 백종일이 개인적으로 진행하는 별개 사건으로 분류될 수밖에 없었다.

그도 그럴 것이, 법적으로 경찰이나 검찰에 형사 고발할 성격도 아니고, 민사소송을 제기할 만한 사안도 아니기 때문이었다. 게다가 사건 접수와 함께 입금시켜야 할 착수비가 준비되어 있는 입장도 아니었다. 착수비는커녕 오히려 사건 접수와 함께 곽미순의 활동비며 생활비며, 어쩌면 그녀 아들 병원 치료비까지 감당해야 될지도 모르는 험난한 상황의 연속이었다.

그만큼 곽미순은 철저히 무일푼이었고, 무데뽀였고, 무대책의 여자였다. 모르긴 해도 그동안 큰돈이 들어올 것처럼 수선을 떠는 그녀의 뒤를 봐주던 인사들이 가도 가도 끝이 없는 일을 반복하는 그녀에게 한계를 느껴 넌더리를 치고 물러나곤 했을 게 틀림없었다.

그럼에도 수십 년을 죽은 김영구 흉내를 내며 일확천금을 곧 손에 쥘 것처럼, 아니 이미 손안에 넣은 것처럼 행세하는 곽미순이었다. 아무도 그녀를 일확천금을 손에 쥔 사람으로 취급하지 않는데도 곽미순은 당당했다. 단 한 달도 궁핍함에서 벗어나 자유로운 적이 없었지만, 실제 행동은 돈이 너무 많아 고민하는 사람처럼 교만했다. 세상만사 그녀가 생각하고 계산하는 것처럼 호락호락하지 않다는 사실도 그러하고, 세상이 누구에게나 공평하지 않다는 원리조차 그녀는 믿으려 하지 않았고 그것에 대한 의심조차 갖지 않았다. 뭔가 방향이 잘못되어 과녁이 빗나갔을 뿐이고, 언젠가 제대로 정조준되기만 하면 수천억 원의 주인이 된다는 자신감에 꽉 차 있었다.

게다가 반성하거나 자중할 줄 몰랐다. 월세가 밀렸다고 독촉하는 집주인 여자에게 썩어 가는 빌라 한 채 갖고 위세 떠느냐고 큰소리였고, 외상값을 갚지 못해 그 앞을 피해 다니면서도 어쩌다 정면으로 마주치기라도 하면 콧구멍만 한 구멍가게 하는 주제에 뭐 그리 잘났다고 돈타령이냐, 평생 봉지라면이나 팔며 살아라 조롱할 정도였다.

백종일은 그런 그녀의 실체를 뻔히 알면서도 모르는 체 그냥 넘어가지 않으면 안 되었다. 아니, 더 정확하게 그녀가 갖고 있는 국보위 진술서를 정식 접수시키고 나서 더 그랬다. 반사회적인 불법을 저지르고도 반성은커녕 더 교활해지고 뻔뻔해진 서대평을 만천하에 고발하기로 작정한 이상 그녀가 거처할 곳 없이 우왕좌왕하게 방관할 수 없었던 것이다.

백종일은 전철역과 가까운 작은 원룸을 자신의 이름으로 전세 내어 곽미순을 그곳에 편안히 유하게 했다. 그리고 한때 축구부 합숙소에서 활약했던 그녀 아들 석동이를 퇴원시키기 위해 대학병원을 찾아갔다. 곽미순의 말대로 녀석은 와병 중임이 확연했다.

첫눈에 정상적인 몸 상태가 아니었다. 활동하지 못하고 먹지 못한 탓인지 우선 키가 많이 줄었고, 몸 역시 반쪽에 가까웠다. 작아진 얼굴에 눈만 퀭했는데, 이상하게 눈빛이 살아 있어서 섬찟함이 전해질 정도였다.

곽미순의 우려대로 손가락이 굽어 펴지지 않을 정도는 아니었지만, 그렇다고 정상적인 기능 상태도 아니었다. 뭔가를 손으로 잡을 때 한 차례로 되지 않아 두세 번 반복해서 시도해야 간신히 성공하는 식이었다.

백종일이 병실에 들어섰을 때 석동이는 젖은 걸레를 손에 쥐고 있었는데, 어설픈 동작으로 병실의 온갖 먼지를 닦아 내느라 제 어머니며 수년 만에 찾아온 백종일도 알아보지 못했다.

석동이 옆 침상에 자리하고 있던 중년사내가 곽미순을 보자마자 신경질부터 냈다.

"아니, 뭐 이런 친구가 다 있어요! 눈만 뜨면 걸레 들고 이리 비켜라, 저리 돌아누워라, 사람을 귀찮게 하니 잠이나 제대로 자겠어요?"

"우리 아이가 또 그랬군요."

곽미순이 고개를 숙이며 말을 이었다.

"죄송합니다."

"죄송하다고 하면 다인 줄 아쇼? 하루이틀도 아니고 눈만 뜨면 똑같이 사람들을 괴롭히니 원!"

"정말이에요. 무슨 몹쓸 귀신이 씌었기에 옆 사람들을 견딜 수 없게 만드냐구요!"

다른 환자의 보호자 여자도 동조했다.

그 옆에 새로 입실한 환자라고 해서 예외가 아니었다.

"댁이 저 청년 엄마요?"

"네, 제가 석동이 어밉니다."

"어떻게 키웠으면, 아니, 그간 무슨 사연이 있었으면 저렇게 더러운 것을 못 보고 닦고 또 닦아 대는 병에 걸렸을까요?"

곽미순은 대답하지 않았다. 아니, 못하는지도 몰랐다. 그냥 입을 꾹 닫고 고개만 연신 숙여 보였다. 마지막 환자가 입을 열었다.

"지 몸도 불편한데 바닥에 엎드려 벌레처럼 꿈틀꿈틀 기어다니며 걸레질하는 모습을 보면…… 세상에 참으로 희한한 병도 다 있다 싶기도 하고…… 쯔쯧."

그래도 방을 드나드는 간호사들을 비롯해서 병실을 관리하는 요원들은 석동이의 발작 덕분에 병실이 깨끗해졌다고 되레 반겨 마지않는 편이었다.

마침내 곽미순이 아들이 들고 있는 걸레를 빼앗았다. 석동이는 쉽게 양보하지 않았다. 어설픈 손가락으로 걸레를 움켜쥐고 끙끙 버티는 중이었다.

"그만, 그만! 그만해!"

곽미순이 아들에게 애걸하듯 말했다. 그리고 와락 힘을 써 기어코 아들 손에서 걸레를 빼앗아 들자, 석동이가 울부짖듯 말했다.

"왜 그래 엄마! 왜 그러냐구? 세상이 너무 더럽단 말이야! 냄새가 너무 많이 난다구!"

그 순간 백종일은 가슴에 손을 얹었다. 어떤 난관이 와도 이 사건은 끝을 보고 말리라 작심했다. 세상이 너무 더럽다고 외마디 소리치며 걸레질을 중단하지 않는 석동이의 저 강경한 투쟁정신을 소홀히 넘겨 버리고 싶지 않았던 것이었다.

반드시 옳고 그름을 가려내어 땅주인 김영구가 배려하여 상속자의 한 사람으로 지목한 석동이에게 주어질 편안과 평화를 안겨 주고 싶고, 보장해 주고 싶었다.

아니, 꼭 그것뿐 아니었다. 솔직하게 토로하자면 그동안 곽미순에게 투자했던 돈도 돌려받고 싶었다. 법적인 채무자 의무를 다하지 못한 그녀에게 어떤 조처도 하지 못하고 그대로 백종일이 떠안아야 했던 목돈도 컸지만, 생활비며 병원비며 교통비 등 빈번하게 지출한 소소한 금액까지 치면 아파트 한 채 값을 이미 오버했다 해도 그리 틀린 계산이 아니었다.

곽미순이 그리 요구한 것도 아닌데, 자기가 스스로 그녀의 채무액을 탕감해 주었다는 사실이 백종일에게는 무엇보다 기억하고 싶지 않은 대목이다. 물론 김영구가 김춘복, 구본상의 양심선언으로 재판에 승소했었으므로 당연히 큰돈이 보장된 상태에서 나온 낯간지러운 선심이어서 더욱 그러했다.

어찌 됐든 백종일이 그 사건을 두 번째 접수한 이상 더 신중을 기하지 않으면 안 되었다. 그동안 세세히 챙기고 발굴한 각종 증명자료는 완벽에 가까웠지만, 그 자료를 막상 한보생명 당사자가 어떻게 해석하고 대처하는가가 백종일에게는 첫 번째 큰 의문이었다.

시중에 떠돌고 있는 결정적인 자료와는 달리 한보 당사자의 태도가 문제라면 문제였다. 이미 공소시효가 지난 사건일 뿐 아니라 법적으로도 전혀 하자가 없으므로, 이 건으로 왈가왈부하는 자체가 돈 뜯어내기 위한 공갈 협박일 뿐이다, 식으로 강경 일변도로 나온다면 싸움이 더 치열해지고 그만 좀 버거워지기 때문이었다.

물론 매사가 건성건성 가볍기 짝이 없는 곽미순을 신뢰하지 못한 탓도 있었다.

"이 일로 한보 쪽 사람과 만난 적이 있다면서요?"

백종일이 뻔히 알고 있는 사실을 재삼 확인했다.

"그렇다니까요. 만나기도 하고 전화를 걸기도 하고……."

"누굴 만났어요?"

"회장실 과장하고도 만났고……."

"명예회장실 과장요?"

"아니, 그냥 회장 비서실 과장."

"그 사람 이름 기억해요?"

"기억하고말고. 전영철이라고."

"그 사람과 만나서 무슨 얘기 했어요?"

"빼앗아 간 우리 아버지 땅 보상해 달라고 했지, 뭐."

"그랬더니 뭐라고 반응하던가요?"

"맨날 하던 말 그대로였어. 법적으로 시효 지난 일이라 보상은 없다고 딱 잡아떼더라니까."

"전영철이라구요?"

"그래요, 전영철 과장. 서창기 회장의 처남뻘이라고 하던데요."

"서 회장의 처남뻘이라면……."

"그냥 처남이겠지 뭐. 아니, 처남뻘이라니까 사촌쯤 되지 않겠어요?"

"그 사람 휴대폰 번호 알아요?"

"알구말구. 수첩에 적혀 있는걸요."

백종일은 곧바로 전영철 과장에게 전화를 걸어 곽미순을 아느냐고 물었다.

"왜 그러십니까?"

"지금 제가 곽미순 씨와 같이 있는데요, 시간 좀 내주실 수 없는지요?"

"무슨 일 때문이죠?"

"설명하지 않아도 아실 텐데요."

백종일은 점잖고 신중하게 또박또박 설명했고, 그쪽도 신경질적으로 되받아치지 않았다. 우선 목소리도 그랬고, 전화 받는 태도도 공손했다.

웬 속셈인지, 그는 백종일의 요구를 피하지 않고 한 시간 후에 답을 주겠다고 아주 부드럽게 전화를 끊었다. 그리고 정확하게 한 시간 지난 뒤에 전화가 걸려 왔다.

윗사람이 만남을 허가해 주었다고 그가 말했다. 백종일은 내친김에 한보빌딩 집무실로 직접 찾아가겠다고 밀어붙였지만, 전영철 과장은 한보빌딩 뒷골목에 자리한 '청진' 다방을 부득불 지목했다.

됐다 싶었다. 백종일은 각종 증빙서류를 빠짐없이 챙겨 한 권의 책으로 만들었다.

흰 눈이 펑펑 내리고 있었다. 약속한 청진다방 앞에서 어깨와 머리에 얹힌 눈을 털고 곽미순과 백종일이 실내로 들어섰을 때 한보 서창기 회장 비서실 소속 전영철 과장이 먼저 도착해 있다가 손을 번쩍 들었다. 그러나 전영철 과장 혼자가 아니었다. 모두 세 명이었다.

백종일은 명함을 주고받았다. 그중 리더 격인 박오일은 비서실장이었고, 진병익 과장은 서대평 명예회장 비서실 과장이었다. 그중 전영철이 제일 준수했다. 서 회장의 인척이어서였을까. 실세의 면모가 저절로 풍겨 나는 듯했다. 그만큼 키도 컸고 인물도 남자다웠다.

"눈도 많이 오고…… 바쁘실 텐데 시간 내 주셔서 감사합니다."

백종일이 먼저 예의를 표했다.

"차부터 시키시지요."

전영철이 대응했다.

세 사람은 모두 입을 함부로 열려고 하지 않았다. 주로 백종일의 얘기를 듣는 편이었다. 가지고 간 증빙자료 책을 건네었는데도 떠들쳐 보기만 했을 뿐 상세히 읽으려고 하지 않았다.

백종일이 증빙서류에 대해 세세한 설명을 끝내고 정중하게 물었다.

"제가 발굴해서 철해 놓은 이 증빙자료에 대해 특별히 하실 말씀이 없으신지요?"

"보나 마나 법원 판결문 아니면 피의자 양심선언에 관한 경찰 조서 같은 거 아닌가요?"

"아, 국보위에서 명예회장님이 친필로 서명한 자술진술서도 있습니다."

"그 진술서는요! 아시다시피……"

서대평 명예회장 비서실 소속인 진병익 과장이 말을 꺼내려 하자 그를 툭툭 치며,

"그만, 그만…… 그 얘기는……"

전영철이 말을 이었다.

"모든 서류가 위조한 것도 아니고…… 있는 그대로일 텐데 우리가 무슨 말을 하겠습니까?"

"글쎄요…… 물음에 답하기 전에 저희도 궁금한 게 있습니다."

박오일 비서실장이 말을 이었다.

"백종일 씨가 무슨 연유로 이 일에 관여하는지요? 아니, 김영구 씨와 어떤 관곈지요?"

백종일은 버벅거리지 않았다. 당당하게 입을 열었다.

"김영구 어른의 권유를 받고 곽미순 씨를 돕고 있는 사람입니다."

"김영구 씨의 권유라고요?"

"그렇습니다."

"그분을 만난 적이 있습니까?"

"만나다마다요. 병상에 누워 계실 때부터 그분을 도왔으니까요."

전영철은 더 이상 캐묻지 않았다.

그날의 면담을 백종일은 큰 수확이라고 판단했다. 애매하긴 했지만, 그들이 김영구의 억울함에 대해 말도 안 되는 어불성설이라고 하지 않고 근본적으로 인정하는 태도를 보였기 때문이다.

그러면 그렇지. 이 쨍쨍한 대낮에 손바닥을 들어 올린다고 해서 어찌 그 진상이 가려질 수 있는가 말이다.

백종일은 자신만만했다. 승산 있는 싸움이 되리라 믿어 의심치 않았다.

이제 2차 단계로 들어갈 차례였다. 백종일은 고심 끝에 가장 쉽고 보편적인 투쟁방법을 고안해 냈다.

노동쟁의 때마다 흔히 하는 시위였다. 그것도 사람을 동원하여 거리를 채우고 고성능 마이크로 격문을 외치는 투쟁이 아니라 곽미순이 혼자 감당하는 일인시위였다. 물론 서대평이 매일 출근하는 시청 앞 한보빌딩 정문 앞에서였다.

키 작은 그녀 이마에 '투쟁'이라는 글씨가 씌어진 붉은 띠를 두르고, 그녀 가슴과 등에 굵은 필체의 메시지를 박아 넣었다. '범법자 서대평을 구속하라!'였다.

그리고 A₄ 한 장짜리 지라시를 만들어 관심을 보이는 시민들에게 한 장씩 나눠 주었다. 백종일이 요약 정리한 내용이었다.

한보생명 토지 편취사건 요지

서울시 동작구 동작동 산33-4 국립현충원 경내 53,820평 토지를 김영구가 소유하고 있던 중, 위 토지가 국립묘지로 지정될 것을 사전에 알고 한보생명 창업자 서대평 회장이 하수인 구본상(전직 법원 직원), 김춘복(토지 사기전과 60범)을 앞세워 서류를 변조하고 소유자 몰래 궐석재판을 하여 승소, 명의를 이전한 뒤 국방부가 대토로 제공한 서울시 성북구 성북동 산25-50, 107,991평 국유지를 개발하여 오늘날 수백조 원의 재벌의 근간이 되었는데, 이와 같은 불법이 67나2387 추완 항소심으로 원상복구하라고 판결 확정되어 국방부가 1969. 9. 11 토지교환계약 취소를 통보하자 당시 중앙정보부장 이후락에게 한보주식 35%와 뇌물을 제공, 민족의 배신자인 친일파 민병석의 손자 민복기 대법원장을 통해 재판부에 외압을 행사하고 사법 부조리를 연출하여 소유자가 권리 행사를 못 하게 하였으며, 1981년 5월 28일 서대평은 '국보위'에서 범죄사실을 소상하게 밝히고 전 재산을 국가에 헌납하겠다고 진술했는데도 현재까지도 그 약속을 실천하지 않고 있습니다.

이와 같이 국유지를 편취한 파렴치범을 조사하여 국가 재산을 환수하지 않고 외면하는데, 정의사회 구현을 위해서도 반드시 엄정한 조사가 이행되어야 하오니 많은 분들의 참여를 기대합니다.

60세가 넘은데다 제대로 먹지 못해 더 초췌해진 곽미순이 회사 출근시간인 7시 30분부터 퇴근시간인 오후 6시까지 한보 정문을 지키고 서 있기에는 체력이 너무나 허약했다. 그 시간을 충분히 감당할 건강 상태가 아니었다.

백종일은 곽미순에게 오전 2시간, 오후 2시간 그렇게 4시간만 일인시위를 하도록 했는데, 의외로 많은 사람들의 관심이 집중되리라는 기대에 미치지 못했다.

한보 직원들은 직원들대로 회사와 회사의 주인을 음해하는 키 작고 늙은 여자를 한눈에 무시하고 경계했으며, 행인은 행인대로 그 무렵 흔하게 보는 시위를 오히려 보행을 막는 방해꾼으로 취급, 건네주는 지라시도 받지 않을 뿐 아니라 더러 엉겁결에 받아 들었다가 읽지도 않고 구겨서 쓰레기통에 던져 버리는 것이었다.

회사 지침이 어떻게 내려졌는지, 수위들이 여러 명 회사 입구를 지키고 있었는데도 곽미순의 시위를 막거나 물리적인 힘으로 들어내는 행동을 하지 않았다.

말 그대로 무대응이었다. 스스로 지쳐 나가떨어지게 하는 고도의 작전이었다. 백종일은 저만큼 떨어진 가로수 밑에 서서 곽미순의 시위 활동을 하나하나 점검했다. 그리고 더 효율적인 시위를 위해 개선할 점이 무엇인가 골똘히 계산하고 또 계산했다.

여러모로 곽미순은 역부족이었다. 활달하지도 적극적이지도 못했다. 그냥 우두커니 한곳에 못 박힌 듯이 서서 행인들에게 어떤 설명도 없이 불쑥불쑥 지라시를 내밀 따름이었다.

그래도 백종일은 곽미순을 나무라지 않았다. 나무라기는커녕 끼니때마다 그녀를 푸짐한 식당으로 데려가 영양식을 제공했고, 휴식을 취할 수 있는 분위기 좋은 다방을 정해 곽미순이 좋아하는 원두커피를 원 없이 마시게 했다.

"힘 내요!"

백종일이 말하면,

"그렇게 힘이 없어 보여요?"

그녀가 물었다.

"어깨가 축 처져 있어요."

그녀가 벗어 놓은 광고판을 가리키며 말했다.

"저것만 쓰면 이상하게 몸뚱이가 땅으로 꺼지는 것 같아서요."

"얇은 베니어판인데 그게 왜 무겁겠어요? 생각을 바꿔요. 이건 너무나 당당한 싸움이니까. 사람들에게 담대하게 보여도 될 둥 말 둥 한데, 그렇게 축 처져 있으면 누가 쳐다봐 주기나 하겠어요?"

백종일은 그냥 말로만 그녀를 부추기지 않았다. 기왕 나섰으니 더 활기차게, 더 전투적으로 임할 수 있도록 보온병에 담아 놓은 따뜻한

물이며 쌍화탕이며 박카스며 각종 피로회복제를 시위장소 가까운 곳에 비치해 두기도 했다.

그렇게 일주일간이나 한보빌딩 정문 앞을 들쑤셨는데도 어떤 변화의 조짐도 보이지 않았다. 맥이 탁 풀렸다.

하나 전혀 효과가 없었던 것은 아니었다. 일간신문사 기자들의 관심이 그러했다.

"아니, 이게 근거 있는 얘깁니까?"

지라시에 붉은 줄을 그어 가며, 보기에도 민첩하게 생긴 똘똘한 젊은 기자가 곽미순에게 질문을 던졌다.

그녀는 그 기자를 백종일에게 인계했다. 5대 일간지 중 하나인 C일보 사회부 기자였다.

받아 쥔 명함을 내려다보다 말고 백종일이 입을 열었다.

"사실이고말고요."

"사실이라고 우기면 뭐 합니까? 그에 대한 확실한 물증이 있어야지요."

"물증이요?"

백종일이 말을 이었다.

"이렇게 시위를 하는데도 어떤 조처도 하지 않는, 아니 하지 못하는 한보 사람들의 반응만 봐도 확실한 거 아닙니까?"

"그야……"

고개를 갸웃하다가 똘똘한 기자가 계속했다.

"이 지라시 말고 다른 자료는 없어요?"

"당연히 있지요. 취재해서 기사를 써 주시겠다면 모든 자료를 다 제공할 용의가 있습니다."

"그거야 검토를 해 봐야 알 일이고요……. 주시지요."

백종일은 체계적으로 분류한 각종 서류를 목차까지 만들어 책 한 권 분량의 복사본 증거자료를 건넸다.

똘똘한 기자는 제법 열성을 내어 두 번인가 더 백종일을 찾아와 자료에 대한 진위 여부를 확인했고, 잘하면 사회면 톱기사로 취급될지도 모른다는 얘기를 다소 들뜬 기분으로 전했다.

"잠깐요, 이건…… 극비 중의 극비사항입니다. 기사가 나가기 전에 누설되었다가는 될 일도 안 되니까…… 다른 신문사 관계자들이 찾아와도 일체 대응을 자제해 주시기 바랍니다."

"그거야 당연하죠. 한데 한보 쪽 취재는 다 끝내셨나요?"

"지금 진행 중입니다."

"서대평 회장은 만나셨습니까?"

"지금 한보 실제 회장은 그분의 아들이고, 서대평 창업자는 명예회장으로 거의 현업에서 손을 뗀 상태입니다."

"아, 그렇군요. 그럼, 그 아드님하고 맞상대하시겠군요?"

"그래서 조금 어렵네요. 하지만 우리 쪽의 의지도 만만치 않으니까요."

"우리 쪽 의지라뇨?"

"아, 우리 사회부 데스크도 그렇고…… 어제는 그보다 높은 담당 편집부국장과도 의견을 나누고 행동을 함께하기로 했으니까요."

"정말 감사합니다."

"감사는 아직 이릅니다. 한보 쪽의 반발이 극에 달해 있어서……."

"그게 무슨 말입니까? 한보가 기사를 취급하지 못하도록 막을 수도 있다, 그 뜻입니까?"

"글쎄요, 아직은 뭐라고 할 단계는 아니지만…… 우리 쪽도 웬만하면 포기하지 않을 겁니다. 오랜만에 특종 기회라서……."

"그렇군요. 대략 언제쯤 기사가 나올까요?"

"빠르면 다음 주 월요판이 되지 않을까 싶네요. 신문기사에 대한 관심이 가장 높은 때가 월요일이니까요."

한데 월요판 신문에 그 기사는 취급되지 않았다. 그다음 월요일에도 마찬가지였다. 이상한 것은 대형 특종기사가 실릴 사회면 지면에 이순신 장군 동상 뒤 멀리 있는 한보빌딩의 웅장함이 돋보이는 사진을 실은 것이었다. 마치 한보빌딩의 이미지를 강조하기 위한 일종의 홍보사진처럼 보인다는 점이었다.

그뿐 아니었다. 그날 신문 뒷면이 한보생명의 컬러 광고가 전면에 깔렸는데 그 또한 백종일이 보기에는 뜬금없는 이벤트 같은 것이었다.

서대평은 청년시절 민족시인 이육사와 한두 번 만나 독립자금을 전달했다는 사실을 스스로 밝힌 바 있는데, 중요한 것은 그것을 증언해 줄 객관적인 인물이 없다는 것이다. 설사 제삼자가 아니라도 당사자인 이육사 시인의 비망록에라도 서대평의 이름이 한두 번 거론되었다면 의심의 여지가 없겠지만, 그것은 어디까지나 서대평의 일방적인 주장일 뿐이다. 다시 말해 민족의 배신자인 친일 혐의를 벗기 위한 증거 조작으로밖에 해석되지 않는 것이다.

  C신문 겉지 4면 전면에 실린 원색광고 화면은 사진이 아닌 삽화 형식의 세필 그림이었다. 물론 서대평의 60대 무렵의 인자하게 미소 머금은 얼굴을 중심으로 대한민국을 구성하고 있는 청년, 중년, 노년, 그리고 학생, 아동의 희망적인 모습을 직업별로 분류한 뒤, 지금은 헐어 버린 한보 초창기 사옥인 2층 벽돌건물과 함께 배치한 뒤 그 위에 펄럭이는 대한민국 태극기로 마무리한 광고였다.

  광고 카피가 더 극적이었다.

        차마 바람도 흔들지 못해라
        (이육사의 시 「교목」 중에서)

        세상에는 아무리 거센 바람에도
        흔들리지 않는 것이 있습니다.
        나라를 위해 헌신했던 어느 시인과
        그 뜻을 함께했던 어느 사업가처럼요.
        국민을 아끼는 한결같은 마음으로

대한민국의 내일을 그려 나갑니다.

한보생명

세상에는 아무리 거세고 세찬 바람에도 흔들리지 않는 것이 존재한다고?

백종일이 중얼거렸다. 그 흔들리지 않는 것이 서대평이 사기행각으로 세운 한보생명이란 뜻인가?

"니네들이 백번 수작을 부려 봐라, 끄떡이나 하나. 지금까지 그래 왔듯이 괜한 돈욕심 부리고 덤볐다가 되레 된서리 맞을 테니, 그만 포기하고 집에 가서 빈대떡이나 부쳐 먹어라."

서대평이 야들야들한 목소리로 이렇게 속삭이는 것 같았다.

백종일은 좌절하거나 포기하지 않았다. 명함 주인 똘똘한 기자에게 전화를 걸었다. 하나 벨이 울리기 무섭게 냉큼 전화를 받던 똘똘한 기자는 묵묵부답이었다. 먹통이었다. 하는 수 없이 신문사 대표전화로 똘똘한 기자를 찾았다. 사회부 다른 기자가 전화를 받았다.

"아무개 기자 좀 바꿔 주십시오."

"그 사람 해외 취재 갔는데요."

"해외 취재를 갔다구요?"

"실례지만 어디십니까?"

"가까운 선배 되는 사람입니다만……."

"급한 일이십니까?"

"급한 일이라기보다…… 언제쯤 돌아올까요?"

"한 달도 더 걸릴 텐데요."

"한 달씩이나요?"

"글쎄요. 내가 알기로는 어느 한 나라가 아니고 몇 개 나라를…… 세계 보험업계를 돌아보는 케이스니까요."

16

 담도암 수술 후 완치되었다고 그토록 좋아했던 서대평이 8년 만에 다시 병원에 입원한 것은 백종일이 곽미순의 일인시위를 일시 중단시키고 두 달 가까이 쉬던 어느 봄날이었다.
 당시만 해도 담도암은 완치가 어렵다는 게 일반적인 판단이었는데도 서대평은 용케 훌훌 털고 일어날 수 있었고, 그는 그것을 자신의 강인한 의지 덕분이라고 온 사방에 자랑해 마지않았다.
 목에 구멍을 뚫고 두 달도 넘게 중환자실에 갇혀 투병 중일 때만 해도 회생이 어렵다고 장례 준비까지 서둘렀었는데, 웬걸 기적처럼 벌떡 일어났고, 재활 물리치료를 끝내자마자 일 년 가까이 쉬었던 골프장에서 경쾌한 모습으로 공을 멀리 날려 보내는 노익장을 과시했던 서대평이었다.
 말이 났으니 얘기지만, 처음 담도암 판정을 받은 것은 그가 전 재산을 국가에 귀속시키겠다고 천명한 국보위 진술서를 쓰고 나왔던 때보다 훨씬 뒤의 일이지만, 기실은 그때부터 건강에 이상이 생기기 시작했다고 해야 옳았다. 생각해 보라. 어떻게 일군 회사며 사본이며 멍

예인데, 그것을 하루아침에 그것도 불법적인 폭력에 의해 빼앗길 수 있단 말인가.

서대평은 눈을 감았다. 그동안 자기 뒤를 불멸의 성곽처럼 든든히 지켜 주었던 박정희 대통령이 중앙정보부장에게 살해당하지 않았다면 과연 이런 변괴가 일어날 수 있었을까? 어림없는 일이었다.

아무리 그렇다손 쳐도 박정희가 그처럼 허무하게 절명했다고 해서 단 몇 개월도 지나지 않아 이런 막가파 폭력이 가해지고 불법으로 전 재산을 약탈하는 노략질이 허용될 수 있단 말인가.

폭력을 써서 남의 것을 억지로 빼앗는 행위를 약탈이라고 하지 않는가. 그리고 그 약탈이나 노략질은 일테면 타민족의 침략이나 공산주의 정권인 북한의 남침에 의해 세상이 붉게 바뀌는 경우가 아니고서는 절대로 일어나서도 안 되고 일어날 수도 없는 상황인 것이다.

정말 생각하면 할수록 기가 찰 노릇이었다. 어불성설이었다. 견딜 수가 없었다. 실제로 그런 표현은 쓰지 않았지만, 그날 여차하면 살아 있는 모습이 아닌, 주검으로 귀가할 수도 있다는 위협이 은밀히 가해졌다는 것도 빈말이 아니었다.

새파랗게 젊은 조사관들이 아버지뻘인 서대평에게,

"야 새꺄!"

를 예사로 구사했던 살벌한 분위기가 그러했다.

국가에 헌납한다는 진술서에 자필 사인을 하지 않으면 귀가할 수 없다는 협박이 가해지는데 어느 누가 끝까지 버티며 고집을 부릴 수 있단 말인가.

하지만 세상에 죽으라는 법은 없었다. 하늘이 무너져도 솟아날 구멍이 있다는 속담이 왜 존재하겠는가. 설명하고 말고 할 것도 없이 서대평을 위해 만들어진 세상사 역류법칙일 터다.

솔직히 그 무렵 서대평의 일상은 사기집단인 구본상, 김춘복과 야합하여 김영구의 재산을 강탈한 그 범죄 때문에 매사를 돌다리 두들기듯 주변을 살펴 가며 조심조심 발걸음을 떼지 않을 수 없는 입장이었다.

오죽했으면 전문 변호사를 조장으로 하는 K프로젝트 팀을 따로 꾸렸겠는가. K프로젝트는 일종의 법률 담당 부서로서 두 개 팀으로 구성되어 있었는데, 그중 한 팀은 명예회장 비서실에 속해 있었고, 한 팀은 명예회장의 장남 서창기 회장 비서실 소속이었다.

황야의 배고픈 늑대처럼 킁킁 냄새를 맡고 함부로 문을 두들기는 외부 침입자를 상대하여 문제가 커지지 않도록 사전에 봉쇄하는 작전을 펼쳤는데, 그 작전에 소요되는 모든 예산은 비자금으로 예치된 계좌에서 충당되고 있었다.

따로 확인한 적은 없지만, 전해지는 바로는 그 비자금만 3천억 원이 넘는다는 입소문이었다.

그러니까 그 똘똘한 기자를 구워삶기 위해 풍족한 뇌물은 물론이고 신문사 편집 데스크를 움직였던 또 다른 목돈, 그리고 신문 경영에 큰 보탬이 되는 전면 원색광고료까지 건당 억대의 비사금이 은밀히 불법 거래되곤 하는 것이었다.

　백종일이 알기에도 서대평에게서 풍기는 악취를 맡고 한몫 내놓지 않으면 문제 삼겠다고 으르렁거릴 황야의 늑대 출연이 이번이 처음은 아닌 것 같았다. 흔하게 시도되지는 않았지만, 중앙정보부에 근무하다 퇴직한 중견 간부급도 그러하고, 재판에 관여했다 은퇴한 법조인들도 종종 은근슬쩍 서대평의 아픈 건을 건드려 노골적인 협박을 가해 왔고, 그때마다 K프로젝트 팀이 나서서 소위 현찰 박치기로 문제를 깔끔히 해결하곤 했던 것이다.

　어쩌면 서대평이 회장에서 이만큼 물러나 앉고 법적 대표이사 자리를 외부 영향력 있는 인사를 추대하여 앉혔던 것도 만에 하나 도래할지 모르는 불미한 사태를 미리 대비한 비상구인지도 몰랐다.

　그때 한보생명이 택한 부사장은 박정희 정권에서 법무부장관을 지냈던 김종건이었다. 어쨌거나 서대평이 무너지는 하늘을 뚫고 솟아오르게 한 장본인도 바로 그 김종건이었다.

　어떤 방식으로 눈에 띄었는지, 서슬 퍼런 신군부의 첫 국무총리로 김종건이 발탁되었는데, 그 인사가 막 발표되었을 때 서대평은 주변 사람들이 깜짝 놀랄 만큼 두 팔을 번쩍 들고 소리 높여 만세를 외쳤다.

　말 그대로 신의 한 수였다. 서대평의 구사일생의 순간이었다. 지나간 사안이지만, 그즈음 신군부는 부정 축재한 정치인이며 고급 공무원이며 불법으로 기업을 일군 재벌들을 일벌백계로 처벌, 서민들의 가려운 곳을 박박 긁어 또 다른 유형의 지지를 한 몸에 받던 시절이었다. 그때 빼앗은 골프장만 수십 개였고, 1조 원에 육박하는 각종 생산공장이며 선박이며 노른자위 땅 등등 그 액면가만 수십 조에 달했다.

한데 서대평은 멀쩡했다. 단 한 푼도 축이 나지 않았다. 누구는 살리고 누구는 죽이고를 결정하는 신군부 실세들의 회의가 개최되었는데, 실상은 그 회의 통과 내용으로 보면 서대평도 빈 깡통을 차지 않으면 안 되는 신세였다. 그런데 어찌 된 영문인지 하루도 넘기지 않고 반전의 기적을 만들었고, 물을 잔뜩 먹은 말라 가던 화분의 식물처럼 삽시에 벌떡 일어서서 그 자태를 자랑했던 것이었다.

참고로 그날 살벌하기 짝이 없는 국보위 처벌심사회의에서 논의된 내용을 대충 옮기면 다음과 같았다.

"서대평? 이 사람 보험업계 국제신사에다 한보문고 창업자로, 문화인 중의 문화인인 줄 알았는데 알고 보니 정말 지저분한 악질이구만!"

"그래도 독립운동했던 이력을 가진 애국자라는데?"

"애국자면 뭐 해? 눈 버젓이 뜨고 남의 재산을 사기행각으로 갈취했는걸."

"아니, 우리 동작동 국립묘지가 그런 과정을 거쳐 만들어졌다는 사실을 누군들 알았겠어?"

"이건 말도 안 돼! 이거야말로 전형적인 사회악의 표본이네 뭐."

"이 사람은 재고할 건덕지도 없어. 사회 정화 차원에서 엄벌에 처해야 돼. 아니, 구속감이야. 한 십 년 콩밥을 먹어야……."

"그건 아니지."

"아니긴 뭐가 아냐?"

"공소시효가 지났잖아."

"이 사람 무슨 소릴 하는 거야! 우리 국보위가 뭐야? 권력이란 방패막이를 들고 온갖 특혜를 다 누렸던 기존 악을 처벌하고 새롭고 공정한 세상을 만들기로 한 초법적인 조직 아냐? 생각해 봐. 남의 땅을 사기협잡으로 갈취한 행위도 악질이지만, 그보다 더 용서할 수 없는 것은 그것을 지키기 위해 미리 짠 시나리오대로 재판을 진행했다는 사실이야. 아무리 권력이 대단하다 해도 어떻게 사법부의 고유 권한까지 포기하게 할 수 있느냐 말이야! 이건 단일사건이긴 하지만, 나라 전체가 썩어 문드러진 대한민국 최악의 스캔들이라구!"

심사위 회의장은 조용했다. 아무도 그 강경 발언에 이의를 다는 사람이 없었다. 그대로 통과되는 수순이었다. 서대평은 그 순간으로 파멸의 길을 걸어야 했다.

그가 진술서에 손수 서명한 그대로 모든 재산을 국가에 헌납할 뿐 아니라 갈취한 동작동 땅에서 얻은 막대한 수익도 그전 소유자에게 되돌려주지 않으면 안 되는 판정이 내려진 것이었다.

그런데 이게 또 무슨 야릇한 조화란 말인가. 불과 하룻밤 사이에 그 같은 판결이 또다시 반전되다니…….

어떻게 그런 변괴가 일어날 수 있단 말인가. 말 그대로 신의 한 수가 아니고서는 생길 수 없는 조화였다.

그 결정적인 열쇠를 쥐었던 장본인이 이번에 새로 임명된 국무총리 김종건이었다. 그가 한보그룹 부사장으로 서대평의 밥을 2년여 씩이나 먹었던 보은에 대한 보답이었는지, 아니면 또 다른 뇌물이 오고 간 커넥션의 결과인지 알 수는 없지만, 그날 밤 서대평이 이후락을 만나 하룻밤 사이에 지옥에서 천국으로 건너뛰는 기적을 만들었듯이, 국무총리 김종건 역시 국보위 실세들을 요정으로 초청, 파격적인 제안을 했을 터고, 신군부의 실세들 모두가 극적으로 합의, '서대평은 죄가 없다, 그는 여전히 국제적인 보험업계의 신사이고 문화인이다!'라고 '혐의 없음'을 증명한 것이었다.

그때 김종건 국무총리와의 비밀거래가 어떤 방식으로 이뤄졌는지는 알려진 바가 없다. 하나 국무총리 김종건이 세상을 떠나기를 기다렸다는 듯이, 그다음 해인 1996년 그의 부인이 전격 구입하여 아들에게 상속한 전라북도 바닷가 50만 명 야트막한 언덕빼기와 무관하다고 주장하기는 힘들다.

그의 아들은 그 넓은 초원을 청보리밭으로 만들어 연 100만 명의 관광객을 불러들여 연간 수익만 수백억씩 올리는 쾌거를 일궈 냈다. '부정한 사람의 종말이 패망이 아닌 새로운 번영'이란 괴기한 공식이 성립된 케이스다.

서대평은 재발한 담도암 치료를 받느라 서울대 부속병원에서 두 달 가까이 누웠다가 집으로 옮겼는데, 그곳은 본가가 아닌, 젊은 두 번째 부인이 유하는 거처였다. 서울대병원에서 가깝다는 이유였지만, 사실 거리로 따지자면 본가나 둘째 부인 집이나 자동차로 10여 분 차이일 뿐이었다. 안 그래도 본가를 지키고 있던 부인 유씨가 몸 성했을 때야 그렇다 쳐도, 이제 마지막이 될지 모르는 위급상황인데도 둘째 부인 집에 유한다는 것은 남 보기에도 망신스럽다고 정식으로 항의했지만, 둘째 부인을 선호하는 서대평의 고집을 꺾을 수 없었던 터다.

　상대방의 반발에도 불구하고 일방적으로 밀어붙이는 서대평의 완고한 고집은 그뿐 아니었다. 서대평은 병원에서 만난 여러 간호사 중에 한 명을 유별나게 선호했는데, 보기에도 깔끔한 미모에 목소리도 꾀꼬리처럼 낭랑한데다 성품도 무던한 터라 인기를 한 몸에 받는 신입 간호사였다. 이름이 장가영이었다. 서대평은 장가영 간호사를 전속으로 쓰겠다고 병원장에게 지시하듯 통보했다. 이유는 주사를 가장 아프지 않게 놔주기 때문이라고 했다.

　집으로 옮길 때도 마찬가지였다. 그 간호사가 없으면 안 되겠다고 고집했는데, 문제는 장본인이 그것을 원하지 않았다는 데 있었다. 특별수당을 지불하겠다는 근무조건에도 그녀는 고개를 잘래잘래 흔들었다.

　간호대학 시절 학생운동에 가담한 경력 탓이라기보다, 흡혈귀처럼 민중의 피를 지나치게 많이 빨지 않으면 재벌이 될 수 없으므로 장가영은 돈이 많다고 간호사를 몸종 부리듯 하는 이기적인 일부 족속을 증오하다 못해 경멸하는 편이라 서대평 환자 역시 가능한 한 멀리하려고 애를 썼던 터다.

한데도 그녀는 결국 굴복할 수밖에 없었는데, 그것은 하늘 같은 병원장이 원장실로 불러 명령 일변도가 아닌, 간곡하게 부탁하는 형식으로 통사정한 탓이었다.

장가영이 서대평의 둘째 부인 댁에 입주하다시피 하여 환자를 관리하면서 한 가지 얻은 수확이 있다면, 그 집을 자주 드나드는 비서실 법무팀장인 박 변호사를 만나는 일이었다. 학교는 달랐지만 학생운동 때 같은 조직에서 활동하던 선후배 사이였다. 나이 차이는 많았지만 그래도 대화가 통했던 가까운 선배 중 한 사람이었다.

오늘 아침에도 장가영은 박 팀장의 전화를 받았다.

"회장님 좀 어때?"

"큰 차도는 없지만 그렇다고 나빠진 건 아녜요."

"오늘 보고드릴 게 많은데, 지금 찾아가 뵈어도 될까?"

"글쎄요. 회장님께 여쭤 볼게요."

"기분이 좋으셔야 할 텐데…… 잘못하다가 벼락 맞기 십상이어서."

"그 문제 때문이군요?"

"그래, 그 문제만 나오면 무조건 신경질부터 내시는 통에."

"제가 관여할 일은 아니지만…… 너무하시는 것 같아요."

장가영이 목소리를 죽여 말을 이었다.

"어디까지나 가해자이신데, 그리고 이제 차고 넘치시는데 그만 넉넉히 풀어 주시면 좋으련만……."

장가영이 서대평이 누워 있는 병상으로 다가섰다.

"회장님, 오늘 기분 나쁘지 않으시죠?"

그녀가 상냥하게 말했다.

"그냥…… 그래."

"열도 많이 내리셨네요."

"열이 내렸다구?"

"네, 지금은 정상이세요."

"그런데 왜 머리가 무거운 거야?"

"곧 좋아지실 거예요. 오늘 공복혈당 수치도 더 오르지 않으셨으니까요."

"……맨날 하는 소리지 뭐."

서대평이 투정 부리듯 투덜거렸다.

"근데요 회장님, 비서실에서 보고드릴 건이 있다는데요?"

장가영이 서대평의 기분 상태를 더 세심히 살피며 말을 이었다.

"그냥 돌려보낼까요?"

"아니야!"

서대평이 짜증스럽게 말했다.

"들여보내."

대기하고 있던 박 변호사가 옷매무새를 고치고 조심조심 들어섰다.

"회장님, 차도가 많다는 소식 접하고 모두가 기뻐하는 중입니다."

"누가 그래?"

"간호 담당께서……."

"쓸데없는 소리 말고, 그래, 무슨 소리 하려고 온 거야?"

"우리 회사 앞에서 일인시위하던 곽미순 건 때문에……."

"곽미순?"

"네."

"끈덕지게 들러붙는 여편네 말이지?"

"그렇습니다, 회장님."

"근데, 그 여자가 김영구 상속자 맞아?"

뻔히 알고 있는 내용을 새삼 꺼내 들었다.

"아닙니다, 회장님! 상속자라기보다 소유권 투쟁 대리인이라고 해야 맞습니다. 김영구가 직접 작성한 서류에 그렇게 씌어 있으니까요."

"그럼 법적인 상속자도 아니잖아?"

"그렇습니다."

"그럼 그냥 무시해 버려도 상관없잖아?"

"그렇긴 합니다만, 그 여자가 일인시위를 계속하는 바람에 신문 같지도 않은 사이비 주간지들까지 냄새를 맡고 찾아와서 터뜨리겠다고 으름장을 놓곤 합니다."

"뭘 터뜨린다는 거야?"

"동작동 땅……."

"야, 이 빌어먹을!"

서대평이 벌떡 일어날 기세로 반응했다. 그가 말했다.

"변호사란 사람이 아침부터 그게 무슨 막말이야! 내가 젤 듣기 싫어하는 것이 동작동이란 말인 줄 몰라!"

"죄송합니다, 회장님……."

"그래, 뭘 어떻게 하면 좋겠어?"

"오늘 보고드릴 말씀은 두 가집니다. 그 첫 번째가 조계종 불교신도회 최말감 회장이 전화로 회장님을 뵙고 싶다고 해서……."

"최말감? 그 양반이 왜 나를 만나?"

"곽미순이랑 동행하겠다니까, 그 일 같습니다."

"최말감…… 적십자회장 했던 그 사람 맞아?"

"맞습니다, 회장님."

"이상하다? 나하고 골프도 여러 번 함께했던 점잖은 사람인데…… 왜 이런 일에 끼어든 거지?"

"곽미순이 불교신도회 중간간붑니다. 그래서 최 회장을 꼬드긴 것 같습니다."

"그 여편네, 정말 말가죽같이 질긴 여자로구먼."

서대평이 링거 주사 꽂힌 팔을 이만큼 옮긴 다음 말을 이었다.

"최말감 회장이라면 무시할 수 없지. 그 사람도 내가 병석에 있는 줄은 알 거 아냐?"

"명예회장님이 재입원한 사실, 그쪽도 알고 있습니다. 그래서 서창기 회장님을 대신 만나겠다는 전갈입니다."

"그래, 그게 좋겠구만. 서 회장 보고 시간 내서 만나 보라고 하고…… 일단 얼굴을 봐야 알겠지만…… 아니, 만나 보나 마나 뻔한 거 아냐? 서 회장한테 내가 그랬다구, 그 말가죽 같은 재수 없는 여자는 떼내 버리고 불교신도회에 한 장 떼서 후원금으로 주고, 그 반 장은 최말감 회장 용돈으로 손에 쥐어 주라고 해."

"그러니까 1억 5천으로 해결하라는 말씀이죠?"

"그래, 그렇게 끝내 버려!"

"알겠습니다, 회장님. 그리고……."

"그리고 또 뭐야?"

"저희가 조사한 바로는 곽미순을 뒤에서 조종하는 사람이 있습니다."

"그게 누구야?"

"변호사 사무실에서 사무장 하는 남자인데, 보통이 아닙니다."

"보통이 아니라니?"

"닳고 닳아서 미꾸라지같이 잘 빠져나가는 골치 아픈 사람입니다."

"그래서?"

"그 사람도 불교신도회장처럼 따로 불러내서 쇼부를 봐 버리면 어떨까 해서 말씀드립니다."

"볼 것 말 것도 없이 사기 협잡꾼일 텐데 그놈한테도 돈을 주라구?"

서대평이 말을 멈추고 법률팀장을 빤히 올려다본 다음,

"아니, 우리 집 대문을 수년씩 지켰던 사람이 고작 그것을 해법이라고 내놓는 거야? 내 그렇게 안 봤는데, 당신 다시 생각해야 되겠어!"

팀장이 고개를 숙인 채 꼼짝하지 않았다.

"이봐!"

"네, 회장님."

"그 사기협잡 꾸미는 녀석 뒷조사 한번 해 봐. 우리 치안국 조사과 라인도, 검찰청 라인도…… 총동원해서 그놈 뒤를 샅샅이 뒤져 털어 보란 말이야. 십중팔구 전과범이겠지만…… 다시 한번, 아니 요령껏 ……."

서대평은 그 대목에서 환자답지 않게 초롱초롱해진 눈빛으로 말했다.

"거 있잖아!"

"무슨 말씀이신지요?"

"꼭 내 입으로 말해야 알겠어? 사건을 만들어서라도 처넣어 버리란 말이야. 우리 회사가 제 놈 밥그릇인 줄 알고 눈먼 돈 먹겠다고 얼씬거리는 놈의 최후가 어떻게 된다는 것을 만천하에 알려 주란 말이야. 그래야 더 이상 똥파리가 끼지 않을 테니까!"

곽미순이 조계종 신도회장과 함께 한보생명 서창기 회장실을 찾아가기 전날 백종일은 최말감 회장을 조계사 근처 찻집에서 만났다. 서대평에 관한 각종 자료와 서류, 그리고 증빙사진을 전달하고 사건 자초지종을 설명하기 위해서였다.

곽미순은 감정만 앞세워 지레 흥분하다 못해 버벅거리기 일쑤여서 김영구가 서대평에게 당한 사건의 전말을 구체적으로 조리 있게 전달하지 못했다.

서류철의 순서도 마찬가지였다. 어떤 자료가 먼저고 뒤인지도, 왜 그 자료가 있어야 하며 어떻게 사건과 연결되는지 그녀는 분별하지도 못했거니와 분별하려고 신경 쓰는 것 같지 않았다. 그냥 있는 그대로 비빔밥 비비듯 마구잡이로 뒤섞어 목소리부터 높였다.

"서대평은 나쁜 사기꾼이에요. 우리 양아버지 땅을 거저먹어 버렸거든요. 그것이 요즘 돈으로 치면 2조 원이 넘어요. 그 돈 중에 10퍼센트, 그러니까 2천억만 배상받고 싶은데, 제 계산이 잘못됐나요?"

곽미순은 그렇게 말한 뒤 주변 사람들과 일일이 눈을 맞추며 제대로 계산하면 5천억 넘는 배상을 받아도 시원찮은데 2천억으로 줄였으니, 그녀 자신이 얼마나 상식적이고 공정한 사람이냐고 스스로 묻고 답하는 것이었다.

매사가 그런 식이니 최 회장 듣기에 너무 일방적이어서 부득불 백종일이 나설 수밖에 없었다. 백종일은 조계종 신도회장에게 요지를 간추려 설명했고, 그제야 최 회장이 고개를 끄덕이며 잘 알겠노라, 백종일이 내민 서류를 다시 봉투에 담으며 말했다.

"배 선생도 동행했으면 좋겠지만 명분이 없어 함께할 수가 없군요."

"아 네, 저는 괜찮습니다."

서창기 회장 비서실장과 부사장급 전무이사와 법률팀장 등 한보 핵심 인사들과 두 시간여 어색한 회합을 마치고 돌아왔지만, 그 결과는 제자리걸음이었다. 한 발자국도 진전이 없었다.

아무것도 결정하지 못하고 헤어졌다 해도 적어도 다음 만남을 정했거나, 설사 날짜는 받지 못해도 그 여지는 남겼어야 하는데 유감스럽게도 그것으로 끝이었다.

무슨 영문인지 조계종 신도회장이 더 이상 관심이 없다는 듯이 곽미순을 피했을 뿐 아니라 곽미순이 그 이유를 전화로 물었을 때도 그런 일에 개입하고 싶지 않다고 딱 잘라 말하고 일방적으로 수화기를 놓아 버렸다는 것이다.

백종일이 출근하는 교대 앞 변호사 사무실로, 그가 사는 녹번동 아파트로 수상한 남자들이 수시로 얼씬거리기 시작한 것은 그해 장마가 시작될 무렵이었다.

백종일의 아내가 말했다.

"당신 뭐 책잡힌 거 있어요?"

"책이라니?"

"잘못 저지른 일 있냐구?"

"그런 일 없는데?"

"그런데 왜 건장한 남자들이 복덕방으로 미장원으로 쌀가게로 찾아다니며 당신 신상에 대해 묻고 난리냐구요?"

"그래? 나에 대해 뭘 물었을까?"

"미장원 여자 말 들으니까, 요즘 우리 집에서 큰 소리 난 적 없느냐, 부부 사이는 좋으냐, 남편이 외박한 일은 없었느냐, 별별 걸 다 캐묻더라는 거야."

"그게 정말이야?"

"정말이지, 내가 없는 말을 만들겠어요?"

"뭐 그 따위들이 있어!"

"생각해 봐요. 나도 모르는 사이에 남에게 큰 해를 입혔다든가 실수를 했다든가……."

입을 열지 않았지만, 그래 맞아 그게 한보생명이야. 백종일은 단숨에 표적을 가리고 계속했다. 그들이 지레 겁을 먹고 초전 박살을 내겠다는 식으로 손을 쓰기 시작한 거야. 만 명 가까이 거느린 대그룹 회사가 미미한 개인 한 사람 잡자고 내놓은 작전이 고작 뒷조사란 말인가. 참으로 얄망스럽고 가증스러웠다.

백종일은 픽 웃었다. 그쪽의 의도가 훤히 읽히기 때문이었다.

그는 동요하지 않았다 오히려 더 담대해지고 당당해진 자세였다. 그들이 노리는 어떤 허점도 백종일은 갖고 있지 않기 때문이었다.

나중에 알았지만, 얼마나 집요했는지 대학에 다니는 백종일의 아들의 행적까지 추적했을 정도였다. 백종일과 관련된 것이라면 물불 가리지 않고 가닥가닥 추려 가며 끈덕지게 물고 늘어지는 것이었다.

백종일은 머리를 숙여 피하지 않았다. 몸을 사리지도 않았다. 그럴수록 더 허리를 펴고 눈을 부릅뜨고 훈련된 특수부대 전사처럼 전의를 불살랐다.

당연히 백종일이 선택한 것은 정면도전이었다. 그쪽에서 작전 개시와 함께 공격의 나팔을 불기 전에 이쪽에서 먼저 기습을 가하는 식의 정면도전이었다.

그러나 세상은 그렇게 만만하지 않았다. 아무리 웅크린 표범처럼 준비된 태세를 갖추었다고 해도 전혀 대응하지 않는다면 싸움이 성립되지 않기 때문이었다.

그런 차원에서 백종일은 한보생명 본사 앞에서의 일인시위가 별반 효과를 보지 못한다는 결론을 내렸다. 떡 줄 사람은 어떤 반응도 보이지 않는데, 제 발로 찾아와 관련 자료를 탈취하듯 가져간 뒤 기사는 쓰지 않고 한보 당국과 돈 먹기 줄다리기를 벌이는 사이비 언론들만 마치 파리 떼처럼 마구잡이로 엉겨붙을 뿐이었다.

그중에는 척 보면 알 만한 이중첩자 기자도 있었는데, 이를테면 모모통신 방송기자 명함을 내밀었던 김달식이 그러했다.

처음에는 그가 한보 쪽에서 은밀히 잠입시킨 스파이라는 사실을 몰랐으므로 이쪽의 정보가 가감 없이 그대로 흘러갔지만, 이내 그 정체가 들통난 사건이 생긴 뒤로는 백종일 자신도 자제했지만, 특히 곽미순이 쓸데없는 말을 함부로 지껄이지 않도록 단단히 단속해 마지않

앉다. 이쪽의 시위 일정이나 방법, 그리고 향후 투쟁계획을 꼬치꼬치 물어 입수한 뒤에 그대로 한보생명 실무자에게 전하는 현장을 백종일이 직접 목격했던 것이었다.

김달식 기자는 전영철 과장의 오른팔 같은 존재였다. 아니, 더 정확하게 말하면 고등학교 선후배 사이였다. 전영철 과장이 5년쯤 위였다.

하지만 직계 선후배 사이라는 인연 한 가지로 그처럼 완벽한 결탁이 이뤄지기는 쉽지 않다. 모르긴 해도 은밀한 큰 거래가 있었거나, 정기적으로 정해진 뇌물이 월급처럼 지급되거나 하는 과정이 있었을 터다. 그랬기에 사회 정화에 앞장서서 불의를 불의라고 보도해야 할 사명을 가진 기자가 피해자인 약자를 지레 겁주기 위한 첩자 노릇까지 담당하지 않았겠는가.

서대평이 불법을 저질러 횡재했을 뿐 아니라 국유지를 사기로 취득했다는 천인공노할 범죄사실이 있는데도 그것을 의도적으로 동조 묵인하고 마침내 은폐하는 데 야합한 의뭉한 현직 기자.

나중에 알았지만, 김달식은 그 무렵 지식인들이 유행처럼 감당했던 기러기 부부생활을 하고 있었다. 보다 안정된 미래를 보장받기 위한 두 자녀의 조기유학이었다. 사랑하는 두 자녀를 배우자와 함께 외국으로 떠나보내고 본인은 독수공방하며 시간에 쫓겨 끼니를 밥보다 라면으로 더 많이 때우며 되도록 돈 안 쓰기 운동에 올인했다.

하지만 늘 모자라서 쩔쩔맸다. 미국에서의 교육비도 교육비였지만,

그보다 매달 달라지는 환율 탓이었다. 그래서 한보의 전영철에게 그처럼 바짝 붙어 제 발로 사이비 언론인을 자임하게 된 것이리라.

그럭저럭 기러기 부부생활에도 도가 터진 김달식은 새로운 여인을 친구처럼 사귀는 여유를 부렸는데, 그 상대가 서울대학병원 간호사 장가영이었다. 그렇다고 미혼인 그녀에게 독신자라고 속여 접근한 김달식이 아니었다. 기러기 부부임을 당당히 밝히고 사귐을 시작했는데도 그녀는 스스럼이 없었다.

백종일이 일인시위 장소로 시청 앞 한보생명 빌딩 정문 앞에서 실세인 서창기 회장의 자택이 있는 성북동으로 옮긴 것은 그해 가을이었다.

성북동의 아방궁 대문 앞에 작은 텐트를 치고 곽미순이 '악질분자 서대평 구속하라' 슬로건이 쓰인 현수막을 내걸고 시위를 시작한 지 3주 만에 경찰이 들이닥쳤고, 시위 중인 곽미순을 강제로 끄집어냈다. 한보생명이 시위금지 가처분으로 제소했고, 서울중앙지법에 의해 시위금지 판결이 내린 것이었다.

한보생명 회장 자택 앞은 필요 이상으로 조용하고 행인들의 발걸음도 거의 찾을 수 없었지만, 주변 아방궁 또한 사회 저명인사의 보금자리여서 그들의 여론이 아무래도 신경 쓰인 모양이었다.

서울중앙지법의 판결문에는 시위를 굳이 행사할 경우 벌금 200만 원을 납부해야 한다는 조항이 있었지만, 백종일은 그 큰돈을 들여 가면서 그것을 강행할 이유도 효과도 미미했으므로 일단 철수를 결정할 수밖에 없었다.

아니, 그날의 철수가 꼭 경찰의 진압 때문만 아니었다. 어차피 철수하지 않으면 안 되는 결정적인 사안이 있었는데, 그것은 담도암 재발로 오랜 병상에 있던 서대평 명예회장이 그날로 눈을 감고 영면에 들어가 버린 탓이었다.

17

2003년 여름 가고 선선한 바람 불던 9월 중순 대한민국 재계 큰 별이 떨어졌다. 털어도 먼지 한 톨 없는 빈털터리로 시작하여 최대 종합보험회사를 우뚝 세우고, 가장 품위 있는 40여 개가 넘는 대형 빌딩을 전국 주요 도시에 건축, 그 빌딩 지하마다 책방을 열어 문화예술의 큰손, 후원자로 널리 추앙받았던, 만약 사업에 올인하지 않았다면 어렸을 때 꿈꾸었던 소설가가 되어 수많은 작품을 남겼을 서대평이 마침내 눈을 감고 말았으니, 그 나이 86세였다.

사실 김영구 소유의 동작동 국립묘지 땅을 사기협잡으로 불로소득하지만 않았어도 그의 삶은 부끄러울 것도, 수치스러울 것도, 민망할 것도 없었을 터였다.

문제는 첫 단추였다. 그 첫 단추가 어떤 해명으로도 지적이고 세련된 변론으로도 결코 해결될 수 없는 결정적인 범죄였기 때문이다.

그는 그동안 정부로부터 금관문화훈장을 받았을 뿐 아니라 세계보험협회 명예전당에 그 이름과 실적을 쌓았고, 많은 성취를 이룩해 낸 업계 최고 거물로 손색이 없는 인물이었다.

물론 초창기 사기협잡 재판으로 냉큼 주워먹은 동작동 땅과 황금알 같은 성북동 10만 평 국유지를 교환 소유하지 않았다면 오늘의 한보생명은 결단코 존재할 수 없었을 것이었다.

　그렇긴 해도 불법을 은폐하기 위해 얼마나 많은 권력자들을 동원했으며, 얼마나 많은 뇌물을 쏟아 넣었는가. 어쩌면 밑 빠진 독에 물 붓기 식으로 이쪽 막으면 저쪽 터지고, 이쪽을 해결했다 했는데 또 다른 엉뚱한 곳에 구멍이 터져 부랴부랴 사과궤짝을 채운 현찰로 한보생명 주식으로 꽁꽁 틀어막느라 얼마나 혼비백산했으며 그만큼 불안하고 초조한 세월을 끙끙대며 보냈는가.

　서대평이 그날 아침 눈을 떴을 때 언제나 편안히 의지하도록 세심하게 마음 써 주는 그의 둘째 부인이 병상 옆을 다소곳이 지키고 있었다. 무엇보다 낭랑한 목소리와 볼이 움푹 패는 화사한 미소가 그지없이 아름다운 그녀였다.

　그녀가 남편의 손을 부드럽게 만지며 입을 열었다.

　"어머, 일어나셨네요?"

　그날 아침까지 서대평의 의식은 선명했고 귀도 밝았고 목소리 역시 기어들어 가지 않았다. 다만 병세가 워낙 깊었으므로 육신의 근육이 다 빠져나가 얼굴이며 팔다리가 기아를 이기지 못하고 드러누운 아프리카 인종처럼 지나치게 깡말라 있을 따름이었다.

　서대평이 입을 열었다.

"간호사는 어디 가고 당신이……."

"제가 곁에 있고 싶어서요."

"그럼 간호사는 보냈어?"

"아니에요, 옆방에 대기하고 있어요."

"그랬구먼……. 지금이 몇 시야?"

"아침 아홉 시예요."

"커튼 좀 열어. 햇빛을 보고 싶어."

"근데 어쩌죠? 비가 내리고 있는데."

"비가 온다구?"

"네, 가을을 재촉하는 마지막 비 같아요. 어제저녁부터 하염없이 내리네요."

"그래도 걷어 줘."

"알았어요."

그녀는 커튼을 열고 서대평이 창밖의 비를 편안히 볼 수 있도록 병상침대를 조정했다.

"보여요?"

"그래, 보여."

"정원이 축축이 젖었지요?"

"그렇구먼."

"벌써 계수나무 잎은 반쯤 떨어졌고…… 그렇게 다투어 피던 배롱나무 꽃도 우수수 져 버렸네요."

서대평 명예회장이 고개를 끄덕였다.

"그래도 나는 가을비가 좋아요. 왜 그런 줄 아세요?"

"글쎄……."

"당신도 기억하시겠지만, 우리 처음 만났던 날도 비가 내렸잖아요?"

"그랬었나?"

"당신이 큰 우산을 펴서 저를 씌워 주셨는데…… 기억 안 나요?"

서대평 명예회장은 눈을 감고 있었다.

그녀가 말을 이었다.

"거기가 서초동 대법원 앞이었죠? 최종 재판이 끝났고, 승리한 당신은 변호사들과 헤어져 승용차로 다가가고 있었고, 나는 아르바이트하러 우산도 없이 달리다가 하필 당신 앞에서 보도블록에 걸려 넘어졌잖아요."

"그래, 기억나는구먼. 그때…… 임자 참 이뻤지. 배롱나무꽃처럼."

"당신이 더 멋있었어요. 진짜 신사 중의 신사였거든요."

"아니야."

"아니긴요."

그때 장가영이 체온계며 혈당계를 들고 노크를 하려다가 얼핏 멈춰 섰다. 반쯤 열린 문틈으로 보이는 병상 쪽의 두 사람이 너무도 진지한 대화를 나누고 있었기 때문이다. 두 사람은 속삭이듯 나지막하게 말했지만, 장가영은 그들의 대화 내용을 들을 수 있었다.

서대평이 비 내리는 하늘을 올려다보며 천천히 말을 잇고 있었다.

"그날 최종 승소했다고 마음 턱 놓고 안심한 것이 패인이었어. 그것이 끝이 아니었는데……. 아니, 김춘복이, 구본상이 더 이상 보고 싶지 않은 시궁창이었어도 약속했던 것보다 더 넉넉하게 나누고 끝을 냈어야 했는데…… 왜 그들에게 인색하게 굴었을까."

서대평이 지금까지 단 한 번도 입 밖으로 내 본 적이 없는 소리를 했다. 자신의 과오를 들먹인 것이다. 이제야 성찰의 눈을 뜨기 시작했다는 듯이 서대평이 말을 이었다.

"당신한테니까 얘기지만…… 내가 그때 왜 그랬을까. 왜 그놈들에게 인색하게 굴었을까. 그놈들에게 질질 끌려다니게 될 것이라는 사실을 왜 몰랐을까."

"그보다……."

서대평의 둘째 부인이 그윽한 눈으로 남편을 내려다보며 입을 열었다.

"궁금한 게 있는데, 물어도 돼요?"

"뭘 알고 싶은데?"

"김춘복 구본상 두 사람이 주장한 것처럼, 김영구의 땅을 우리가 돈 한 푼 안 들이고 빼앗은 것이 사실이에요?"

"그게 뭐 중요해? 김영구 땅을 강탈한 것은 그놈들이고…… 나는 어디까지나…… 그때 필요한 자금만 넘겨줬을 뿐인 걸……. 나한테 혐의가 있다면 그 두 놈이 내 돈 처먹으며 도둑질해 놓은 땅을 한참 뒤에 내가 인수한 사실 한 가지뿐이란 말이야."

점점 짜증스러워지는 서대평의 목소리에 신경을 쓰며,

"진짜로 그것뿐이죠?"

그녀가 물었다.

"그게 무슨 소리야?"

"아녜요, 아녜요…… 아무것도……."

서대평이 다시 입을 열었다.

"지금에 와서 후회스럽고 통탄스러운 것은 왜 그때 내가 그들에게 인색하게 굴었을까, 그 한 가지뿐이야. 그 순간의 잘못 판단으로 평생을 질질 끌려다녔으니까. 결국 그들에게 주지 않았던 돈보다 열 배, 스무 배, 아니 서른 배는 더 지출되고 말았잖아! 아니, 지금도 끝이 나지 않아서 여전히 돈 내놓으라고 여기저기서 협박 공갈을 들이대고 있잖아?"

"여보, 다 잊어버리세요. 지금까지 아무 일도 일어나지 않았잖아요."

"아니야, 내가 잘못 산 거야. 잘못 판단한 거야."

"아니에요. 당신은 너무나 현명하셨어요. 그리고 엄청 많이 베푸셨잖아요? 그동안 어려운 형편의 학생들에게 지급한 장학금만 해도 얼마예요? 그 장학금으로 각계각층의 리더로 성장한 젊은이 숫자는 수천 명에 이르잖아요. 그들이 지금 대한민국의 심장 역할을 하며 나라를 움직이고 있잖아요? 어디 그뿐이에요? 사회 약자들, 장애인이며 돈이 없어 수술을 받지 못하는 심장병 환자들의 생명을 구한 숫자가 얼마예요? 당신만큼 사회 약자들을 위해 거금을 아낌없이 내놓은 통 큰 사람이 몇이나 있었냐구요."

그녀가 환자의 얼마 남지 않은 흰머리들을 손가락으로 조심조심 끌어 올리며 계속했다.

"당신은 충분히 다 하셨어요. 누가 뭐래도 당신은 정말 정의로운 사람이에요."

"아니야, 아니야!"

서대평이 계속 머리를 흔들었다.

"모르는 소리야. 당신도 이제 정확히 인식하고 넘어가야 할 때지만, 내가 그동안 기부한 돈의 내막을 알면……."

"돈의 내막이라뇨?"

"그게 말이야…… 거기 침대 서랍 좀 열어 봐. 작은 수첩 하나 있지?"

"네, 있어요."

"그거 이제 당신이 관리하라구. 당신한테 줄 테니까."

"이게 뭔데요?"

"그게 뭐냐면…… 적어도 대한민국의 양심이라고 자타가 공인하는 인사들 치고 내 돈 안 먹은 경우가 단 한 사람도 없었는데…… 거기 적혀 있는 게 그 명단이야."

"설마……."

"설마가 아니고, 있는 그대로라니까. 그동안 공갈 협박에 시달리며 기부한다는 명목으로 나의 약점을 물고 늘어지는 치사한 놈들 아가리에 처넣은 돈 액수……."

"그러니까 뇌물 액수네요?"

"맞아. 거기 보면 아름다운 가게로 60억 원 기부했다고 적혀 있을 거야. 한데 그것 역시 기부 형식을 빌려 그 사람 배 속에 꾹꾹 채워 준 비공식 뇌물 중 일부이고…… 화학 노동자 폐암 치료 기금으로 나간 116억 원도 민주노통 아무개 대표의 협박에 못 이겨 내준 액수고, 김대중 아들들이며 김영삼 아들이며, 열린우리당 사무총장이며 변협회장이며, 진보정당 대표며 언론기관 주필이며 모 신문사 사주며 방송국 보도국장이며……."

"어마나! 우리 돈 거저먹은 사람들이 이렇게나 많아요? 서른 명, 마흔 명…… 어머, 예순세 명, 예순네 명…… 이건 말도 안 돼!"

서대평의 둘째 부인이 기도 차지 않는다는 듯이 숨이 컥 막히는 시늉을 했다.

"정말 너무들 하네요."

창업자 명예회장의 성대한 장례식을 끝낸 한보생명 대표이사 서창기 회장이 성북동 집에 도착했을 때, 대문 앞 공간 한편에 작은 텐트를 치고 누군가 혼자 누워 있었다. 서창기는 운전기사에게 누가 왜 그런 일을 벌이고 있는가 알아보게 했다.

운전사가 집안일을 담당하는 집사를 대동하고 보고했다.

"회장님, 지난여름에 시위하던 그 여잡니다."

"아니, 그 고약한 여자가 왜 또?"

"단식투쟁 중이랍니다."

"단식투쟁?"

"네, 오늘로 이틀째라는데요."

"아니, 법원에서 시위금지 처분 내리지 않았었나?"

"내렸습니다. 근데 지금은 시위 중이 아니라네요. 투쟁 표어도 없고, 마이크 시설도 없고……. 안 그래도 경찰에 신고했는데…… 우선 시위장소가 우리 집 땅이 아닌 도로변이랍니다."

"그래서 어쩌자는 거야?"

"법적으로는 어떻게 할 수가 없다는 겁니다. 도로교통법상으로나……."

"그 여자 혼자 있어?"

"아닙니다. 그 여자를 뒤에서 조종하는 남자도 함께 있습니다. 변호사 사무실 사무장 한다는 녀석 말입니다."

"빌어먹을!"

곽미순에게 한보생명 회장 접견실 출입이 허용된 것은 단식 4일째 되는 날 아침이었다. 곽미순의 단식농성에 대한 상세한 보도자료가 백종일에 의해 신문 방송사에 뿌려졌고, 벌써 몇몇 신문사는 곽미순을 만나기 위해 서창기 회장 저택 앞을 찾기도 했다는 말에 취해진 조처였다.

그대로 방치했다가 곽미순에게 불행한 사태라도 생기는 날에는 온갖 잡다한 언론들이 들고일어나 다투어 기사를 써 댈 것이고, 그렇게 되는 날에는 또다시 국보위진술서에 의한 동작동 국립묘지와 성북동 국유지 편취 문제가 거론될 것이 뻔했기 때문이었다.

단식투쟁을 멈춘 곽미순의 건강에는 별 이상이 없었다. 하루에 한 끼를 몰래 챙겨 먹은 덕분이었다. 그래도 외모는 말이 아니었다. 볼이 쑥 들어가고 희끗희끗한 머리는 더 빠졌으며, 이마며 눈가며 목이며 주름살이 봄철 밭고랑처럼 깊이 파여 있었다.

그런 중에도 이틀을 푹 쉬고 났더니 머리는 제법 개운했다. 나들이옷으로 대충 갈아입었을 때 백종일로부터 집 앞에 도착했다는 전화가 걸려 왔다.

백종일이 운전하는 그랜저 승용차 앞자리에 앉았다. 한보생명 본사가 있는 시청 앞으로 가기 위해 방향을 틀었다.

"기분이 어때요?"

백종일이 말했다.

"괜찮아요."

"아침은 먹었어요?"

"커피에 계란프라이 하나 먹었어요."

"그 사람들하고 기싸움 하려면 힘이 넘쳐나야 할 텐데요."

"그럴 힘은 남겨 뒀어요. 걱정하지 마세요."

"근데 왜 혼자 만나겠다는 거죠? 저도 같이 가서 거들고 싶은데?"

"안 그래도 두 사람이 함께 가겠다고 했더니, 그쪽에서 완강히 거부하는 바람에……. 원칙 선이 어느 정도 결정되면 그때 가서……."

"원칙 선을 어떻게 정할 건데요?"

"일단 3천억 선을 고집할까 봐요."

"3천억이요?"

"그래야 2천억은 내가 갖고 천억은 배 선생 몫으로 떼어 줄 수 있죠."

"저한테 천억씩이나 주시려구요?"

"그렇게 해야 되지 않겠어요? 그동안 저 때문에 얼마나 애쓰셨어요? 경비도 많이 들어갔죠?"

"글쎄요, 많다면 많고 적다면 적을 수도 있는데…… 그보다 제가 모든 면에서 최선을 다한 것은 사실입니다."

"저도 알아요. 오죽했으면 그 좋은 은행까지 그만두셨겠어요?"

곽미순이 다시 한번 결심했다는 듯이 말을 이었다.

"천억 이상 받으셔야 하는데…… 그래서 5천억 부르려다가…… 그쪽에서 응할 수 있는 수준이 돼야 하니까…… 어쨌든 천억은 꼭 챙길 수 있도록 할게요."

"우리끼리 배당 이야기 하기에는 아직 이른 것 같습니다. 3천억이든 2천억이든 반드시 성사되도록 해야 합니다. 고삐를 단단히 잡아당

겨야 합니다. 지금이 다시없는 기회니까요. 그쪽에서 원해서 만나기는 이번이 처음 아닙니까?"

"맞아요. 그쪽에서도 이번에 일단락 지으려고 작심한 거 같아요."

"반드시 그렇게 될 거라고 안심할 수는 없을 겁니다. 그 방면으로 얼마나 닳고 닳은 사람들입니까. 어떻게 하면 한 푼도 주지 않고 상황 끝으로 만들 것인가 궁리에 궁리를 보태고 있을 겁니다. 내가 알아본 정보로는 그렇습니다."

"정보라니요?"

"김달식 기자 아시죠?"

"김달식 기자가 누구예요?"

"저번에 본사 앞에서 시위할 때 우리를 찾아와서 취재했던 사람 말예요."

"글쎄요, 기자들이 하도 많아서……."

"어쨌거나 그 사람이 한보생명 출입기자인데, 요즘 한보생명 회장 비서실에서 주관하는 비밀회의가 부쩍 잦아졌다고 하더라구요. 그 회의 명칭이 '곽대'라네요."

"곽대가 뭔데요?"

"곽미순 대책회의요."

백종일은 한보생명 본사 앞에 그녀를 내려 주고 변호사 사무실로 곧바로 출근했다. 그리고 서창기 회장을 만난 결과를 곧 알려 주기로 한 곽미순의 전화를 기다렸다.

한데 점심때가 다 되도록 전화벨이 울리지 않았다.

기다리다 못해 백종일이 전화를 걸었다. 신호는 계속 가는데 전화는 받지 않았다. 웬일인가 싶어 자동차에 올라앉아 열쇠를 막 꽂는데 그녀에게서 전화가 걸려 왔다.

"아니, 어떻게 된 겁니까?"

"갑자기 현기증이 나고 오한이 나서 병원부터 가느라고."

"그래서, 몸은 괜찮아요?"

"이제 조금 나아졌어요."

"다행이네요…… 그건 그렇고, 그 사람들하고는 어떻게 결론 났습니까?"

"결론 난 거는 없고…… 서창기 회장이 생각보다 점잖은 사람이더라구요."

"그래서 얘기가 잘된 겁니까?"

"아녜요. 돈 액수만 주고받다가 다시 만나기로 하고 일단은 헤어졌거든요."

"언제 만나기로 약속은 잡았습니까?"

"약속은 안 했지만, 내 생각에 뭔가 잘 풀릴 것 같아요. 그런데 어쩌죠? 머리가 욱신거려서 전화를 끊어야 할까 봐요."

"그러세요. 오후에 집으로 갈게요."

백종일이 말했다.

"아니, 오지 마세요. 나 몸이 안 좋아서 찜질방에 가 있을 작정이거든요."

"알았어요."

그러고는 더 이상 곽미순과 통화가 이뤄지지 않았다.

그때까지만 해도 백종일은 곽미순에 대해 어떤 부정적인 생각도 하지 않았다. 설마, 하는 의심조차 해 본 일이 없었다. 한데 일이 묘하게 꼬인 것이었다.

그녀가 어리석게도 마음을 바꾼 것이었다. 그쯤 해서 백종일을 잘라 내는 배은망덕한 결단을 내린 것이었다. 이름하여 배신이었다.

백종일이 요구하기도 전에 자기가 먼저 1천억을 떼어 주겠다던 곽미순이 갑자기 돈을 보자 욕심이 발동했을 터다. 1천억이 얼마나 큰 돈인데, 그걸 어떻게 떼어 준단 말인가. 언제 어디로 튈지 모르는 럭비공처럼 예측할 수 없는 평소 성품으로 보아 얼마든지 그런 변덕을 부릴 수 있는 곽미순이었다.

백종일은 마음이 급해졌다. 의자를 차고 벌떡 일어섰다. 그리고 몸을 날렸다.

백종일이 그녀가 머물던 원룸을 찾아갔을 때 급하게 짐을 챙겨 어디론가 떠난 흔적이 뚜렷했다. 짐이라고 해야 옷가지 몇 벌, 여행가방, 화장품이 고작이었는데, 그런 것들을 급히 챙겨 넣느라고 떨어뜨린 잔재들이 이곳저곳에 흩어져 있을 따름이었다.

백종일은 그것을 확인하자마자 곽미순의 아들 김석동이 입원해 있는 요양병원으로 승용차를 몰았다. 백종일이 수소문하여 직접 입원시킨 병원이었다.

서울대학병원에 2개월 이상 입원을 계속할 수 없으므로 일단 다른 곳으로 옮기지 않으면 안 되었는데, 곽미순은 그럴 여유도 여건도 갖추지 못한 상태였다. 하는 수 없이 백종일이 나서서 병원도 수소문하고, 입원비며 약값이며 치료비를 일괄 지불했던 터였다.

백종일의 마음은 바빴다. 틀림없이 곽미순이 석동이를 다른 곳으로 옮겼거나, 아니면 입원을 미루고 여관 같은 데로 우선 데려갔으리라 판단되기 때문이었다. 어찌 되었든 병원부터 찾아야 석동이의 흔적을 알아낼 수 있을 것이고, 석동이를 만나야 배은망덕하게 백종일을 배신한 곽미순의 멱살을 치켜들 수 있지 않겠는가.

다행스럽게도 석동이는 잠을 자고 있었다. 냉동새우처럼 두 다리와 두 팔을 잔뜩 웅크리고 있는 상태였다. 얼핏 봤는데도 얼굴이며 다리며 팔이며, 온통 피멍 든 상처가 듬성듬성 자리 잡고 있었다.

환자가 왜 이 모양이냐고 묻고 싶었지만, 그보다 급한 게 곽미순이어서 백종일은 담당 간호사에게 물었다.

"이 환자 보호자한테서 연락 없었습니까?"

"보호자라면······."

"어머니요, 환자 어머니."

"아, 곽미순 씨요? 전화는 여러 번 왔어요. 아이가 잘 있느냐고······ 그리고 곧 방문하겠다고 했는데······."

"정확히 마지막 전화가 언제 왔던가요?"

"오늘 아침에요. 그래요. 밥 먹기 전에 왔어요. 금세 올 것처럼 하더니…… 지금껏 연락이 없네요."

백종일은 다시 한번 석동이를 내려다봤다. 벌써 아물어 딱지 진 상처도 있었지만, 이제 막 손톱으로 긁었는지 아직 핏물이 마르지 않은 생채기도 군데군데 눈에 띄었다.

"근데 이 환자 왜 이렇게 상처투성이죠?"

백종일이 물었다.

"말도 마세요!"

나이 지긋한 간호사가 손사래를 치며 계속했다.

"지금까지 여러 환자를 봐 왔지만, 이 환자만큼 요상한 행동을 하는 경우는 처음 보네요."

"아, 청소하는 습관 때문에 그러시는군요?"

"그건 청소 차원이 아녜요. 굽어져서 잘 펴지지도 않는 손가락으로 사방팔방 먼지를 닦아 대는 거는 그렇다 치고, 옆 병상 환자가 먹다가 떨어뜨리는 음식 찌꺼기까지 기다렸다가 치우는 일을 반복하지 않나, 노인 환자들이 오줌을 제대로 보지 못하고 흘린 것까지 따라다니며 닦아 대는데, 상대가 할아버지가 아닌 할머니 경우는 질겁을 하고 소리소리 지르는 통에 병원이 시끄러울 지경이라구요."

"그래도 다른 저의는 없잖습니까."

"저의가 없다니요? 음식 흘리는 사람이나 소변 흘리는 사람이나 바닥에 뭘 떨어뜨리는 사람이 있으면 너는 더럽다, 더러운 사람이다! 너 같은 사람 때문에 세상이 점점 더 더러워진다, 그만 더럽게 하고 이제 죽어라! 그렇게 저주를 퍼부어 대니 아무리 상대방이 힘 못 쓰는 노인이라도 가만있겠어요? 손톱으로 할퀴거나 주먹이 날아가거나 발차기가 올라가다 보니 맨날 얻어터질 수밖에요."

"그렇군요……. 죄송합니다."

백종일이 수긍하지 않을 수 없었다.

"한데요……."

간호사가 말을 이었다.

"요 며칠 사이에 안 하던 짓을 하더라구요."

"안 하던 짓이라뇨?"

"어제도 그러고, 오늘 아침에도 나를 불러서 가 봤더니 아주 정중하게, 이제 나도 독립해야 될 때가 왔다고 어른스럽게 말하더라구요."

"독립이라구요?"

"네, 분명히 독립이라고 했어요."

백종일은 더 이상 말을 섞지 않았다. 시간이 없었다. 서둘러 석동이의 퇴원 수속부터 밟았다. 조금 치졸한 방법이긴 하지만, 지금 상황에서는 김석동을 볼모로 잡아 둘 수밖에 없었다.

그녀가 오늘날까지 아무 일도 하지 않고 오로지 빼앗긴 김영구의 재산을 찾는 일에 몰두했던 것도 어쩌면 병든 아들을 치료하여 정상인으로 만들기 위한 간절한 희망 때문인지도 몰랐다.

두 달 전 석동이를 서울대학병원에서 요양병원으로 옮길 때 곽미순이 했던 말이 떠올랐다.

"아무래도 나 미국 가서 살까 봐요."

"왜 미국입니까?"

백종일이 묻자 그녀가 답했다.

"우리 석동이 병 고치려구요. 누가 뭐래도 미국이 최첨단이잖아요? 미국에서 젤 큰 병원이 어딘 줄 알아요?"

"글쎄요……."

"매사추세츠 종합병원이래요. 의사만 2만 명이고, 그 의사들 모두가 하버드대학 출신이래요. 거기만 가면, 돈이 많이 들어서 그렇지, 우리 석동이 병 얼마든지 깨끗이 나을 수 있다고 하더라구요. 나는 꼭 우리 아들 거기로 데려가서 씩씩한 축구선수로 키우고 말 거예요."

백종일은 그 대목에서 찡한 감동을 받았다. 어머니가 아들에게 쏟는 정성이야 세상이 다 아는 바지만, 웬일인지 곽미순이 아들의 병을 미국까지 가서 고쳐 줄 뿐 아니라 석동이가 꿈꾸는 축구선수로의 길도 걷게 해 주겠다는 포부가 백종일의 가슴을 뭉클 마비시키는 것이었다.

"여기 벽에 기대서세요. 미래의 축구선수와 위대한 어머니의 기념사진 한 장 찍게요."

백종일이 그렇게 수선을 떨었던 것도 찡해진 콧등의 변화를 숨기기 위한 방편이었다.

생각해 보면 이제 곽미순의 그 간절한 희망이 달성되는 시점에 와 있다고 해도 과언이 아니었다. 한보생명과 배상액수에 대한 논의가 이뤄졌다는 것은 곧 배상이 따른다는 얘기 아닌가. 백종일은 그 상황을 감안하여 석동이를 곽미순이 머물던 원룸에 옮겨 놓고 곽미순을 기다릴 작정이었다.

김석동을 원룸에 내려놓은 백종일은 한참 생각했다. 보호자 없이 녀석을 혼자 그곳에 두기에는 여간 성가신 일이 아니었다. 삼시 세끼를 챙겨 주는 일도 그렇지만, 약을 먹이는 일이며 불 끄고 잠자는 일도 혼자서 해결해 낼 것 같지 않았기 때문이었다.

그렇다고 하루 서너 번씩 백종일이 드나들 수도 없는 노릇이었다. 하는 수 없이 백종일은 핸드폰을 치켜들었다.

"여보, 나야."

"웬일이세요?"

"나, 부탁이 하나 있는데……."

"부탁이라뇨?"

"당신이 날 꼭 도와줘야겠어."

"무슨 소리 하려고 서두가 그렇게 길어요?"

"그게 아니고…… 내가 당신한테 석동이 얘기 했던가?"

"석동이가 누구예요?"

"아, 그래 알았어. 장애 청년이 하나 있는데, 한 사흘만 우리 집에서 맡아 주면 제 엄마가 찾아갈 거야."

"제 엄마라구요?"

"곽미순 있잖아."

"곽미순이라면 그 여자 아녜요?"

"그래 맞아. 바로 그 여자 아들이야. 길게 잡아서 사흘이고, 빠르면 내일이라도 당장 데려갈지도 몰라."

18

백종일이 서울방송 김달식 기자에게 전화를 건 것은 석동이를 녹번동 집에 데려와 묵게 한 다음다음 날이었다. 그때까지 곽미순은 연락이 없었다. 물론 전화도 먹통이었다.

"아니, 웬일로 저한테 전화를 다 주셨죠?"

김달식은 붙임성이 좋았다.

"혹시 시간 있으시면 오늘 저녁 같이할 수 있을까요?"

백종일이 운을 떼었다.

"왜, 무슨 일이 있습니까?"

"김 기자님의 도움을 받고 싶어서요."

"죄송합니다만, 오늘은 안 되겠는데요. 선약이 있어서."

"그럼, 내일은 어떻습니까?"

"어쩌지요? 내일 오전 취재차 해외에 나갈 예정이라……. 일주일 후에나 돌아올 건데, 그때쯤은 시간이 많습니다. 무슨 일인지 모르지만, 전화로 하시면 안 되겠습니까?"

백종일은 생각했다. 곽미순과 한보생명 면담에서 어떤 얘기가 오갔는지, 그 자리에서 얼마를 수령하기로 약조가 되었는지, 그 과정에 무슨 비밀얘기가 오갔길래 곽미순이 한순간에 마음을 바꾸고 잠수를 탔는지, 전화 통화로는 해결되기 어려운 문제 같았다.

"저기…… 죄송하지만……."

백종일이 말을 이었다.

"오늘 저녁 약속 전에 잠시 만날 수는 없을까요? 제가 그쪽으로 가겠습니다."

"정 그러시다면 힐튼호텔 커피숍에서 번개팅하시죠."

김달식은 백종일과의 통화를 끝내고 득달같이 한보생명 전영철 과장에게 전화를 걸었다.

"선배님, 저예요."

"아, 그래. 웬일이야?"

"예상대로 전화가 왔네요. 백종일이 말예요."

"아, 그랬구나. 잘됐네."

"일단 만나기로 약속은 했고…… 궁금한 게 많은가 봐요."

"그렇겠지."

"제가 뭘 어떻게 해야 되죠? 물론 내용은 다 아는 거지만."

"곽미순이 백종일 몫까지 본인이 챙기려 해서 천만다행이긴 한데…… 그래도 백종일을 곽미순과 계속 붙여 놓으면 안 되잖아? 사실 백종일은 곽미순이 의뢰한 심부름꾼일 뿐인데…… 그녀가 해고해 버리면 그날로 쫑이란 말이야. 백종일이 곽미순에게서 끈이 떨어지면 무슨 자격으로 우리한테 손을 내밀겠냐구. 내 말 무슨 얘긴지 알겠어?"
"알았어요, 선배님."
"당신이 알아서 눈치껏 잘 처리해 줘."
전영철 과장이 문득 생각났다는 듯이 말했다.
"아참, 내일 대만 취재 간다며?"
"어제 그 일로 거마비도 받았는데, 뭘 새삼스럽게……."
"아니야, 내가 실장님께 다시 얘기했거든. 아무래도 부족한 것 같아서……. 안 그래도 계좌로 따로 보낼 요량이었는데…… 지금 당장 송금할게."
"역시 선배님밖에 없네요."

혹여 차가 막힐 우려가 있었으므로 백종일은 30분 먼저 서둘렀고, 그만큼 너무 일찍 도착하는 바람에 한 시간 넘게 김달식을 기다리지 않으면 안 되었다.
김달식은 정시에 도착했다. 그는 앉자마자,
"제가 뭘 도와드릴까요?"
인사치레 없이 곧바로 직진했다.
"먼저 궁금한 게 있습니다."
"말씀하세요."
"며칠 전 우리 곽미순 여사하고 한보생명 서창기 회장하고 면담한 사실 아시죠?"

"알구말구요."

"그 자리에서 거론된 대화 내용이 무엇인지, 혹 기자님께서 알고 계신가 해서요."

"제가 그쪽 직원도 아닌데 어떻게 세세히 알겠습니까만…… 저도 관심이 있어서 알아본 바에 의하면, 곽 여사께서 직접 창구를 일원화해 달라는 요구를 했다고 하더군요."

"창구 일원화라면……."

"솔직히 한보생명에서는 곽 여사님보다 백종일 씨에게 더 많은 신경을 쓰고 있는 편이거든요. 관련 법적 서류도 그렇고, 일 처리 능력도 그렇고…… 그래서 두 사람을 따로따로 처리할 계획을 세우고 있었는데, 곽 여사님이 펄펄 뛰었다는 겁니다."

예상했던 바지만, 그것이 막상 현실로 밝혀지자 백종일은 자신도 모르게 아랫입술이 깨물어졌고 파르르 일어나는 경련을 온몸으로 받아내지 않으면 안 되었다.

김달식이 계속했다.

"곽 여사님의 주장은, 백종일 씨는 어디까지나 곽미순 개인이 채용한 일꾼일 뿐이다. 어떻게 일꾼에게 배상금을 따로 지불할 수 있는가 항의하고, 그 창구를 곽미순 이름 하나로 일원화해 줄 것을 강력하게 요구했다고 하더군요."

백종일이 침착하게 입을 열었다.

"그날 혹시 배상금 액수가 합의되었다는 얘기는 못 들으셨습니까?"

"그것까지는…… 하지만 액수가 정해지는 과정에서 창구 일원화가 요구되지 않았겠습니까?"

백종일의 머릿속이 갑자기 텅 비어 버린 듯 휑하니 찬바람이 몰아쳤다.

그날 그곳으로 가는 승용차 속에서 곽미순은 그동안 얼마나 고생했는데, 천억도 적은 액수라고 스스로 말하지 않았던가. 그처럼 천연덕스럽게 일갈했던 여자가 단 몇 분도 지나지 않아 어찌 오리발을 내밀 수 있단 말인가.

바로 그때였다. 김달식과 마주 앉아 있는 자리로 다가와 서는 젊은 여인이 있었다.

"아, 왔구나."

김달식이 손목시계를 내려다보며,

"벌써 시간이 이렇게 지났어? 잠시 앉아."

그녀에게 옆자리를 가리킨 뒤 계속했다.

"인사드려. 내가 늘 말했던 백종일 씨."

"아, 네. 한보생명 본사 앞에서 시위했던 분이시군요?"

엉겁결에 백종일이 일어나 인사치레를 했다.

"안녕하십니까?"

"이쪽은 오늘 저녁 저하고 식사하기로 약속한 장본인이구요, 서로 알 만한 사람 같아서……. 왜냐하면 한보생명 서대평 회장님의 임종을 지킨 유일한 사람이거든요."

"장가영입니다. 간호사예요. 서울대학병원에 근무 중이구요."

그녀가 작은 명함을 내밀었다.

백종일도 변호사 사무실 명함을 건넸다. 그리고 물었다.

"어떻게 저를 기억하십니까?"

"시위를 외롭게 지속적으로 벌이고 계신다는 얘기 듣고 혼자 성원을 보냈었거든요."

"성원을 보내셨다구요?"

"그럼요. 성원뿐 아니라 지지성명이라도 내고 싶었거든요. 그래서 배 선생님을 만나게 해 달라고 김달식 기자님께 부탁까지 했어요."

백종일이 전혀 기대하지 않았던 사람으로부터 성원이며 지지성명 같은 어휘를 듣자 자신도 모르게 감동으로 콧등이 찡했다.

"제가요."

그녀가 말을 이었다.

"서대평 회장의 임종을 지켰다고 보너스를 받았어요. 꽤 큰 금액이었어요. 한데 저는 그것을 되돌려주었어요. 왠지 아세요? 저도 돈이 필요하지만, 돈이란 있을수록 좋은 거지만, 그 사람의 불결한 돈은 싫었어요. 서대평 회장은 마지막 눈을 감으면서도 참회하지 않으셨어요. 그분이 스스로 잘못했다고 후회한 대목은 함께 도둑질했던 일당들에게 왜 배당금을 듬뿍 쥐어 주지 못했는가. 그때 그런 욕심만 부리지 않았으면 완전범죄가 성립되는 건데…… 왜 그것을 하지 못했을까, 그 부분만 참회한다고 눈시울을 적시셨어요."

생각만 해도 진저리가 쳐진다는 듯이 목울대를 떨며 그녀가 또박또박 말했다.
"그자는 쓰레기예요. 다른 나라와 다르게 대한민국 재벌들이 유독 욕을 많이 먹는 것도 서대평처럼 지저분하게, 그리고 불법으로 서민들의 목줄을 밟고 서서 돈을 쓸어모았기 때문이에요."

다음 날 아침이었다. 오전 일 처리하느라 여념이 없던 때였다. 점심시간이 가까웠는데 아내에게 전화가 걸려 왔다.
"여보, 이 일을 어쩌면 좋아요?"
"왜? 무슨 일이야?"
"석동이 청년이 없어졌어요."
"뭐라구?"
"당신 출근할 때까지 방에 있었잖아요?"
"그래, 나올 때 내가 녀석의 신발을 확인했으니까."
"늘 새벽같이 일어나 설치던 녀석이 오늘따라 늦잠을 자나 보다 했는데…… 밥 먹으라고 방문을 열었더니……."
"다른 방도 찾아봤어?"
"아예 흔적이 없다니까요."
"소지품은? 녀석이 갖고 노는 축구공도 없어?"
"공은 있어요. 때 묻어 시꺼먼 공은 방바닥에 굴러다니고 있어요."
"녀석이 공을 버리고 갈 리가 없는데……."

"공만 있고, 옷가지랑 가방이랑 다 들고 나갔어요."

백종일은 생각했다. 김영구 의뢰인으로 지명된 김석동이 한보생명으로서는 눈엣가시 격일 수밖에 없을 터다. 더더구나 백종일의 영향권 아래 김석동이 보호받고 있다는 사실은 곽미순이 없어도 얼마든지 한보와의 협상이 가능하다는 얘기 아닌가. 여러 가지로 김석동의 증발 이면에 한보생명이 도사리고 있다는 의혹이 제기되는 대목이었다.

백종일이 아내에게 물었다.

"당신이 그 녀석 방문 연 시간이 언제야?"

"아홉 시쯤······."

"아니, 열두 시가 가까운데 그동안 뭐 했어? 나한테 바로 전화 걸지 않고······."

"내가 나가서 찾아보느라 그랬지요. 버스정류장, 택시 승강장, 전철역을 온통 뒤져 봤지만 흔적도 없네요. 어쩌지요?"

"우리 골목 쌀가게랑 슈퍼 사람들은 보지 않았을까?"

"미장원 복덕방까지 샅샅이 들쑤셨는데도 석동이 청년을 본 사람이 없어요. 귀신 곡할 노릇이라니까요."

"알았어. 내가 지금 갈 테니까."

그러나 석동이는 어디서도 찾을 수가 없었다. 근처 작은 공원이며 시장이며 가까운 공터며 하천변 산책길까지 뒤졌지만 석동이 놈의 자태는 발견되지 않았다.

혹시 곽미순이 훈련된 전문 요원을 동원하여 석동이 놈을 감쪽같이 승용차에 태우고 사라지지 않았을까 추정도 했으나, 그것 역시 어떤 단서도 손에 잡히지 않았다.
　백종일은 아내와 함께 파출소 문을 열고 들어섰다.
　"실종신고 하려고 합니다."
　"치매 노인인가요?"
　"아닙니다. 청년인데, 장애잡니다."
　"무슨 장앱니까?"
　"자폐성 장애……."
　"자폐성 장애라면…… 분별력은 있겠군요?"
　"아니, 요즘은 좀 심해져서요. 조현병에 가까워…… 신경을 많이 쓰고 있던 터에…… 게다가 만성 신경근육질환까지 앓고 있어서……."
　"알았어요. 실종자 키하고 몸무게, 그리고 무슨 색깔 옷을 입고 나갔는지, 여기 신고서에 빠짐없이 기록하세요."

　석동이가 행적을 감춘 뒤로 3일이나 지났지만 그를 보았다는 목격자는 나타나지 않았다. 곽미순 역시 마찬가지였다. 아들을 찾는 어떤 연락도 없었을뿐더러 그녀의 전화도 여전히 먹통이었다.
　백종일은 석동이가 있던 요양병원을 찾아가 보았다. 그곳에도 곽미순은 감감소식이었다. 직접 병원을 찾아온 적은 없고 전화만 연달아 걸려 왔었는데, 백종일이 퇴원시켜 데려갔다는 말을 전했을 때 별말

없이 알았다고 통화를 끝낸 뒤로는 연락이 없다는 것이었다.

 좋은 소식이 아니었다. 좋은 소식은커녕 백종일에게는 매우 불리한 결과가 이어지고 있는 느낌이었다. 어디선가 석동이를 쉽게 찾아낸다면 별문제가 없겠지만, 만약 오랫동안 녀석을 찾지 못한다면 그 책임을 백종일이 뒤집어쓰지 않으면 안 되기 때문이었다.

 배신하고 자취를 감춘 곽미순이 응당 그에 대한 대가를 치러야 하는데 엉뚱하게 백종일이 코너에 몰리는 억울한 상황이 된 것이었다. 수세와 공세가 바뀐 것이었다. 곽미순에게 공격의 끈을 쥐여 주어 수세에서 공세로 전환시킬 수 있는 빌미를 만들어 준 셈이다. 아들을 내놓으라고 호통칠 경우 꼼짝없이 당할 수밖에 없는 백종일이었다.

 백종일은 핸드폰을 뒤졌다. 요양병원에서 곽미순과 김석동을 벽에 세워 놓고 찍었던 사진을 찾아내어 '사람을 찾습니다'라는 포스터를 제작, 경찰서 루트를 이용 여러 곳에 부착하도록 했다. 혹여 몰라 은평구, 서대문구, 종로구, 영등포구까지 확대해서 포스터를 붙이도록 했다.

 백종일의 본가가 있는 은평구 일원에는 플래카드도 다섯 개나 내걸어 연락 주는 사람에게는 후히 사례하겠다는 문구를 크게 취급했지만, 어떤 단서도 어떤 소식도 전해지지 않았다.

 백종일은 석동이 녀석이 남기고 간 바람 빠진 축구공을 쓰다듬으며 혼자 중얼거렸다.

 '이거 없으면 한시도 못 견디던 놈이 도대체 어디서 뭘 하기에 이렇

게 감감소식이란 말인가.'

 백종일은 여러 통로를 동원하여 거액을 챙긴 뒤 곽미순이 석동이를 데리고 미국으로 떠나지 않았을까 하여 출국 명단을 정밀하게 검색했지만, 곽미순도 김석동도 미국행 비행기에 오는 흔적은 없었다.

 백종일은 한보생명 회장 비서실 전영철 과장에게 전화를 걸었다.
 "죄송한데요, 곽미순 씨의 배상문제 때문에 전화했습니다."
 "뭐가 궁금하신데요?"
 "그게 어떻게 진행되고 있는지요? 배상이 끝났는지, 아직도 진행 중인지······."
 "백종일 씨!"
 전영철 과장이 정색을 하고 말을 이었다.
 "그걸 백종일 씨가 왜 확인하는 겁니까? 백종일 씨는 곽미순 씨가 채용한 임시직원이라고 그분께서 분명 말씀하셨습니다. 그리고 그 계약이 이제 해지되었기 때문에 백종일 씨와는 어떤 거래도 소통도 연결하지 말라는 분부가 있었습니다. 고로 백종일 씨에게 그 건에 대한 진행 과정을 밝힐 의무도 이유도 없습니다. 전화 끊겠습니다."
 "잠깐만요!"
 "뭡니까?"
 "이건 너무 일방적입니다. 나는 곽미순 씨에게서 해임한다는 통보를 받은 적이 없거든요."
 "그건 우리가 알 바 아닙니다. 두 사람이 알아서 할 일이고······ 곽미순 씨가 대리인으로 선정하지 않은 사람이 배상금 운운하는 경우, 우리는 그를 공갈협박범으로 고발조치할 도리밖에 없습니다. 알겠습니까? 전화 끊습니다!"

일방적으로 쉬지 않고 전영철만 내뱉은 다음 전화가 뚝 끊겼다. 어이가 없었다. 세상에 어쩌면 이럴 수가 있는가.

하지만 전영철의 주장도 일리가 전혀 없는 것은 아니었다. 원래 소유자 김영구가 빼앗긴 재산을 되찾는 일을 의뢰한 사람은 분명 곽미순과 김석동이었다.

배상금을 왜 안 주느냐, 언제 줄 거냐, 만약 주지 않는다면 이 사실을 만방에 알려 법의 심판이 아닌 국민 여론 판결을 받게 하겠다, 으름장을 놓을 수 있는 인물은 곽미순과 김석동 두 사람만 가능할 뿐인 것이다.

이 시점에서 백종일이 할 수 있는 것은 김석동이나 곽미순의 행방을 쫓는 일밖에 없었다. 수시로 파출소와 경찰에 들러 김석동에 대한 단서가 나왔는지 확인하는 일이 백종일의 일상이 되었다.

어느 안개 낀 봄날 새벽에 실종된 김석동의 행적을 찾아 골몰하다 보니, 어느새 또 다른 봄이었다. 벌써 1년이 훌쩍 지난 것이었다.

물론 백종일이 찾아 헤맨 것은 김석동뿐 아니었다. 오리무중인 곽미순의 흔적도 마찬가지였다.

백종일이 그렇게 기다리던 경찰서로부터 전화가 걸려온 것은 실종

되던 그날처럼 안개가 자욱한 봄날 아침이었다.

"백종일 씨 맞습니까?"

"네, 백종일입니다."

"여기 노원경찰섭니다."

"노원경찰서요?"

백종일의 음성이 갑자기 높아졌다.

"혹시 실종 신고한 사건입니까? 우리 석동이 녀석이 거기까지 갔었군요?"

"석동이라뇨? 저희가 전화 건 것은 곽미순 씨 때문입니다."

"곽미순이라구요?"

"그 사람을 아십니까?"

"알다마다요. 그 여자 지금 어디 있습니까?"

"여기는 시립병원인데요. 신원 파악 때문에…… 곽미순 씨 핸드폰에 백종일 씨 전화번호가 그중 많이 검색되어서 말입니다."

"아니, 그게 무슨 소립니까? 곽미순이 옆에 있으면 바꿔 주세요."

"그 여자는 죽었구요. 어제 아침 중량천변 산책길 벤치에서 발견되었는데……."

"뭐라구요? 곽미순이 죽었다구요?"

"다행히 타살 흔적은 없고…… 사인이 영양실조에 의한 기력 마비 자연사로 밝혀졌지만, 주민등록증도 운전면허증도 아무것도 소지하지 않아서 핸드폰에 들어 있는 전화로 확인차 연락드리는 겁니다. 확실한 신원을 밝혀야 하니까요. 바쁘시겠지만, 우리 경찰서에 출두해 주실 수 있는지요?"

순간 머리에서 시작한 뜨거운 혈류가 폭포수처럼 발밑을 통해 땅바닥에 뿌려지는 것 같았다. 곽미순이 죽었다구? 그것도 영양실조 자연사로!

"여보세요, 백종일 씨!"

노원경찰서 담당이 계속했다.

"제 말 듣고 있습니까?"

"…듣고 있습니다."

"경찰서로 방문해 주실 수 있는지요?"

"가겠습니다."

백종일이 말했다.

"가능하시면 오늘 퇴근 전까지 부탁드립니다."

백종일이 또 다른 신원 확인차 출두한 중년여인을 만난 곳은 노원경찰서 민원실이었다. 그녀가 먼저 백종일을 알아보고 아는 체했다.

"어머, 이게 누구시죠?"

비만에 가까운 육십대 여인이었다. 비만형 여인들이 흔히 그렇듯 그녀도 경계가 없어진 턱살과 목살이 하나 되어 출렁거릴 정도였다.

백종일이 아무리 머리를 굴려도 그녀와 관련된 기억이 떠오르지 않았다. 처음 보는 얼굴이었다.

그녀가 또 말했다.

"곽미순이 녹번동 살 때 미니슈퍼 하던 강원도 아줌마, 기억 안 나세요? 그때 국민은행에 계셨잖아요? 저도 늘 예금하러 자주 들렀었고…… 선생님이 우리 가게에 자주 와서 과일도 사시고 담배도 사시고…….."

"아, 기억납니다. 슈퍼 이름이 주문진이었죠?"

"맞아요. 이제야……."

"반갑습니다. 아니, 알아보지 못해서 죄송합니다."

"당연하죠. 그때는 호리호리 미인형이라고 했는데…… 살다 보니 이렇게……."

"그럼 김영구 어른도 기억하시겠네요?"

백종일이 물었다.

"기억하고말고요. 그때 곽미순이랑 언니 동생 했잖아요. 친자매보다 더 가까웠어요. 그래서 그 집에 자주 가다 보니 김영구 어른을 만나 뵙게 됐고, 병수발하는 곽미순을 도와 환자에게 좋은 먹거리를 구해다 주기도 했지요."

"그건 그렇고…… 곽미순 씨는 어떻게 된 겁니까? 시립병원 영안실에 가 보셨습니까?"

"지금 거기 들렀다 오는 길이에요…… 속절없이 누워 있더라구요. 믿어지지가 않네요."

"곽미순 씨가 아주머니 집에 있었습니까?"

"아녜요. 어느 날 노원까지 물어물어 찾아와 방 하나 내놓으라고 생떼를 쓰는데, 시부모 모시고 사는 형편이라 마침 이웃집에 방이 나와서 거기를 소개해 줬거든요."

"그게 언젠가요?"

"작년 여름쯤이에요."

"봄이 아니고 여름이었군요?"

"그럼요. 6월이었어요. 그날 곽미순이랑 냉면을 먹었으니까요."

"곽미순 씨, 다른 얘기는 없었습니까? 미국 얘기나 돈 얘기나……."

"곽미순이 원래 뜬구름 잡고 사는 여편네잖아요? 수중에 땡전 한 푼 없으면서도 백억 천억 하면서 재벌 행세 했잖아요. 그때도 그랬어요. 저에게도 몇 십억 손에 쥐여 주겠다고 큰소리치는 거예요. 저는 맨날 듣던 얘기라 귓등으로 흘렸었죠. 한데 외출도 안 하고 전화만 붙들고 살더라구요. 어떤 때는 전화에다 대고 고함지르다가 엉엉 울기도 했다고…… 방주인이 혹시 치매 증상 아니냐고 걱정했거든요."

백종일이 예상했던 그대로였다. 상대는 한보생명 비서실이었을 테고, 그들이 꾸민 작전대로 곽미순을 백종일으로부터 혼자 고립시킨 뒤 뭔가 곧 해결해 줄 것처럼 느슨하게 풀었다가 언제 그랬느냐는 듯이 다시 팽팽하게 조이는 식으로 흡사 강아지 훈련시키듯 그녀의 정서를 함부로 흔들었을 터다.

백종일이 고개를 번쩍 들었다. 그가 말했다.

"곽미순 씨 아들 석동이 아시죠?"

"내가 왜 석동이를 모르겠어요?"
"석동이는 엄마랑 같이 있지 않았습니까?"
"아뇨, 석동이는 한 번도 엄마를 찾아온 적이 없었는데요."
"석동이를 본 적이 없었다구요?"
"네, 없었어요. 한 번도!"
그녀가 갑자기 생각났다는 듯이 계속했다.
"참, 석동이가 죽었나요?"
"아니요!"
백종일은 필요 이상으로 고개를 흔들었다.
"걔가 왜 죽어요? 절대로 죽을 아이가 아니라구요!"
그때까지도 종적을 찾지 못한 김석동에 대해 백종일은 제발 살아만 있어 다오, 라고 간곡하게 염원해 마지않았다.

실제로 김석동이 죽었다는 어떤 물증도 찾지 못했다는 것은 김석동이 꿋꿋하게 살아서 존재하고 있다는 뜻이기도 했다. 백종일은 그렇게 믿고 싶었다.

아니, 어딘가에 꼭꼭 숨어 스스로 그 모진 병마를 이겨 내고 있을 거라는 미묘한 확신이 백종일을 지배하는 것이었다.

물론 김석동이 나이 지긋한 간호사에게 의미심장하게 전했다는 그 '독립'이란 말도 백종일에게 희망을 갖게 하는 요인이기도 했다.

그래, 석동아! 넌 살아 있을 자격이 있어. 의젓하게 살아서…… 꼭꼭 숨어 있거라, 꼭꼭!

19

나는 이 대목에서 집필을 멈췄다. 하루도 쉬지 않고 숨 가쁘게 써내려 가다 보니 팔도 아팠고, 엉킨 실타래처럼 머릿속도 어수선했다.

일단 써 놓은 부분을 읽어도 찰싹 달라붙는 느낌이 아니었다. 풀기가 없어 너덜너덜 일어난 벽지인 양 어설프고 어쭙잖기만 했다.

나는 고개를 저었다. 과연 제대로 씌어진 작품인가. 내가 마흔여섯 번째 쓰는 장편소설로서의 수준과 품격을 제대로 지키고 있는가.

아니, 그보다 이 작품을 발표했을 때의 반응이 더 신경 쓰였다. 생각만 해도 곤혹스러웠다.

이 작품의 완성도나 품격은 둘째고, 왜 이 작품을 썼는가 라고 누가 묻는다면 당연히 순수한 작가정신에 의해 결연히 펜을 들었다고 우길 수 있지만, …과연 그게 통할까.

왜 하필 상대가 한보생명이냐? 1990년 여름에 출간했던 소설책에 대한 보복이 아니라면 또 다른 불순한 의도가 숨어 있을 거라고 수많은 지식인들, 이른바 한보생명이 제공한 온갖 특혜로 문화귀족이 된 대다수 문학인이며, 교수며, 아직 그 경지에는 미치지 못했지만 그것을 얻기 위해 한보생명 창문 앞에서 얼쩡거리는 신진 예술가들······ 그들이 다 함께 수군거리며 나에게 야유를 보내기라도 하면 나는 어떻게 변명하고 어떤 통쾌한 논리를 내세워 그들의 야유를 깨끗이 잠재울 수 있을 것인가.

아무리 그것이 옳다고 주장해도 나는 혼자 몸이고 수백수천 사람들이 똑같이 한보생명 편을 들어 나를 무차별 공격한다면 나는 대책 없이 풀썩 주저앉을 수밖에 없고, 그들에게 '사악한 작가'로 낙인찍혀 캄캄한 지구 밖으로 퇴출될 수밖에 없다.

나는 한동안 눈을 감고 심호흡을 하다가 문득 생각난 듯이 전화를 치켜들었다. 백종일에게였다. 안 그래도 집필을 계속하는 동안 수없는 통화를 통해 관련 자료를 건네받고 상세한 설명을 듣곤 했으므로 백종일과 나는 소통이 없는 날이 거의 없었을 정도였다. 비단 전화뿐 아니었다. 그동안 평균 보름에 한 번 정도는 만나 점심을 같이 먹거나 새롭게 챙겨 온 자료를 함께 분석하며 질문하고 답을 듣는 일을 반복했다.

내가 사진을 통해 곽미순의 실제 모습을 보게 된 것도 이 작업을 시작하고 4개월쯤 지난 뒤였다. 서창기 대표의 평창동 집 앞에서 시위하던 때 찍은 사진을 그제야 찾았다고 카톡을 통해 나에게 보내며 백종일이 말했다.

"키도 작고 볼품은 없지만, 그 끈기 하나는 정말 알아줘야 할 여자라구. 원래 우리나라는 남자보다 여자의 활약이 더 적극적이잖아? 안 그래?"

나는 호출한 백종일에게 말했다.

"너 나 좀 만나자."

"지금?"

"그래 지금."

"뭐 급한 일이냐?"

"그건 만나서 얘기하고…… 우리 늘 만나던 커피숍으로 갈게."

뜨거운 아메리카노 잔을 앞에 놓고 나는 백종일을 빤히 바라봤다. 나에게서 무슨 말이 나올 것인가 사뭇 긴장한 얼굴이었다.

"아무래도 자신이 없어서 말이야."

내가 말했다.

"뭐가 자신이 없는데?"

"지금 쓰고 있는 거…… 이제 와서 포기한다는 게 말이 안 되지만…… 할 수만 있으면 그렇게 하고 싶은 마음이거든."

"그게 무슨 소리야?"

백종일이 어처구니없다는 듯 목소리를 높여 말을 이었다.

"아니, 지금 너 무슨 강아지 풀 뜯어 먹는 소릴 하고 있냐구?"

"그래, 너한테는 그렇게 들리겠지만, 나는…… 심각하거든. 앞서도 얘기했지만, 한보생명이 지금 대한민국 도서 유통을 완벽하게 한 손에 쥐고 있다구. 옛날에는 동네마다 이발소만큼 많은 책방이 문을 열고 있었는데…… 거기서 우리 잡지도 사고 학습참고서도 샀잖니? 안 그래?"

내가 백종일에게 동의를 구했다.

"그건 그랬어."

백종일도 맞장구를 쳤다. 내가 말을 이었다.

"근데 지금은 어때? 눈을 씻고 봐도 동네는 물론이고 중심 시가지에도 책방이 보이지 않잖아? 왜 그러겠어? 사람들은 대한민국 국민들이 책을 읽지 않기 때문이라고 하지만, 꼭 그것만이 아니거든? 한보생명이 대형 서점을 경영하고부터, 도시마다 한보생명이 빌딩을 세우고 그 지하에 대형서점을 운영하고부터 샛강이 사라지고 강줄기가 하나로 모아지듯 큰 물이 작은 물을 깡그리 마셔 버린 까닭이란 말이야. 따지고 보면 유통문제뿐 아니야. 대한민국 문화예술 권력을 거의 장악했다 해도 과언이 아니라구. 물론 좋은 일도 많이 했지. 정부가 미처 못하는 틈새사업을 한보생명이 대신 해내곤 했으니까. 우리의 숙원이던 대한민국이 노벨문학상 수상자를 배출하게 만든 뒷배경에 한보생명이 든든히 서 있었던 것도 사실이고, 수많은 작가들이 한보생명의 후원을 받아 작품을 써 댔으며, 그것이 출판되어 독자들의 사랑을 듬뿍 받게 한 실적 역시 부인할 수 없는 대목이지. 지금 대한민국에는 두 종류의 문인이 존재하는데, 그 하나는 한보생명의 후원을 받아 위상이 높아지는 작가와, 그렇지 못해 퇴출 직전의 작가로 신음소리만 내는 문인이 있을 뿐이라구. 그런 문화권력과 경제적으로 도움을 주는 유통조직까지 깡그리 한보생명이 보유하고 있는 마당에,

그 사람들이 꼭꼭 눌러 숨겨 놓은 옛날의 케케묵은 불의의 상처를 새삼스럽게 파헤친다고 하면 우선 코웃음부터 치겠지만, 그보다 그들이 휘둘러 댈 보복의 칼날이 얼마나 예리하겠으며, 한보생명의 눈치만 보는 동료 작가들 또한 얼마나 빈정대며 나를 업신여기겠냐구. 게다가 나는 전과범이란 딱지까지 한 장 갖고 있잖니."

"전과 딱지라니?"

"여러 번 반복되는 소리지만,『돈 황제』책을 내서 한보생명이 휘두른 칼날에 싹둑싹둑 잘린 사건의 주인공이 바로 나였다구. 그때도 나를 주인을 물어뜯었던 비겁한 개로 취급, 한보생명이 그 번쩍이는 칼을 치켜들었는데, 책을 필요 이상으로 주문해서 잔뜩 찍게 만든 다음 팔지 않고 방치했다가 다시 반품시키는 바람에 엄청난 손해를 보게 만들었고, 세상에 나팔을 불어 '부도덕한 작가'로 낙인찍히게 만들었단 말이야. 이제 세월이 많이 흘러 그 상처가 간신히 아물었는데, 아니 안 그래도 간당간당 목숨만 보전하고 있는 나같이 미약한 작가에게는 결정적인 타격이 될 게 뻔한데…… 꼭 그 불구덩이 속에 석유통을 들고 뛰어들어야 하겠느냐 말이야."

숨도 쉬지 않고 내뱉는 나의 절규에 백종일이 입을 열었다.

"주섭이 네가 왜 미약한 작가야? 너만큼 열심히 쓰는 소설가가 또 어디 있다구? 아니, 그보다 작가의 생명이 뭔데? 달을 가리키면 달을 쳐다봐야 하는데 손가락 끝만 쳐다본다는 말이 왜 있겠어? 그건 작가의 사명을 잃어버린 데서 오는 후유증 같은 거 아니야? 다시 말해 옳은 일을 옳다고 하고, 그른 일을 그르다고 당당히 말할 수 있는 용기가 곧 작가정신이니까 말이야."

"그건 원론적인 이론일 뿐이고……."

꽁무니를 빼는 나의 패배의식에 백종일은 매우 못마땅하다는 듯이 일갈했다.

"그래, 그렇게 자신이 없으면 관둬야지 어쩌겠니? 오늘 당장 펜을 꺾고 폐업계부터 내라구. 그런 정신으로 무슨 작품을 쓰겠다고 껍죽댈 수 있겠냐. 너의 아버지가 아시면 아이쿠 내 아들아, 하며 얼싸안아 주시겠다!"

"이 대목에서 왜 우리 아버지가 나와?"

나는 항의했다.

"너희 아버지한테 부끄러운 줄 알아 인마!"

"뭐라구?"

백종일은 작심한 듯이 목소리를 가다듬었다.

"솔직히 말하지만, 나는 주섭이 네가 부러웠어. 아버지 없이 홀어머니 밑에서 자란 나에게 있어서, 아버지의 사랑과 보호를 듬뿍 받는 주섭이 네가 얼마나 부러웠는지, 너는 알 수 없었겠지. 꼭 그래서는 아니지만, 내가 지금까지 지표로 삼고 살았던 대상은 링컨도 아니고 이순신도 아닌, 너의 아버지였다구. 그 어른은 밑바닥 직업을 가진 덕에 젊은이들 담배 심부름까지 하지 않으면 안 되는 삶을 사셨지만, 언제나 당당하고 정직하셨고, 그리고 긍지에 가득 차 있었어. 칠 남매나 되는 자녀들을 양육하느라 당신은 설렁탕 한 그릇 선뜻 사 드시지 못하면서도 불의를 보면 불의라고 말씀하셨고, 어떤 유혹에도 그 편에 서지 않으셨고, 어려운 형편에 처한 사람을 보면 당신의 옷이라도 벗어 입힐 정도로 그 설움과 아픔을 함께하셨어. 그래서 나는 주섭이 너에게 기대를 많이 걸고 있었어. 그 아버지에 그 아들일 거라고 믿으니까. 아버지의 기상을 닮았으면 기필코 대한민국이 자랑하는, 진실을 추구하는 소설가로 우뚝 서리라고 장담하고 있었다, 그 말이야!"

집필을 포기하려던 나의 마음을 들쑤셔 또다시 벌떡 일어서게 만든 요인은 백종일이 지적한 아버지의 숨은 기상이 아니었다. 나에게는 그냥 부끄럽기만 한 아버지인데 백종일에게는 삶의 멘토로까지 높이 우러러보던 대상이라는 사실이 왠지 맞지 않는 톱니바퀴처럼 이물스럽기만 했다.

나는 고개를 저었다. 그리고 더 많이 생각해 보기로 하고 잠을 청했다. 하나 잠이 오지 않았다. 그러다 엉뚱하게 폭설을 만났다. 펑펑 소리라도 내는 듯 쏟아지던 11월 중순의 눈이었다.

그것도 한밤중이었다. 그 무렵 나는 잠을 자지 못했다. 많이 자야 서너 시간이 고작이었다. 새벽 한 시쯤 문득 잠에서 깨어나면 그것으로 끝이었다. 그 뒤로는 뜬눈으로 밤을 꼬박 새우곤 했다.

그날도 나는 엎치락뒤치락하다가 커튼을 걷었다. 11월에 내린 눈으로는 117년 만의 기록을 갱신한 대설특보가 내리고 있었다. 새벽 4

시였다. 나는 마당 가로등에 불을 켜고 펑펑 쏟아지는 폭설을 내다보았다.

영원히 계속될 것 같은 야심한 밤이었다. 눈발은 굵었다. 솜을 마구 잡이로 뜯어 뿌리는 것 같았다. 잘못 찢어서 커져 버린 눈송이는 흡사 흰 나방이 춤추는 광경이었다.

눈은 순식간에 대지를 덮었다. 바람도 없이 펑펑 내리는 눈은 좀처럼 위세를 꺾을 기세가 아니었다.

바람이 없었으므로 나무는 가지와 잎에 소복소복 쌓이는 눈을 털어 내지 못하고 끙끙대기만 했다. 특히 내가 가장 아끼는 왕소나무가 그러했다. 이름하여 황금해송이다. 거북등을 연상케 하는 굴피가 수백 개 다닥다닥 엉겨 붙은 것 같은, 우람한 둥치만으로도 사람을 압도해 버리는 70년생 왕소나무다.

한데 그 나무가 반 토막이 나 있었다. 나는 내 눈을 의심했다. 아니, 저럴 수가!

하지만 마당 가로등 불빛에 비친 우리 집의 상징이며, 자랑이며, 정원에서 왕 노릇하던 거북등 황금해송이 나뭇가지에 내린 눈을 미처 털지 못한 상태에서 계속 쌓이다 보니 그 무게를 견디지 못하고 찌지직 뚝뚝 소리를 내며 가장 중요한 가지를 찢어지게 만든 것이었다.

우리 정원의 주인공은 단연코 황금해송이다. 최소한 2년에 한 번씩 가지치기 작업을 하느라 경비도 수월찮다. 가장 좋은 자리에, 가장 멋진 자세를 뽐내며 우뚝 서 있는 소나무야말로 어느 나무도 함부로 넘볼 수 없는 패기이며 기상이며 아름다움이다.

하지만 제아무리 기상과 위상과 패기를 자랑해도 바람 없이 펑펑 내리는 폭설에는 어쩌지 못하고 뚝뚝, 찌지찍, 뿌지찍 부러질 수밖에 없는 왕소나무의 운명이라니…….

그렇다. 영원한 나무는 존재하지 않는다. 아무리 보호하고 방벽을 세우고 미리미리 대책을 마련해도 바람 한 점 없이 대지 위에 소복소복 내리는 눈발 앞에서는 용빼는 재주가 없다.

저처럼 위대하게 우뚝 서 있는 거목을 어느 바람, 어느 폭우가 흔들리게 하며 무참하게 가지를 꺾게 하고 마침내 넘어뜨리게 하겠는가.

지금껏 웬만한 바람에도 뇌성벽력에도 끄떡없었던, 흡사 불사조 같았던, 아니 전설의 왕소나무였지만 하필 바람 한 점 없이 펑펑 고루고루 내리고 또 내리는 11월의 눈 앞에서는 결국 무릎을 꿇고 마는구나.

나는 정원의 왕소나무가 수난을 당한 광경을 더 이상 보지 않았다. 아니, 보고 싶지 않았다. 가로등을 끄고 커튼도 닫았으며 곧장 다시 잠자리에 누웠다.

그리고 나는 다짐했다. 그래, 죽이 되든 밥이 되든 일단 끝을 내고 보자. 결승점까지 거의 다 온 마당에 지레 겁먹고 풀썩 주저앉을 수는 없지 않은가.

백종일이 지인의 소개로 민주바른당 관계자를 만난 것은 곽미순이 빈손을 털며 한 많은 세상을 떠난 지 1년이 거의 지난 뒤였다.
 종합민원실장이었다. 그는 백종일이 보유하고 있는 한보생명의 비리에 관한 온갖 자료에 관심이 많았다. 대한민국에서 가장 투쟁적이라고 소문난 금속노조에서 잔뼈가 굵은 그는 눈매부터가 매서웠다.
 작은 키에 대머리지만 보통 영리한 사람이 아니었다. 어떤 방식으로 깊이깊이 숨겨 놓은 비리라도 반드시 찾아내어 응분의 처벌을 받게 하겠다고 그는 황야의 이리처럼 으르렁거렸다.
 "아니, 어떻게 그런 자료들을 구해 갖고 있는 거요?"
 그가 물었다.
 "그럴 만한 사연이 있습니다."
 "글쎄, 그 사연을 소상하게 밝히라고…… 할 수는 없고, 어쨌든 우리가 완벽하게 해결해 드릴 테니…… 잠깐만요."
 대머리 사내가 말을 이었다.
 "보아하니 여기저기서 해결해 주겠다고 와서 자료만 챙겨 가지고 …… 한보생명하고 짝짜꿍 되어 쇼부 보며 자기들 실속만 챙겼겠네요. 내 말 맞지요?"
 백종일이 고개를 끄덕였다.
 "맞습니다. 언론들도 그랬고, 각종 수사기관도 그랬고…… 일일이 거론할 수 없을 정돕니다."
 "내 그럴 줄 알았어. 다 도둑놈 심보들만 모여 가지고……. 하지만 우리는 다릅니다. 자랑이 아니라 우리가 해결하지 못했던 비리사건은 없었소. 우리는 거칠 것이 없잖습니까? 순수 노조 출신들이 모여 정당하게 정치조직을 만들었으니 정부 눈치를 봅니까, 경찰 검찰 눈치를 봅니까? 어쩌면 이런 일 해결하려고 만든 조직이 우리 민주바른당인지도 모른다구요!"

대머리 사내가 식어빠진 엽차를 후우 불며 마신 다음 명령하듯 말했다.

"갖고 있는 자료 하나도 빠짐없이 가져오세요."

"하나도 빠짐없이요?"

"그럼요. 완벽한 자료를 갖고 있어야 한보생명에 대응해서 작전 짜기가 용의할 거 아닙니까."

그러나 백종일은 그 요구에 응하지 않았다. 1차, 2차, 3차에 걸쳐 자료를 나누어 그의 손에 쥐여 주었다. 그동안 있었던 정의로운 사람이라고 자처한 자들이며, 결국 사기집단으로 밝혀진, 대한민국의 양심이라고 큰소리치던 조직에게 어이없이 당했던 사건의 내막을 충분히 감안한 조처였다.

하나 그들이 자신만만하게 거드름 피웠던 한국의 양심 조직 '민주바른당' 역시 그 범주에서 크게 벗어나지 않았다. 그들 역시 진실을 밝히는 양심 세력이 아니었다. 그 비리를 빌미 삼아 현찰을 뜯어내는 공갈협박단의 아류와 크게 다를 것이 없었다. 다른 것이 있다면 갈취액수가 푼돈이 아닌 천문학적인 거액이라는 점이었다.

백종일이 마지막 자료를 제출한 뒤로 연락이 뚝 끊긴 대머리 사내

를 꾸역꾸역 찾아가 대면했을 때 그는,

"우리 두 손 들었습니다. 정말 어렵네요."

너스레를 떨었다.

"아니, 왜 어렵다는 겁니까? 자신만만하게 해결한다고 하셨잖습니까?"

"맞아요. 그렇게 말했지만 우리 살고 있는 대한민국은 되는 일보다 안 되는 일이 더 많은 나라더라구요. 여기, 한보생명에서 우리 당으로 보내온 공문이 있는데, 그 내용 한번 분석해 보시지요."

백종일이 서류를 펼쳤다.

  문서번호 : 한보교육비서 1443-13

  발신일자 : 2004. 11. 2

  수 신 : 민주바른당 대표

  참 조 : 종합민원실장

  제 목 : 질의서에 대한 회신

  국보위에서 1981. 5. 28 작성된 것으로 되어 있는 고 서대평 님의 진술조서(민원인이 제출함)는 양심선언 형식으로 되어 있는바, 당시 상황으로 볼 때 이 진술이 임의로운 상태에서 작성된 것으로 볼 수 있는지도 의문일 뿐 아니라 현재 시점에서 이러한 진술이 이제까지 진행된 재판의 재심사유는 될 수 없으므로 확정된 법원 판결을 뒤집을 수는 없다고 보아야 할 것입니다.

"원인무효와 부동산 사기사건은 시효를 두지 않는다."는 민원인의 주장에 대하여 :

민원인의 주장은 당사가 취득한 이 사건 성북동 토지에 대하여는 원인무효 내지 사기사건이므로 취득시효가 적용되지 않는다는 취지로 주장하나, 당사는 이 사건 성북동 토지를 취득시효에 의하여 취득한 것이 아니라 법원에 의하여 이 사건 동작동 토지에 대한 소유권자로 인정된 구본상으로부터 위 동작동 토지를 순차 취득한 자들이 국가와의 교환에 의하여 취득한 성북동 토지를 매매에 의하여 취득한 것이므로 취득시효 여부를 따질 필요가 없습니다.

기왕 취득시효 얘기가 나온 김에 백종일은 국유재산 보호법과 관련하여 국유지 사기나 편취는 아예 취득시효가 없다는 법 조항을 본 기억을 떠올렸다.

그 법 조항은 백종일이 직접 찾기보다 먼저 그 분야 전문가를 수소문했다. 그리고 국가 소유 재산 편취사건만 전담한 재판 기록을 갖고 있는 경륜 많은 변호사를 소개받고 수화기를 들었다.

"안녕하십니까? 국유지를 정당하지 못한 사기 편취로 취득했는데요. 벌써 60년 전 일입니다. 일반 법률로는 취득시효가 지났지만, 국유지 경우는 다르다는 얘기를 들었습니다만……."

백종일이 번갯불에 콩 구워 먹듯 대충 설명했는데도 전문가 변호사는 단호하게 잘라 판단해 버리는 것이었다.

　"국유재산법에 의하면, 설령 타인의 명의로 취득한 경우라도 국유재산법 제20조 제1항 단서에 의해 그것이 불법으로 확인되면 취득시효 기간을 적용할 수 없습니다. 고로 모든 행위는 완전 무효가 됩니다."

　백종일은 옳거니! 했다.

　그 법규를 근거로 하여 서류를 작성하기 시작했다. 곽미순이 스스로 배신하여 떠났고, 김석동마저 증발해 버린 마당에 백종일으로서는 오로지 한보생명의 국유지 사기 편취를 문제 삼을 일밖에 없었다.

　곽미순이라는 악연에 의해 30년 가까이 허송세월한 회한도 억울하고, 그동안 술술 빠져나가 버린 막대한 재산도 원통하고, 스스로 그렇게 행동했던 그 자신 역시 발등을 찍고 싶을 만큼 후회스럽기 짝이 없었다.

　이제 그 재산을 다시 찾는다는 것은 요원했지만, 그렇다고 그냥 주저앉기에는 너무나 참담하고 황당할 따름이었다.

　그래, 기왕 잃어버린 시간과 재산이 물거품이 된 마당에 대한민국의 품격과 국격을 위해서 고약하게 은폐된, 죄질 나쁜, 썩어 문드러진 범죄를 고발하여 국민적인 정의감과 더불어 공명정대한 기풍과 기상이라도 높이 높이 드높이자.

　그것이 내가 할 일 아닌가. 그것이 대한민국에 소속된 국민의 한 사람으로서의 의무를 다하는 것 아닌가.

  백종일은 억울한 국민의 소리를 청취하여 국가의 이름으로 해결해주는 국민신문고에 그 사건을 접수하기로 마음먹고 직접 행정안전부를 찾아갔다.

  백종일의 서류를 대충 훑어본 담당 과장이 황급히 뛰어나와 부르르 떨며 흥분해 마지않았다.

"아니, 어찌 이런 일이 있을 수 있습니까?"

"한 획의 가감도 없습니다. 있는 그대롭니다."

"오천만 국민이 눈 버젓이 뜨고 바라보고 있는 마당에…… 정말 파렴치하네요. 국민 전체의 재산인 귀중한 국유지를 그렇게 편취하다니……. 이거는 절대로 있을 수 없는 일입니다. 아니, 있어서는 안 되는 일입니다!"

"그건, 제가 할 말인데요."

"아무튼 잘 찾아오셨구요…… 국유재산을 이런 식으로 사유화할 수 없는 일이니까…… 이번에 바로잡도록 하지요. 물론 백종일 씨께서 작성한 증빙서류를 검증도 해야 하고, 한보생명의 입장도 알아봐야 하고…… 시간이 걸릴 것 같습니다."

"아니, 한보생명의 입장을 알아보신다구요?"

"당연히 그래야 되지 않겠습니까?"

"어떤 방식으로 알아보실 작정인지 여쭈어도 되겠습니까?"

"그거야…… 매뉴얼이 만들어져 있으니까, 그대로 시행하면 됩니다."

"매뉴얼대로라구요?"

"왜요? 뭐가 잘못됐습니까?"

"아닙니다. 그동안 어이없는 일을 하도 많이 겪어서요. 물론 대한민국 정부가 공식적으로 운영하는 '신문고'는 다르겠지만······. 조사한 답시고 한보생명을 방문했다 하면, 그 순간으로 입장이 정반대로 바뀌곤 해서요."

그러나 백종일은 실제 있었던 어둡고 칙칙한 냄새나는 온갖 사례를 다 뱉어 내지 못했다.

더 나중에 확인된 사실이지만, 노조 출신 정치인으로 국회의원도 지낸 K씨도 그러하고, 서울특별시장을 연임한 B씨도 그러하고, 만인의 존경을 받았던 양심세력의 본보기 N씨도 그러하고, 세 사람 모두 제 손으로 목을 매달거나 고층아파트에서 뛰어내리거나 약물로 세상을 하직한 인사들인데, 한 가지 더 첨가해야 할 공통점은 한보생명에서 많게는 백억대, 적게는 60억대의 현찰을 똑같이 뜯어냈다는 사실이다. 그 모두가 백종일이 보유한 비리 자료를 낚시인 양 활용하여 낚아 올린 대어들이다.

백종일이 마지막 활동으로 기억하고 있는 국민권익위원회며 진실화해위원회며 국민신문고를 운영했던 행정안전부며, 국민의 한 사람으로 정상적인 공문 접수를 하고 오랜 시간 기대 속에 기다렸는데 행정안전부장관 이름으로 보내온 최종 답신 내용은 다음과 같았다.

귀하의 안타까운 심정은 충분히 이해되나 현재로서는 정부 차원에서 동 사건에 대해 진실을 규명할 수 있는 합법적 권한을 가진 기관이 존재하지 않음을 널리 양해해 주시기 바랍니다.

2021년 12월 21일
대한민국 행정안전부장관 인

에필로그

　내가 백종일과 마주 앉은 것은 설날을 일주일 앞둔 어느 금요일 오후였다.
　창밖은 눈보라가 흩날렸다. 올해따라 유난스러운 것이 진눈깨비였고, 진눈깨비를 부르는 검은 구름이었다.
　오후 2시쯤 한낮인데도 침침한 저물녘을 방불케 했다. 금세 어둠이 깔릴 것처럼 사위가 스산하고 음침했다.
　우리는 커피를 마셨다. 더운 커피잔을 두 손으로 움켜쥐고 향내를 맡으며 한 모금 한 모금 마른 입술을 적셨다.
　하필 그때 내 휴대전화가 울었다. 사무실이었다.
　"김 선생한테서 방금 전화 왔는데요. 이번 소설 해설은 못 쓰겠다고 합니다."
　"뭐라구? 김 선생이?"
　"네."
　"그 사람이 왜 갑자기 못 쓴다는 거야?"
　"이유는 상세히 말하지 않고, 다만 얽히고 싶지 않다고 하네요."

"얽히고 싶지 않다고?"

"그렇게만 전해 달라고 했습니다."

"왜 나한테 직접 전화하지 않고……."

"그건 잘 모르겠습니다."

"알았어."

나는 그 즉시 젊은 문학평론가에게 전화를 걸었다. 한데 벨이 계속 울리는데도 그는 받지 않았다. 그래도 나는 끝까지 기다렸다. 하나 마지막 벨소리까지 씹어 버리는 바람에,

"빌어먹을!"

내가 투덜거렸다.

"아니, 왜? 무슨 일이야?"

백종일이 물었다.

"아무래도 이번 소설에 문제가 있는 거 같아."

"문제라니?"

"그러지 않고서야 원고료도 충분히 주겠다고 했는데, 왜 갑자기 파투를 놨겠어?"

"해설 얘기구나?"

"그래, 해설을 쓰기로 했는데…… 기왕이면 패기 있는 젊은 평론가가 제격일 것 같아서 어렵게 골랐는데……."

"야, 뭐 어때? 꼭 해설이 들어가야 되는 거야?"

"아니야, 해설 없이 내는 책도 많긴 해."

"그럼 그렇게 하지 뭐."

"지금 와서 어쩔 수 없지만……."

솔직히 나는 기분이 별로였다. 망치 같은 것으로 머리를 강타당한 느낌이었다. 김민우 평론가가 괘씸하다기보다 내 작품에 문제가 있다는 생각이 앞섰다.

백종일이 내 기분을 읽었는지, 목소리를 바꿔서 말했다.

"암튼 수고는 했고, 화살은 시위에서 벗어났고……. 어쨌든 시원하지?"

"글쎄…… 시원하다기보다…… 뭔가 그래."

"뭔가 더 남았다는 뜻이야?"

"그렇기도 하고……."

"친구라서 하는 소리가 아니고……."

백종일이 침을 삼키고 나서 말을 이었다.

"일단 재미있더라. 나는 뻔히 알고 있는데도 다음 장을 빨리 넘기고 싶을 정도로 흥미진진하더라고."

다분히 위안을 주기 위한 소리라는 걸 잘 알면서도 나는 상반되게 반응했다.

"고맙다 친구야!"

"한데 끝마무리가…… 그렇게 끝나 버리니까 너무 막막해지더라."

"실제가 그런 걸 뭐. 뭐 보이는 게 있어? 꽉 막혀 틈이 없잖아?"

"맞아. 동 사건에 대해 진실을 규명할 수 있는 합법적 권한을 가진 기관이 존재하지 않음을 널리 양해하시라! 대한민국 정부를 대변하는 행정안전부 상징인 '신문고'가 그렇게 책임을 회피해 버리니……. 아직 우리나라 선진국 되기는 까마득한 거 같아."

"결과적으로 정부도 공범이었다는 사실을 시인한 거지 뭐. 정부가 서대평을 비호하지 않았으면 그런 범죄가 성립될 수 없으니까."

하나 그것은 백종일이나 나나 만날 때마다 나눴던 진부한 내용이었다. 하나도 새로울 것이 없었다. 늘 하던 것을 지겹게 반복했을 따름이었다.

나는 벌써 식어 버린 커피를 홀짝이며 창밖을 봤다. 눈발이 계속 흩날리고 있었다.

"근데 말이야."

내가 말을 이었다.

"탈고하면서 문득 이런 생각을 했는데……. 만약에 말이야, 그때 능력 있는 서대평이 동작동 땅을 편취하지 않고 무능력자인 김영구가 성북구 땅을 대토로 받았다면, 그 결과가 어떻게 되었을까? 능력이 없으니 허가 내기도 힘들었을 거고, 허가 없이 개발도 못 했을 터고, 물론 삼청터널도 뚫지 못했을 거고, 주택지를 그처럼 쉽사리 조성해서 매매 행위에도 나서지 못했을 거 아냐? 결과적으로, 서대평이니까 그런 일을 삽시에 치러내서 대한민국 경제 발전에 이바지하지 않았을까. 종일이 네 의견은 어때?"

백종일은 대답하지 않았다. 뭔가 골똘한 생각에 빠져 있는 표정이었다.

"왜, 동의하기 어려운 거야?"

"아니, 그건 아니고……. 액면 그대로 얘기하자면 서대평은 애국자 중 애국자지. 아무것도 없는 허허벌판에 못 먹어서 얼굴이 퉁퉁 부은 사람들에게 기아에서의 탈출보다 먼저 자녀 교육에 최선을 다하게 한 공적은 인정해야지. 대한민국의 오늘이 있기까지는 풍요한 지하자원이나 넉넉한 경제활동이 아니라 수준 높은 인적 자원의 힘이었으니까."

"너도 그 부분은 인정하는구나."

"인정하고말고. 또 한 가지, 구본상이나 김춘복 때문에 얼마나 많은 사람들이 서대평을 찾아가 약점을 찔렀겠어? 마음 같아서는 협박범으로 신고해 버리고 싶었겠지만, 그가 저지른 원죄 때문에 머리 숙여, 그것도 현찰로 일일이 박치기해서 해결했잖아? 그러느라 얼마나 많은 비자금을 풀었겠어?"

"그 양반 담도암도 그 사람들 영향을 받지 않았다고 말하기는 힘들 거야."

"그래서 5종 범죄 세트가 만들어진 거 아니겠어? 너도 먹고 나도 먹고 삼촌도 먹고 이모도 먹고…… 대한민국 권력자들이 다퉈 가며 병아리처럼 뇌물 먹고 하늘 한 번 쳐다보고……."

"얘기가 났으니 말이지만, 내가 이번 소설을 쓰면서 으스스 닭살로 변하게 만든 부분을 잊을 수가 없어."

"그게 뭔데?"

"구본상 김춘복이 허위 사기 재판으로 동작동 국군묘지 땅을 거저 먹었을 때, 처음 등기에 등재시킨 이름들 말이야. 곧바로 서대평 이름을 올리지 않고 전용 운전사 장인 장모, 수행비서 외조부 외조모 등 주로 나이 들어 빨리 죽을 사람 이름을 올렸다가 다시 사촌동생 친구, 삼촌, 이모 등등의 이름을 빌려 올리는, 소위 말하는 세탁 행위를 세 번 네 번 행사한 뒤에야 비로소 마지막 주자로 서대평이 어흠, 자리한 걸 보면…… 철두철미가 아니라 평소 범죄와 자주 손잡지 않았다면 엄두도 내지 못할 소름 끼칠 정도로 완벽한 범죄형 인간이더라구!"

"아, 그래. 나도 그 생각 했어!"

백종일이 맞장구를 쳤다.

우리는 어느새 또다시 만나면 항시 주고받았던 똑같은 내용을 마치 새롭게 발굴한 것처럼 주절거리는 것이었다.

흩날리던 진눈깨비가 어느새 함박눈으로 펑펑 내리고 있었.

"참, 해설 쓰기로 한 문학평론가 말이야."

백종일이 계속했다.

"그 사람 젊다고 했지?"

"그래, 패기 있는 젊은 사람 중에서 골랐으니까."

"그 사람이 왜 파투를 냈나, 이제 생각이 드네."

"종일이 네가 그 사람을 알아?"

"물론 모르지."

"모르면서 뭘 안다구!"

"모르긴 하지만…… 그 사람이 젊다니까 혹시 서대평 장학기금 수혜자가 아닌가 싶어서 말이야."

"서대평 장학기금?"

"한보생명이 장학금을 오죽이나 뿌렸어야지. 그래서 그 수혜자들이 쫙 깔렸잖아. 장학금에 대한 보은으로…… 해설을 거부할 수도 있잖아."

백종일이 나를 빤히 응시하며 말을 이었다.

"내 추리가 영 터무니없냐?" ◎